人質
警視庁極秘戦闘班

ハード・サスペンス

南 英男

廣済堂文庫

目次

第一章　狙《ねら》われた大統領令嬢　5
第二章　謎の北方領土要求　109
第三章　顔のない首謀者　166
第四章　ロシアン・マフィアの影　217
第五章　決死の救出作戦　282
第六章　狂った処刑遊戯《ゆうぎ》　334

第一章　狙《ねら》われた大統領令嬢

六月五日　午後七時一分

銃声が轟《とどろ》いた。

残響が長く尾を曳《ひ》く。放たれた銃弾は、夜空に吸い込まれた。

レストランシップの甲板《かんぱん》だ。

下船の準備をしていた乗船客たちが次々に悲鳴を洩《も》らし、慌《あわ》てて身を屈《かが》めた。人々は逃げ惑《まど》い、われ先に船室に駆け込んだ。若いカップルやＯＬのグループが目立った。

明和《めいわ》汽船のキャサリン号である。

ほんの一分前に、芝《しば》の日《ひ》の出桟橋《でさんばし》に帰港したばかりだった。二千百トンの湾岸巡航専用船だ。

三層の居住区《ハウス》内は、洒落《しゃれ》たレストランのような造りだった。円窓《まるまど》から、トパーズ色の淡い光が零《こぼ》れている。

フランス料理とクルージングを売り物にしている大型クルーザーだ。全長七十八メートル、幅十二・七メートルだった。

キャサリン号は埠頭《ふとう》の端に接岸していた。

午後五時に同じ場所から出航し、無事に二時間のサンセット・クルージングを終えた直後だった。まだタラップは降ろされていない。

キャサリン号は三百五十人乗りだった。

だが、今夜は乗船客百二十一人、操船乗員《クルー》七人、レストランスタッフ十人の計百三十八人しか乗っていなかった。

発砲したのは、乗船客のひとりだった。三十代後半の日本人男性だ。細身で、眼光が鋭い。

ふたたび銃声がデッキに響き渡った。

二発の銃弾を空に向けて撃《う》った男は、おもむろに小豆《あずき》色のパーカを脱ぎ捨てた。下には青い戦闘服を着ていた。右翼結社の者たちがよく着ている制服に似たデザインだ。

男は自動拳銃を構えながら、周囲を見回した。

闘犬のような目つきだった。左舷《さげん》デッキのそばに、一組の親子連れがいた。母は三十歳、息子は五歳だった。

母子《おやこ》はデッキの縁板《ブルワーク》にしがみつき、身を竦《すく》ませている。二人は夜景に見惚《みと》れていて、逃げるチャンスを逸《いっ》してしまったのだ。

「お母さん、怖《こわ》いよ」

幼稚園児の息子が涙声で訴えた。

「心配しないで」

「でも、ぼく……」

「大丈夫よ。だから、泣かないの」

母親はわが子を全身で抱き締め、懸命に言い諭《さと》した。声が掠《かす》れていた。

油臭い潮風《しおかぜ》に嬲《なぶ》られ、母子の頭髪は逆立《さかだ》っている。

戦闘服を着た男が大股《おおまた》で、竦み上がっている親子に歩み寄った。軍靴《ぐんか》のような編上靴《へんじょうか》の音が高く響く。母子は一層、体を強張《こわば》らせた。

男が立ち止まるなり、低く命じた。

「一緒に来るんだ」

「どこに、どこにですか？」

母は震《ふる》える声で訊《き》いた。怯《おび》えと不安の色は隠せない。

男は片方の眉《まゆ》だけを攣《つ》り上げ、子供の額《ひたい》に無言で銃口を押し当てた。

その瞬間、子が激しく泣きはじめた。とっさに母親は銃身を摑《つか》み、息子を自分の背の後ろに庇《かば》った。

男が薄い唇をわずかに歪《ゆが》め、銃口を母親の豊満な乳房に突きつけた。黒い銃身が半分近く胸に埋まる。

母の整った顔が引き攣り、体が硬直した。

男は拳銃で威嚇《いかく》しながら、母子を歩かせた。

足を止めさせたのは、中央デッキの乗降口のあたりだった。そこには、金モールのあしらわれた白い服をまとった四十七、八歳の男が立ちはだかっていた。

「船長か？」

拳銃を持った男が声をかけた。

「そうです。おたくは、いったい何を……」

「この船をちょっと借りるだけだ」

「それは、どういうことなんだっ」

船長が声を張って、男に組みつこうとした。

母子を人質に取った男が、銃把《グリップ》の角で船長のこめかみを撲《う》った。無表情だった。母子が同時に、驚きの声をあげる。

船長は居住区の白い壁に肩をぶつけ、甲板に転がった。唸《うな》るだけで、起き上がれなかった。

「早くタラップを降ろせ。もたもたしてると、ここがあんたの墓場になるぞ」

男が苛立《いらだ》たしげに吼《ほ》え、船長の腰を蹴りつけた。

船長は苦しげに呻《うめ》きながら、船室まで這《は》っていった。

男は、母子を乗降口の際《きわ》に立たせた。子は泣きじゃくったままだった。男が眉根《まゆね》を寄せる。母親はハンカチで、素早く息子の涙を拭《ぬぐ》った。

キャサリン号のタラップが下ろされた。

そのとき、岸壁で若い女たちの悲鳴が重なった。母はわが子をしっかと抱きながら、眼下に視線を向けた。

船会社の数人の女子社員が桟橋の隅で怯え戦《おのの》いていた。ひとりは頽《くずお》れかけている。

彼女たちは出迎えのスタッフだった。

タラップに近づく人の列があった。

青い制服を着た六人の男がそれぞれ拳銃や短機関銃《サブマシンガン》を手にして、七人の男女に銃口を向けていた。脅《おど》されている七人のうちの四人は、白人だった。男女二人ずつだ。

中ほどにいる若い女の髪は、プラチナブロンドだった。

その面差《おもざ》しは、高名な誰かに似ていた。しかし、母親はその人物をすぐには思い出せなかった。

武装した男たちは、特殊な訓練を受けたテロリスト集団なのだろう。

兵士のように動作がきびきびしている。揃《そろ》って精悍《せいかん》だ。銃器の扱いにも馴《な》れていた。

六人の男は声を荒げることもなく、七人の人質を速《すみ》やかに船内に乗り込ませた。

子連れの母親はキャサリン号が接岸する直前に、船上から彼ら十三人の姿を見かけていた。

十三人の男女は埠頭で、東京湾を眺めていた。ライトアップされた東京港連絡橋《レインボーブリッジ》を指差しながら、陽気な笑い声を立てていたはずだ。

銃弾を放った男は、六人の仲間たちとほくそ笑《え》み合った。船上で合流する段取りになっていたらしい。

「われわれをどうする気なんだっ」

拉致《らち》された中年の日本人男性が、憤《いきどお》りを露《あらわ》にした。連れの男女の表情も険《けわ》しかった。

青い制服姿の七人は不敵な笑みを浮かべたきりで、誰も口を開かない。

母は啜《すす》り泣く息子を強く抱き締め、絶望的な顔つきになった。小刻みに震えている。

人質の七人が居住区に押し込まれ、母子も二階のレストランに閉じ込められた。

タラップが収容され、キャサリン号の錨《いかり》が巻き揚げられはじめた。

またもや船内のどこかで銃声がした。

今度は短機関銃の連射音だった。

午後七時五十三分

弾《はじ》けそうだった。

生温《なまあたた》かい舌が心地《ここち》よい。蕩《とろ》けるような快感だ。頭の芯《しん》が霞《かす》みはじめた。

郷原力也《ごうはらりきや》は低く唸った。

分身は猛々《たけだけ》しく膨《ふく》らんでいた。瀬尾《せのお》さつきの舌技は、どこか狂おしげだ。淫靡《いんび》な湿った音は小止《おや》みなく響いてくる。

さつきは、郷原の股の間にうずくまっていた。

全裸だった。高く突き出した張りのある尻《ヒップ》は、洋梨《なし》を連想させた。豊かな乳房は重たげに垂《た》れている。男の欲情をそそる肢体《したい》だった。

さつきの両手も遊んではいなかった。

片手は胡桃《くるみ》に似た部分を揉《も》み、もう一方の手は郷原の下腹や内腿《うちもも》を滑《すべ》っている。情感の籠《こも》った手つきだった。

郷原は、百七十九センチの体をベッドに横たえていた。

仰向《あおむ》けだった。筋肉の盛り上がった逞《たくま》しい体には、一糸もまとっていない。

寝室は明るかった。

郷原が借りているマンションは、東急東横線の中目黒《なかめぐろ》にあった。駅から徒歩で七、八分の場所にある。山手《やまて》通りから数百メートル奥に入ったあたりだ。間取りは１ＤＫだった。

二人がベッドで睦《むつ》み合ったのは、およそ三十分前だ。

郷原は指と口唇《こうしん》で、さつきを二度ほど極《きわ》みに押し上げた。そのつど、さつきは憚《はばか》りのない声を響かせた。裸身も硬直させた。

体の震えが凪《な》ぐと、さつきは郷原の昂《たか》まりを貪《むさぼ》りはじめた。

それから濃厚な口唇愛撫は片時《かたとき》も熄《や》むことがなかった。実際、郷原は煽《あお》られ通しだった。

二人が深い仲になって、はや半年が流れている。

郷原は三十七歳だ。さつきは先月、二十七歳になったばかりである。

二人は、いわゆる不倫の間柄だった。

郷原は一年数カ月前から、妻子と別居していた。妻の恵美子《えみこ》は三十歳で、ひとり息子の豊《ゆたか》は五歳だった。息子には仕事上の理由で、父親は独《ひと》りで都内の官舎に住んでいると偽《いつわ》ってあった。

妻と子は、郷原が親から相続した吉祥寺《きちじょうじ》の家で暮らしている。

郷原は毎月、妻に二十八万円の生活費を渡していた。銀行振込みだった。その額は手取り給与の七割近かった。

幸いにも郷原には、父親が遺《のこ》してくれた貸店舗が二店あった。

その家賃収入がなかったら、別居生活もできなかっただろう。母も数年前に病死していた。

そのうち、けじめをつけなければならない。

郷原は情熱的な舌技を受けながら、ぼんやりと思った。

しかし、すんなりと離婚できるとは楽観していなかった。妻の恵美子には、なんの落ち度もない。浮気はおろか、家事を疎《おろそ》かにしたわけではなかった。子供の躾《しつけ》も完《かん》璧《ぺき》と言えた。

妻に背を向けたのは、自分のわがままだった。

恵美子は典型的な良妻賢母だ。気が優しく、忍耐強い。料理も上手《じょうず》だ。

性格に裏表がなく、そこそこの教養も備《そな》えている。容姿も人並以上だろう。

ただ、女としての魅力にやや欠けている。

物の考え方は、いたって古風だった。常に社会通念や常識に囚《とら》われてしまう。生真《きま》面《じ》目《め》すぎて、万事に面白《おもしろ》みがなかった。

妻とは見合い結婚だった。

別に恋愛と結婚を分けて考えていたわけではなかった。信頼していた上司に持ちかけられた見合い話だった。

といっても、いい加減な気持ちで一緒になったのではない。恵美子の人柄に惚《ほ》れ、家庭を任《まか》せるには最適の女性と判断したのである。

しかし、一緒に暮らしてみて、初めて波長の合わないことに気づいた。少しばかり狼狽《ろうばい》した。

郷原は、自分なりに努力をした。

だが、気持ちの隙間《すきま》は埋めようがなかった。やがて、耐えられなくなった。郷原は思い切って、妻に別れ話を切り出した。

恵美子は夫の申し出に驚き、ただ泣きくれた。

涙が涸《か》れると、理不尽《りふじん》な仕打ちだと抗議した。そして、頑《がん》として離婚話に応じようとしなかった。彼女にしてみれば、当然のことだろう。

もはや説得の余地はなかった。郷原はひたすら自分の身勝手さを詫《わ》び、強引に別居生活に踏み切ったのだ。

不意に、さつきの舌が静止した。

郷原は、こころもち枕から頭を浮かせた。

「考えごとなんかしないで」

「え？」

「ほら、特殊警棒に芯がなくなってるわ。いやよ、上《うわ》の空じゃ」

さつきが拗《す》ねたように言い、昴まりの先端に軽く歯を立てた。

特殊警棒とは、うまい表現だ。

郷原は刑事だった。警視庁捜査一課極秘戦闘班の班長《キャップ》である。職階は警部だ。班長《キャップ》といっても、部下は二人いるだけだった。どちらも有能な捜査員だ。

郷原の率《ひき》いる極秘戦闘班は、警視総監直属の捜査機関である。新設されたのは、ちょうど一年前だった。外部の者には、ほとんど知られていない。マスコミにしばしば取り上げられる特殊急襲部隊『SAT《スペシャル・アサルト・チーム》』とは別組織だ。『SIT《シット》』とも違う。

極秘戦闘班は集団誘拐、無差別テロ、国際規模の政治的な陰謀など凶悪な大事件に発展しそうな犯罪を未然に防いだり、初期の段階で叩《たた》き潰《つぶ》す任務を課せられていた。

事件一件に付き、三人は三十五万円の危険手当を貰《もら》える。そのほかの特別手当はない。それでも、メンバーが不平を口にしたことはなかった。

本来なら、極秘戦闘班は機動隊に属したほうが自然かもしれない。しかし、機動隊にはすでにハイジャック対策特殊部隊、アクアラング小隊、レンジャー小隊、特殊警備部隊、狙撃部隊といった特殊チームがある。

それらの部隊は、総勢七十人から七百人という大編成部隊だ。警視庁の『SAT《サット》』の隊員は六十人もいる。それだけの人数が動くとなると、どうしても人目につきやすい。

そこで、少数精鋭の極秘戦闘班が誕生したわけだ。チームが捜査一課に組み込まれたのは、既存の特殊部隊関係者を刺激しないための配慮だった。

郷原は警察官として、十四年の経験を積んでいた。有資格者《キャリア》ではなかった。中堅私大の法学部を卒業し、警視庁に採用された一般警察官《ノンキャリア》である。

郷原は二年の巡査勤務を経《へ》て、巡査部長に昇格した。二十五歳になる数カ月前だった。

巡査部長になった時点で、警視庁機動隊に配属された。

機動隊は、第一から第九までの九隊と特科車両隊で構成されている。郷原は第七機動隊のレンジャー小隊に入れられた。卓抜《たくばつ》な射撃術を買われたからだ。

警部補になったのは、二十七歳のときだった。レンジャー小隊は激務で、なかなか昇格試験の受験勉強をする余裕がなかったのだ。

警部補になった郷原は、刑事部捜査一課に移された。四年間、強行犯係として働いた。

警部になったのは三十一歳のときだ。

ちょうど結婚した年だった。郷原は警備部に転任となり、ＳＰ《セキュリティー・ポリス》になった。〝背広の忍者〟と呼ばれるSPは、警備部の花形だ。

郷原は要人襲撃を未然に防ぎ、たびたび警視総監賞を授与された。その功績が認められ、極秘戦闘班の班長に抜擢《ばってき》されたのだ。

極秘戦闘班のオフィスは、本部庁舎六階にある捜査一課の一隅に設けられている。パーティションで仕切っただけの小部屋だ。三つのスチール・デスクとキャビネットがあるきりで、殺風景この上ない。

極秘戦闘班は、捜査一課長の指揮で動いているわけではなかった。いわば、郷原たちは居候《いそうろう》の身だった。それも少々、持て余されている。

極秘戦闘班は五カ月ほど前に国際的な暗殺未遂事件をスピード解決した後《あと》、一度も出動していない。

オフィスで来る日も来る日もポーカーに興じている郷原たち三人を見て、捜査一課のおよそ四百五十人の課員は苦《にが》り切っていた。無駄飯喰《ぐ》いと聞こえよがしに言う捜査員さえいた。

しかし、郷原たち三人は無為《むい》に毎日を過ごしているわけではなかった。同僚たちの知らない場所で連日、ハードな特殊訓練に励んでいた。いつでも出動可能だった。

極秘戦闘班は警視総監の直轄《ちょっかつ》下にあるが、江守敏宏《えもりとしひろ》警視総監が直《じか》に命令を下すことはない。もっぱら特別任務は、機動捜査隊隊長の麻生隆一《あそうりゅういち》警視正からもたらされる。

麻生警視正は、警視庁本部の警備と全機動隊を統轄《とうかつ》している人物だ。五十四歳で、大学教授風の風貌の持ち主である。ノンキャリアの出世頭《がしら》だった。

麻生は、殉職した郷原の叔父の親友でもあった。叔父と麻生警視正は当時、機動隊の同じ特殊部隊に属していた。

母の弟が死んだとき、郷原はまだ中学生だった。

悲しみは深かった。叔父は、郷原を自分の子供のようにかわいがってくれていた。

その前年にも、身内に不幸があった。

郷原の五つ違いの姉が変質者に顔面と胸をカッターナイフでめった斬りにされ、ショックと絶望感から自らの命を絶《た》ってしまったのだ。弟思いの姉だった。

姉を死に追い込んだ犯人はついに逮捕されることなく、公訴《こうそ》時効を迎えることになった。家族は、遣《や》り場のない怒りにさいなまれた。その当時は、まだ殺人罪に時効があった。

姉と叔父の不幸を目《ま》の当たりにして、郷原は人一倍、犯罪を憎むようになった。こうして彼は、警察官を職業に選んだのである。

いつの間にか、さつきは腰の横に移動していた。

頬《ほお》にかかる髪を掻《か》き上げながら、しきりに舌を閃《ひらめ》かせている。頬が膨らんだり、大きくへこんだりする。その様《さま》は、ひどくエロチックだった。

さつきは、警察庁科学警察研究所の物理科学班の技官である。その容貌は人目を惹《ひ》く。〝ミス科警研〟と言われていた。細面《おそおもて》の整った顔は、いかにも利発そうだ。それでいながら、冷たさや堅《かた》い印象は与えない。くっきりとした両眼は、そこはかとない色気を宿している。

形のいい鼻も取り澄ました感じではない。頬から顎《あご》にかけて、官能的な気配がうかがえる。ぽってりした唇も色っぽい。肢体も肉感的だった。

郷原は知性の輝きと妖《あや》しさを併《あわ》せ持った女に弱かった。

科警研の技官たちは、警察官ではない。あくまでも研究員である。

さつきは有名女子大の大学院で物理学の修士号を取り、二年前に科警研に入った才《さい》媛《えん》だった。技官の中では最年少者だ。

郷原は十カ月あまり前に科学分析の依頼で千葉県柏市にある科警研を訪れ、さつきと知り合った。

初対面の印象は強烈だった。

思わず郷原は、さつきの美しさに見惚れてしまった。もともと彼は、こと女に関しては猪突猛進《ちょとつもうしん》型だった。気に入った女は、何がなんでも手に入れたくなる。そのための努力は惜《お》しまなかった。

郷原は一方的に熱を上げ、ほぼ毎日、科警研に押しかけた。

男女の仲になると、逆にさつきのほうが郷原にのめり込んできた。彼女が自分の外見に魅《み》せられたとは考えられなかった。

郷原は、決してハンサムではない。

どことなく恐竜めいた容貌をしている。額が前に張り出し、造作《ぞうさく》の一つ一つが厳《いか》つい。口の悪い女性警察官は、暑苦しい顔と表現した。

郷原は全身、毛むくじゃらだった。そのせいか、学生時代はゴリラという綽名《あだな》をつけられていた。

体型もスマートとは言えない。

上背《うわぜい》こそあるが、筋肉が発達しすぎていた。体じゅうに大小の瘤《こぶ》をまとっているように映《うつ》る。

そんな体型になったのは、高校時代にウエイト・リフティングに励んだせいだ。多少の後悔もあって、大学時代はハンググライダーや熱気球にいそしんだ。柔道三段、剣道四段だった。多少ながら、棒術の心得もあった。

郷原は、惚れた女には誠意を尽くすタイプだった。さつきは、郷原のそうした面に惹かれたのかもしれなかった。

欲望が昂まった。

郷原は体を繫《つな》ぎたくなった。上体を起こしかけると、さつきが手で押し留《とど》めた。

もっと郷原の分身を慈《いつく》しみたいのだろう。

郷原は水色のフラットシーツに背を戻し、微苦笑した。

さつきは昼間、八王子《はちおうじ》郊外の山林で若い女の腐乱死体を拝《おが》んだらしかった。科警研特捜部の捜査官に臨場《りんじょう》を要請され、土中から死者の着衣の切れ端を採取したという話だった。

それを研究室にある高熱伝導計《ガスクロマトグラフィ》にかけ、繊維物質を分析するのが彼女に与えられた仕事だ。そうした地道な科学捜査が、しばしば証拠物件の決め手になる。責任の重い職務だった。

さつきは白骨体や朽《く》ちかけた遺体を見た日は、きまって性的に乱れる。

裸身を惜しみなく晒《さら》し、恣《ほしいまま》に振る舞う。その上、男を誑《たぶら》かす妖婦のような媚態《びたい》を示し、郷原を奮《ふる》い立たせる。

それも一度や二度ではなかった。たいてい朝まで一睡もさせてくれない。

さつきは悦楽に溺《おぼ》れることで、生の儚《はかな》さを一時《ひととき》でも忘れたいのだろう。研究室で見かける彼女とは、まるで別人だ。

そういう二面性が、郷原には新鮮に映る。別居中の妻には備わっていない側面だった。

郷原は一段と膨れ上がった。体の底に、引き攣れるような感覚が生まれていた。

さつきが急に顔を上げた。

黒曜石《こくようせき》のようによく光る瞳《ひとみ》には、うっすらと紗《しゃ》がかかっていた。牝《めす》になったときの眼差《まなざ》しだ。

郷原は、また上体を起こそうとした。

さつきが首を振った。次の瞬間、彼女はせっかちに郷原の上に跨《また》がってきた。

弾《はず》みで、砲弾型の乳房がゆさゆさと揺れた。煽情的《せんじょうてき》な眺めだった。郷原は頭を枕に戻した。

体と体が繋がった。

さつきの中心部は、熱くぬかるんでいる。

それでいて、密着感が強い。どこにも緩《ゆる》みはなかった。複雑に折り重なった襞《ひだ》は、郷原の猛《たけ》ったペニスを捉《とら》えて放さない。

郷原は右腕を伸ばし、さつきの飾り毛を五指で梳《す》いた。ほぼ逆三角形に繁った和毛《にこげ》は、わずかに湿り気を帯びている。絹糸のような手触りだった。

さつきが豊かに張った腰をうねらせはじめた。

ウエストのくびれが深い。

腰の曲線が美しかった。肌理《きめ》の細かい肌は、神々《こうごう》しいまでに白い。透《す》けて見える血管が妙になまめかしかった。百六十四センチの体は、妬《ねた》ましくなるほど均斉がとれている。

郷原は、芽を連想させる部分に指を添えた。

その瞬間、さつきが身をひくつかせた。甘やかな呻き声も発した。

敏感な突起は、硬く痼《しこ》っていた。

芯の塊《かたまり》を指の腹で揉みほぐすと、さつきが息を喘《あえ》がせはじめた。同時に、腰の動きが大胆になった。

さつきは、自分のはざまの肉を圧《お》し潰すような圧迫を加えてきた。

乳房は躍《おど》るように揺れつづけた。淡紅色の乳首は酸漿《ほおずき》のように張りつめている。乳暈《にゅううん》も盛り上がって見えた。

郷原は指を動かしながら、時々、下から腰を突き上げた。

そのたびに、さつきの体は不安定に跳《は》ねた。体を傾けながら、切れ切れに呻く。ひどく淫蕩《いんとう》な呻き声だった。

閉じた瞼《まぶた》の陰影が濃くなった。

たわんだ眉が、なんとも猥《みだ》りがわしい。半開きの口の奥で、舌がくねくねと舞っている。

郷原は、さつきが昇りつめる瞬間をじっくり眺めたくなった。

美人技官の顔を見ながら、陰核《クリトリス》を圧《お》し転がしはじめる。

いくらも経たないうちに、さつきのほっそりとした肩がすぼまった。鎖骨のくぼみが深くなった。

そこに、影が生まれた。肩がすぼまりきったとき、口から悦《よろこ》びの声が迸《ほとばし》った。

何かを堪《こら》えているような表情は、男の気持ちをそそった。

さつきは上体を反《そ》らせながら、唸りに近い声を放ちつづけた。その声は長く尾を曳いた。ジャズのスキャットのようだ。

郷原はエクスタシーの瞬間を見た。

今夜も、その美しさは際立《きわだ》っている。さつきは全身を痙攣《けいれん》させながら、郷原の胸にのしかかってきた。うっすらと汗ばんでいた。

セミロングの髪が濡れた首筋に幾条《いくすじ》かへばりついている。婀娜《あだ》っぽかった。

さつきは郷原の右肩を軽く嚙《か》んだ。圧し殺された呻きが、男の官能を揺さぶった。

郷原はさつきを抱きかかえたまま、体を反転させた。

さつきを組み敷く。分身は抜け落ちなかった。脈打つような緊縮感が鋭く伝わってくる。声が出そうになった。

さつきが火照《ほて》った腿で、郷原の胴を挟《はさ》みつけた。

滑《なめ》らかな肌が吸いつく。肉の弾みも快《こころよ》かった。

郷原は充分に煽られた。

律動を速める。さつきの顎は、ほとんどのけ反《ぞ》っていた。下唇の下の産毛《うぶげ》が光の加滅で、金色にきらめく。

郷原は黙々と動いた。

頭の芯が灼《や》けたように熱い。明らかに、体温が上昇していた。

さつきが顔を左右に振りはじめた。

艶《つや》やかな髪が波打つたびに、リンスの馨《かぐわ》しい匂いが立ち昇ってくる。花のような匂いだった。

さつきの眉間《みけん》に皺《しわ》が刻《きざ》まれた。快感の証《あかし》だ。セクシーな唇は、すっかり乾ききっている。

「たまらないわ」

さつきが息を弾ませながら、譫言《うわごと》のように口走った。色っぽい声だった。

郷原はラストスパートをかけた。

走る。走りまくった。

肉と肉が烈《はげ》しくぶつかり合った。濡れた音も絶え間なく響く。

やがて、背筋を甘い痺《しび》れが駆け抜けていった。頭の芯が白濁した。

郷原は勢いよく放った。

射精感は鋭かった。さつきの体内で、分身が何度も嘶《いなな》いた。

郷原は呻きながら、なおも動きつづけた。

少し経つと、さつきが四度目の悦びに打ち震えた。堰《せき》を切ったように愉悦《ゆえつ》の声を轟《とどろ》かせ、全身でしがみついてきた。体の震えはリズミカルだった。

郷原は搾《しぼ》り上げられていた。

二人は抱き合ったまま、しばらく動かなかった。

さつきは快感のうねりが凪ぐと、しどけなく四肢《しし》を投げ出した。その胸は、まだ小さな波動を繰り返している。尖《とが》った乳首が愛らしい。

郷原は静かに結合を解いた。

さつきのかたわらに横になる。ペニスは、まだ半《なか》ば硬度を保《たも》っていた。さつきは死んだように動かなかった。

郷原は身を捩《よじ》って、腹這いになった。

ナイトテーブルの上から、キャビンの赤い箱を摑み上げた。

午後八時三十分

ベッドの下で、携帯電話が鳴った。

郷原は手早く煙草《たばこ》の火を消し、ウッディフロアからベージュのジャケットを摑み上げた。内ポケットを探《さぐ》って、携帯電話を抓《つま》み出す。

麻生警視正からの呼び出しだった。

何か事件が起こったようだ。郷原はベッドに浅く腰をかけ、乱れた髪を両手でオールバックに撫《な》で上げた。ターザンのような髪型だった。

携帯電話を耳に当てたとき、さつきがそっとベッドを降りた。忍び足で浴室に向かう。どうやら気を利《き》かせたようだ。

「いま、どこだね？」

麻生警視正が訊いた。

「自宅です」

「お忍びで来日中のロシア大統領の娘が、随行員ともども謎の武装集団に拉致された。事件発生地は日の出桟橋だ」

「えっ、プーニンの娘が……」

「たったいま、水上署《すいじょう》から捜査協力の要請があったんだ」

「人質は全員、無事なんでしょうか？」

「ああ、いまのところはな。詳《くわ》しいことは別室で話そう。メンバーに召集をかけて、すぐに登庁してくれ」

「了解です」

郷原はいったん終了キーを押し、二人の部下の携帯電話を鳴らした。

最初に連絡をしたのは、五十嵐健司《いがらしけんじ》警部補だった。公安畑出身で、右翼や左翼の動向を知り尽くしている。三十三歳だ。

五十嵐は生粋《きっすい》の江戸っ子だった。父親は鳶《とび》の親方だ。生家は、いまも日本橋《にほんばし》の裏通りにある。

去年の秋に結婚したばかりで、まだ子供はいない。妻は現役の看護師だ。用件だけを喋《しゃべ》り、すぐに郷原は電話を切った。引きつづき、轟直人《とどろきなおと》巡査部長に連絡をする。

轟は二十九歳で、独身だ。陸上自衛隊情報本部の諜報員から、警察官に転進した変わり種《だね》である。チーム入りするまでは、外事一課で外交使節関係の犯罪捜査やスパイ防止活動に携《たずさ》わっていた。

轟は毎日、大型バイクで通勤している。長い髪を後ろで一つに束《たば》ねていた。郷原は部下たちに召集命令を下すと、全裸で浴室に足を向けた。大急ぎでシャワーを浴びたら、すぐさま部屋を出るつもりだった。

午後八時四十五分

闇が揺れた。

不意に暗がりから、誰かが飛び出してきた。自宅マンション前の道だ。

郷原は急ブレーキをかけた。

マイカーは黒のスカイラインだ。タイヤが軋《きし》み、体は前にのめった。

衝撃はなかった。

郷原は胸を撫で下ろし、目を凝《こ》らした。ヘッドライトの光の中に、見覚えのある男が立っていた。

浅川保《あさかわたもつ》警視正だった。警察庁警務局の首席監察官だ。警察官の不正行為や犯罪の内偵調査をしている。

浅川は白いワイシャツ姿だ。

焦茶《こげちゃ》の上着は腕に抱えている。どういうつもりか、浅川はにやりとした。

郷原は舌打ちして、短くクラクションを鳴らした。気持ちが急《せ》いていた。

さつきと深い関係になった直後から、浅川は影のように郷原につきまとっていた。

三十九歳の警察官僚《キャリア》である。物腰は柔らかいが、神経を逆撫《さかな》でする物言いをする男だった。

浅川が軽く片手を挙《あ》げ、小走りに駆けてくる。

瘦身《そうしん》で、極端に背が丸い。陰気な顔つきだ。他人を上目遣《づか》いに見る癖があった。

郷原はスカイラインを路肩《ろかた》に寄せた。パワーウインドーを下げる。

「浅川警視正、いい加減にしてもらえませんかっ」

「何がです?」

浅川が上目遣いに反問した。その目は暗く険しかった。

「わたしが何をしたって言うんです?」

「残念ながら、いまのところは何も……」

「わたしは誰かに袖《そで》の下を使われた覚えはないし、只酒《ただざけ》を飲んだこともありませんよ」

「郷原警部、わたしは何も汚職警官狩りだけをしてるわけではありません。警視庁人事一課監察係から報告が上がってるんですよ。警察官の心の乱れまでチェックしてるわけでしてね」

「もっとストレートに言ってもらいたいな」

郷原は幾分、声を尖らせた。

「瀬尾技官のことですよ。同じ警察庁で禄《ろく》を食《は》んでる人間として、彼女のことが心配でたまらないんです」

「……………」

「郷原警部、あなたは卑劣です」

浅川が言った。断定口調だった。

「卑劣!?」

「あなたには別居中の奥さんがいる。つまり、瀬尾技官とは結婚できないわけですよね。それなのに、若い女性を弄《もてあそ》ぶのはよくありません。邪《よこし》まな関係は一日も早く清算すべきです」

郷原は反論した。

「彼女とのことは、遊びなんかではありません」

「それなら、きちんとけじめをつけるべきでしょ？」

「もちろん、そうするつもりです。ただ……」

「ただ、なんです？」

浅川が問いかけてきた。

郷原は口を開きかけて、言葉を呑んだ。

どう弁解したところで、相手にはわかってもらえないだろう。それに、いまは時間がない。麻生警視正や部下たちをあまり待たせるわけにはいかなかった。

噂によると、浅川は四年前に妻に裏切られたらしい。細君は年下のテニス・インストラクターと駆け落ちしてしまったという話だった。妻と協議離婚して以来、浅川は悪徳警官狩りに暗い執念を燃やしていた。

彼の内偵調査によって、職を失った警察官は数百人に及ぶ。当然のことながら、浅川は現職警察官から忌《い》み嫌われていた。

警察官の俸給は激務の割には、必ずしも高くない。経済的に余裕のない捜査員が、つい甘い誘いに乗ってしまうこともある。金品の見返りに手入れの情報を暴力団に流したり、交通違反の揉み消しをしてやることは確かに不正だ。

手を汚してしまった警察官は赦《ゆる》せないと思う。しかし、郷原は正義の使者気取りの首席監察官が好きになれなかった。

「瀬尾技官、まだ警部の部屋にいますよね？」

浅川が訊いた。郷原は即座に問い返した。

「彼女に会って、どうされるつもりなんです？」

「あなたとつき合っていても、幸せにはなれないと忠告してやります」

「彼女は、もう小娘じゃないんですよ」

「いや、まだまだ危なっかしい年齢です」

浅川が肉の薄い頬を撫で、はっとした表情になった。

近くでパンプスの音がした。

郷原は首を振《ねじ》った。若草色のスーツを来た瀬尾さつきが、足早に歩いてくる。

浅川が慌てて上着を羽織《はお》った。ぎこちない笑みを浮かべ、さつきに会釈《えしゃく》した。

さつきはたたずむなり、浅川に問いかけた。

「こんな所で何をなさってるんです？」

「この近くまで、ちょっと野暮用《やぼよう》がありましてね。道を歩いていたら、たまたま郷原警部の車が通りかかったものだから、声をかけたんですよ」

「そうなんですか。そうだわ、浅川さん……」

「なんでしょう？」

「研究所にケーキやお花の差し入れは困ります」

「ご迷惑でしたか？」

「ええ、ちょっと。それから、わたし、オペラには興味がありません。ですから、今後はデートのお誘いもやめていただきたいんです」

「デ、デートだなんて、誤解ですよ。わたしは瀬尾技官の生き方に、ある種の危《あや》うさを感じたものですから、そのあたりの話を少ししたいと思っただけなんです」

浅川がしどろもどろに答え、手の甲《こう》で額の汗を拭った。まるで十代の少年のようだった。

そういうことだったのか。郷原は密《ひそ》かに笑った。

さつきが郷原に甘ったるい声をかけてきた。

「力也さん、駅まで乗せてって」

「ああ、いいよ」

郷原は助手席のドアを押し開けた。

さつきが浅川に目礼し、素早く車に乗り込んだ。

ドアの閉め方は、かなり乱暴だった。浅川に当てつけたのだろう。さつきは同じ東急東横線の日吉《ひよし》駅の近くにあるワンルームマンションに住んでいた。

郷原はスカイラインを急発進させた。

午後九時二十六分

車のエンジンを切る。

本部庁舎の地下二階の駐車場だ。

地下一階の一部、地下二、三階が車庫になっていた。地下四階は機械室だ。

地上は十八階まである。機械室のあるペントハウスまで含めれば、地上二十階建てだった。

郷原は素早く車を降り、エレベーターホールに向かった。

ホールの近くに、赤と黒に塗り分けられたハーレーが駐めてあった。轟の一二〇〇ccのバイクだ。

五十嵐のパジェロは見当たらなかった。まだ登庁していないのだろう。

郷原は高層用エレベーターに乗り込んだ。

極秘戦闘班の作戦会議室は十七階にあった。郷原たち関係者は、その部屋を別室と呼んでいる。

二十畳ほどのスペースで、扉は二重になっていた。赤外線防犯装置も設置されている。部屋の奥には武器弾薬庫があった。

エレベーターが一階で停《と》まった。

どっと人が乗り込んできた。その中に、公安総務課の野々宮宗介《ののみやそうすけ》が混じっていた。

野々宮はキャリアだ。まだ三十歳前だが、職階は早くも警視である。気品のある二枚目で、背も高い。

服装の趣味も悪くなかった。野々宮は公安特務隊の教育に当たっていた。エリートながら、厭味《いやみ》な面は少しもない。いわゆる好青年だ。

「食事の帰りですか？」

郷原は野々宮に小声で訊いた。

一階には、大食堂がある。野々宮が体を斜めにした。

「郷原さんでしたか。気づきませんで、失礼しました。ちょっと遅い夕飯をね」

「そうですか」

「何か事件《ヤマ》のようですね？」

「ええ、まあ」

郷原は曖昧《あいまい》な答え方をした。いつもの習慣だった。特命の内容に触れるわけにはいかない。

野々宮が口を噤《つぐ》んだ。それきり会話は途絶《とだ》えた。

郷原は少し後ろに退《さ》がった。

野々宮が降りたのは、十四階だった。その階に公安総務課がある。

郷原は十七階まで昇った。いつの間にか、自分だけになっていた。

エレベーターを降り、作戦会議室に駆け込む。楕円形《だえんけい》のテーブルを挟んで、麻生警視正と轟が何か低い声で話し込んでいた。

「遅くなりました」

郷原は麻生に挨拶《あいさつ》し、轟の隣に腰をかけた。

麻生はグリーングレイの背広を着ていた。豊かな銀髪が光沢《こうたく》を放っている。彫《ほ》りの深い顔立ちだった。

轟は、ロゴ入りの白いTシャツの上に黒革のオートバイ・ジャンパーを羽織っていた。

片方の耳朶《みみたぶ》にはピアスをしている。靴はワークブーツだった。とても刑事には見えない。売れないアーティストといった雰囲気だ。

轟は色白で、優男《やさおとこ》タイプだった。

睫毛《まつげ》が長く、切れ長の目は涼やかだ。背は郷原よりも、二、三センチ高い。細身ということもあって、どことなく弱々しく見える。

だが、轟は空拳道《くうけんどう》の達人だった。

空拳道は、沖縄《おきなわ》空手と中国拳法をミックスした一撃必殺の武術だ。轟の母方の祖父は沖縄の名護《なご》市で、空拳道の道場を開いている。その祖父に手ほどきされたらしい。

轟が本気で突きや蹴りを浴びせたら、相手の骨は砕《くだ》け、内臓は破裂してしまう。その威力を知っている当人は、めったなことでは技を使おうとしない。

「五十嵐君がまだ来てないが、話を……」

麻生がそう言ったとき、五十嵐が慌ただしく部屋に飛び込んできた。

息を弾ませていた。小太りの五十嵐は汗掻きだった。

短く刈り上げた髪には、汗の雫《しずく》が絡《から》みついている。黄色い綿シャツも汗を吸って、湿っているようだった。

背は百六十七センチしかない。丸顔で、どんぐり眼《まなこ》だった。唇も、やや厚めだ。

柔道五段の猛者《もさ》だが、まったくの下戸《げこ》だった。

五十嵐が郷原のかたわらに坐った。

麻生が事件のあらましを語った。いつもながら、無駄のない話し方だった。郷原は耳を傾けながら、事件の流れを頭に刻みつけた。

ロシア大統領のひとり娘ナターシャは二人の警護官《アフランニック》を伴《ともな》って、数日前から来日中だった。警護官の名はプーシキンとスヴェトチカだ。スヴェトチカは女性である。

二十歳の大統領令嬢を招いたのは、四谷《よつや》に本部を置く日ロ友好親善協会だった。もっとも、それは表向きの話だ。ナターシャ一行の滞在費を負担したのは、同協会の会長の奥村貞成《おくむらさだなり》だった。

九十一歳の奥村は『三協《さんきょう》物産』という貿易会社の会長でもあった。経営する会社は対ロ貿易では、国内で中堅どころだった。

年商は七百億円を超えていた。『三協物産』は銀座《ぎんざ》二丁目に十一階建ての自社ビルを構え、国内外に二十近い支社や営業所を設けている。

奥村は二十数年前に国会議員を一期だけ務《つと》めたことのある人物だった。また、親ロ家の篤志《とくし》家としても名高い。

奥村はチェルノブイリの原発事故で被曝《ひばく》したロシア人を幾人も日本に呼び寄せ、自費で大学病院で治療を受けさせた。難病に苦しむロシア人少女たちを家族ごと日本に招き、旅費や治療費を全額負担もしている。

そうした美談は、幾度も新聞やテレビで大々的に報道された。

ナターシャをレインボーブリッジの見物に誘い出したのは、奥村の長男の悠樹《ゆうき》だった。

　奥村悠樹は五十四歳で、父親の会社の専務だ。奥村専務は体調のすぐれない父に代わって、ナターシャたちの案内を買って出た。

　ナターシャにはモスクワから随行してきた二人の優秀な警護官のほかに、在日ロシア大使館付きのマヤコフ武官が連れ添った。日ロ友好親善協会側からは、理事の奥村悠樹、土屋俊晴《つちやとしはる》事務局長、通訳の小峰冴子《こみねさえこ》の三人が同行した。

　七人が日の出桟橋に到着したのは、今夕六時四十分ごろだった。

　一行がレインボーブリッジを眺めていると、六人の男たちが何気ない足取りで近寄ってきた。複数の目撃者の証言などから、その六人が全員、日本人であることは間違いない。男たちはプーニン大統領を誉《ほ》めたたえ、ひとしきりナターシャと英語で語り合った。

　男たちが態度を一変させたのは、キャサリン号が接岸した直後だった。六人は羽織っていたコートやパーカをかなぐり捨てると、一斉に拳銃や短機関銃を取り出した。合法的に銃器を日本に持ち込んでいた二人の警護官は、反撃するチャンスさえなかった。それほど正体不明の武装集団は鮮《あざ》やかな手口で、ナターシャを拉致した。

　ナターシャたち一行は、犯人グループの一員が乗っ取ったレストランシップに乗せられた。キャサリン号にいる人質は、ナターシャたち七人を加えて百四十四人だった。

現在、キャサリン号は相模《さがみ》湾の沖合三十キロの海上を十ノットで航行中だ。水上署の巡視艇と第三管区海上保安本部の巡視艇、巡視船がキャサリン号に張りついている。

警視庁が事件の発生を知ったのは、午後七時二十三分だった。すぐさま機動捜査隊、所轄署、水上署の捜査員が出動したが、人質の救出には向かえなかった。

犯人グループが明和汽船の本社ビルと水上署に時限爆破装置を仕掛けたと通告してきたからだ。しかし、どちらからも爆発物は発見されなかった。捜査当局は犯人側に欺《あざむ》かれ、初動捜査でつまずくことになってしまった。

「これがナターシャだ」

麻生がテーブルの下から、ロシア大統領の令嬢の写真を抓み上げた。外事課から取り寄せたものだった。

これまでナターシャが西側のマスコミに登場したことは一度もない。旧ソ連国家保安委員会《KGB》の将校だったプーニン大統領は、私生活を隠したがる傾向があった。

郷原は写真を受け取り、被写体を見た。

ナターシャは父親に似て、いくらか目がきつかった。しかし、なかなかの美人だ。金髪で、瞳はスチールブルーだった。

郷原は写真を隣の五十嵐に回した。

麻生がプーシキン、スヴェトチカ、マヤコフの顔写真を卓上に並べる。轟が耳のピアスをいじりながら、すぐに身を乗り出した。ピアスに手をやるのは、緊張したときの癖だった。

日本人の人質たちの顔写真は、まだ入手していないらしかった。

「郷原君、きみの息子さんは確か豊という名前だったね？」

麻生が深刻そうな顔で、明和汽船からファクスで送られてきたレストランシップの乗船者名簿に目を落とした。

「息子がキャサリン号に!?」

「奥さんと一緒に、息子さんの名も。キャンセルはなかったというから、二人はキャサリン号に乗ってると思う」

「なんということだ」

郷原は頭の中が真っ白になった。一瞬、視界から色彩が消えた。

「キャップ……」

五十嵐と轟の声が重なった。二人が同情と労《いたわ》りの入り混じった眼差しを向けてきた。

郷原は目顔《めがお》で、部下たちに謝意を表した。妻子と過ごした楽しい日々が脳裏《のうり》を駆け巡《めぐ》る。蘇《よみがえ》る情景は、どれも鮮明だった。

何かの間違いであってほしい。そう祈らずにはいられなかった。

こんな仕打ちを受けるのは、家族を蔑《ないがし》ろにした報《むく》いなのか。天罰を下《くだ》されたようにも思えた。

「辛《つら》い任務だろうが、私情に駆られることなく、百四十四人の人質を救出してもらいたい」

「ベストを尽くします」

「頼むぞ。それにしても、辛いだろうな」

麻生が言った。慰めの言葉は短かったが、充分に思い遣りが感じられた。

郷原は黙ってうなずいた。

妻や息子は、なんと運が悪いのか。妻は郷原が吉祥寺の家を出てから、自宅で幼児英語教室を開いていた。

ゴールデンウィーク中、豊をどこにも連れていってやれなかったにちがいない。そんなことで、今夕、恵美子は時間を遣り繰りして母子でささやかなレジャーを愉《たの》しむ気になったのだろう。

妻の苦労を思うと、郷原は胸が痛んだ。息子も不憫《ふびん》だった。

別居後は、わずか数度しか吉祥寺の家に電話をしていない。それも、たいてい事務的な連絡ばかりだった。

妻や子供に冷淡に接してきたのは、郷原なりの屈折《くっせつ》した愛情だった。

恵美子とよりを戻す気はなかった。妻に懐《なつ》いている息子を奪うのは惨《むご》すぎる。なまじ家族に未練を示したら、かえって妻や子を傷つけることになってしまう。

しかし、いまは善人ぶってきたことが悔《く》やまれてならなかった。最悪の場合は、もう恵美子や豊に会うことができなくなるかもしれない。そう考えると、郷原は頭がどうかなりそうだった。

「郷原君、きみは現場に出ないほうがいいかもしれないな」

麻生が心配顔で言った。

「大丈夫です。どうかお気遣《づか》いなく」

「いいのかね」

「武装グループは極右の連中なんでしょうか？」

郷原は気を取り直して、麻生に問いかけた。

「その可能性はあるかもしれないね。JR浜松町《はままつちょう》駅の横にある旧芝離宮《しばりきゅう》公園の近くに、マイクロバスが乗り捨ててあったんだ。その車は『殉国青雲党《じゅんこくせいうんとう》』のものと判明した」

「犯人グループの七人が日本人ばかりであったことやマイクロバスのことを考え併せると、日本人グループの犯行と思われますね」

「それは間違いないだろう。確か『殉国青雲党』は、ネオナチを信奉してる極右団体だったね？」

「ええ。外国人不法就労者の排斥運動を起こし、都内で東南アジア系や西アジア系の不法滞在者に集団リンチを加えている連中です」

「そうだったな。当然、連中は反ロ思想に凝り固まってるんだろう」

麻生がそう言い、極右団体に精通している五十嵐に意見を求めた。

「『殉国青雲党』の連中は旧ソ連時代から、狸穴《まみあな》の現ロシア大使館に何度も殴り込《カチコミ》みをかけています。もっとも毎回、ダンプで門扉《もんぴ》をぶち破る前に立ち番の機動隊に検挙《アゲ》られましたが……」

「党首は総会屋崩れじゃなかったかな？」

「そうです。住吉大膳《すみよしだいぜん》という男で、六十一、二歳です。正規の党員は五十数人ですが、極右の中でもかなり荒っぽい連中が揃っていますね。党員の半数近くが昔、こっち関係ですから」

五十嵐は人差し指で、血色のいい頬を斜めに撫でた。筋者《すじもの》という意味だ。

「活動資金の流れは？」

「住吉はいろいろ事業を手がけていますが、どれも赤字経営に近い状態です。暴力団の下請《う》け仕事や強請《ゆすり》で、党員たちを喰《く》わせてやっているようです」

「だろうね」

「これから、住吉をちょっと揺さぶってみましょうか。わたし、奴の弱みをいろいろ押さえていますので」

「いや、人質の救出が先だ。住吉のほうは、うちの隊員に探らせよう」

「わかりました」

二人の話が中断した。郷原はもどかしい気持ちで、麻生に問いかけた。

「マスコミは、もう事件《ヤマ》を嗅《か》ぎつけたんでしょうか？」

「ああ。しかし、各社が報道を控えてくれることになった。むろん、新聞やテレビも極秘に取材はすると思うが……」

「そうでしょうね」

「郷原君、すぐに出動の準備に取りかかってくれ。屋上のヘリポートで、航空隊のヘリが待機中なんだ」

「急ぎます」

郷原は、二人の部下に目配《めくば》せした。

五十嵐と轟が相前後して、すっくと立ち上がった。ともに引き締まった表情だった。

郷原たち三人は、奥の武器弾薬庫に進んだ。

二重扉の鍵は郷原が預かっていた。大急ぎで錠《じょう》を外し、武器弾薬庫に入る。六畳ほどの広さだ。

三人はTシャツやトレーナーの上に、特別誂《あつら》えの防弾・防刃胴着《ボディーアーマー》を着けた。

胴着《アーマー》の主な材質は、強靱《きょうじん》なアラミド繊維だ。それも三層に織《お》られている。

このハイテク繊維の引っ張り強度は、鉄の十倍近い。外部からの運動エネルギーの吸収性にも優《すぐ》れている。秒速四百二十三メートルの四十四口径マグナム弾でも貫通しない。被甲弾など特殊加工がしてある銃弾も阻止《そし》できるはずだ。

これまでの防弾胴着《ボディーアーマー》は刃物には弱かった。

その弱点をパーフェクトに克服したのが、ナイロンの小片を重ねた鎧《よろい》状の網だ。

さらにその下には、厚さ五ミリの特殊ゴム層がある。

どんな刃物も受けつけない。大鉈《おおなた》や斧《おの》も撥《は》ね返してしまう。防弾・防刃を兼ねていながら、重さは三・四キロと軽い。

三人は特注品の防弾・防刃胴着《ボディーアーマー》の上に、布製のサバイバル・ヴェストを重ね着した。

アウトポケットが大小八つ付いている。それぞれが予備の弾倉《マガジン》、ペンライト、万能ペンチなどを突っ込む。

ガンロッカーにはシグ・ザウエルP230やチーフスペシャルばかりではなく、外国製の拳銃が揃っていた。自動小銃や短機関銃も納めてあった。

五十嵐が腰のホルスターに、ヘッケラー&コッホP7を滑り込ませた。ドイツ製の自動拳銃《オートマチック》だ。

轟はトロンボーンケースに似た黒いキャリングケースに、イングラムM11《マックイレブン》とウージーを入れた。イングラムM11はアメリカ製、ウージーはイスラエル製の短機関銃だ。

「キャップ、ライフルはどれにしましょう？」

「M16A2を入れといてくれ」

郷原は轟に言って、ベレッタM92SBを携帯した。イタリア製の高性能自動拳銃だ。複列式弾倉《ダブルコラムマガジン》には十五発の実包が納まる。

さらに郷原は腰の後ろに、電子麻酔銃を差し込んだ。鉛の弾丸の代わりに強力な麻酔液を含んだダーツ弾が発射される。先端は鏃《やじり》に近い形だ。

標的に命中すると、約二十五ミリリットルのキシラジンが注入される。個人差もあるが、たいがい数十秒で相手は意識を失う。猛獣も同じだった。有効射程距離は、およそ二百メートルだ。

火薬は、まったく使われていない。したがって、銃声はしない。FBIで開発された特殊銃だった。七発入りだが、念のためにヴェストの胸ポケットに予備弾倉を入れる。

郷原はSP時代に、二人の凶悪なテロリストを射殺していた。

正当防衛だったが、後味《あとあじ》は悪かった。しばらくの間、血溜《だ》まりの中に横たわっていた暗殺者の姿が脳裏から離れなかった。二人とも、頭の半分が消えていた。

郷原は相手を仕留《しと》めるときは、必ず頭部を狙う。動く標的の心臓は、撃ち損《そこ》なうことがあるからだ。

極秘戦闘班のメンバー三人は、狙撃を許されている。しかし、郷原はできるだけ犯人の射殺は避けたかった。そんなわけで、なるべく電子麻酔銃を使うように心掛けていた。

「準備完了です」

五十嵐と轟が声を合わせた。郷原は目顔でうなずき、武器弾薬庫を真っ先に出た。

午後十時七分

機が高度を下げた。

回転翼の音が耳を擽つ。ヘリコプターの震動が全身に伝わってくる。航空隊の大型ヘリコプターだった。

郷原は眼下を見た。

黒々とした海面には何も見えない。漁火《いさりび》ひとつ瞬《またた》いていなかった。

相模灘《なだ》の沖合二十キロの上空だった。高度は二百三十メートルを切っている。

「もう少し下げてくれないか」

郷原は、隣のパイロットに怒鳴った。

航空隊のパイロットは、宇津木久志《うつぎひさし》という名だった。三十一歳だったか。人の好《よ》さそうな印象を与えるだけで、これといった特徴のない男だった。前回の事件でも世話になっていた。

宇津木が、さらに高度を数十メートル下げた。それでも、レストランシップは視界に入ってこない。

ヘリコプターは西へ向かった。五分ほど飛んだころ、後方で轟が高く叫んだ。

「キャップ、キャサリン号を発見しました！」

「そうか」

郷原は、自分の暗視望遠鏡《ノクト・スコープ》を摑み上げた。

赤外線を使った旧式のノクト・ビジョンではない。ハイテクを結集した新型のノクト・スコープだ。粒子《りゅうし》は細かく、夜間でも物がくっきりと見える。背景も赤くなったりはしない。

レンズを覗《のぞ》く。

左手前方に光が見えた。光輪は太い。

第三管区海上保安本部の巡視艇のサーチライトだった。光は一つではなかった。五隻の巡視艇が、白とマリンブルーに彩《いろど》られたレストランシップを取り囲んでいる。

キャサリン号だった。

居住区は三層になっていた。円窓から、光が洩れている。人の動きまでは見えなかった。

熱海《あたみ》沖十八キロの海上だ。キャサリン号の真後ろには、大型巡視船がぴたりとついている。

第三管区所属の『なみかぜ』だ。レストランシップよりも、ふた回りほど小ぶりだった。それでも全長二十三メートルの巡視艇よりも数倍は大きい。

巡視船『なみかぜ』の後部甲板には、ヘリコプターが翼を休めていた。

ベル212だった。ベル型のヘリコプターは、船の速度に合わせて飛行できる。滞空時間は最大五時間だ。

五隻の巡視艇は波浪に揉まれて、大きく揺れている。各艇の十三ミリ機銃の銃口は、キャサリン号に向けられていた。

海上保安庁は百隻以上の大型巡視船を所有している。巡視艇の数は二百隻にのぼる。

水上署の巡視船は見当たらない。

はるか遠くに、新聞社の双発機が見えた。

キャサリン号は巡視艇に針路を阻《はば》まれ、微速《スロー》で滑っている。甲板には、人の姿はなかった。武装集団は百四十四人の人質を銃で脅しながら、船室から外の様子をうかがっているにちがいない。

人質はどんな思いでいるのか。恵美子や豊は、犯人たちにどう扱われているのだろうか。

郷原は妻子の安否が気がかりだったが、口には出せなかった。

さらにヘリコプターの高度を下げさせる。

機は八十メートルまで下がった。はるか前方に、熱海の温泉街の灯《ひ》がきらめいている。

華《はな》やかで、眩惑《げんわく》されそうだ。光の帯は横に長く延びている。背後の山々は闇に包まれ、稜線《りょうせん》だけが辛《かろ》うじて識別できた。まるで影絵のようだ。

「警部、どうしましょう?」

宇津木が問いかけてきた。

「不用意にキャサリン号に接近したら、ライフルで燃料タンクを狙われる。キャサリン号の周《まわ》りを大きく旋回しながら、少しずつ高度を下げてくれ」

「了解!」

「犯人たちは心理的に追い込まれてるはずだ」

郷原は言った。

ヘリコプターは徐々に高度を下げていった。波のうねりが、鮮明に見えるようになった。等高線を想《おも》わせる蒼白《あおじろ》い波頭も、くっきりと目に映った。

郷原は暗視望遠鏡《ノクト・スコープ》を目に当てつづけた。

ヘリコプターが十三周目に入ったときだった。船室から、青い戦闘服を着た男が現われた。

両腕でAKMを抱えている。旧ソ連製の突撃銃《アサルト・ライフル》だ。AK47の改良型である。

突然、キャサリン号の甲板で銃口炎《マズル・フラッシュ》が閃いた。澄色《だいだい》に近い赤色だった。炎は十センチ近く噴いた。

ヘリコプターの床《フロア》の下で、鋭い金属音がした。

着弾音だった。残響は甲高《かんだか》かった。

宇津木が短い悲鳴をあげた。燃料タンクを狙われたと思ったのだろう。だが、被弾したのはヘリコプターの脚部だった。

郷原は、着弾音でわかった。

突撃銃の弾薬は小銃弾よりも少ない。しかし、拳銃弾よりは威力があった。どうやら敵を刺激してしまったようだ。

「右に逃げろ」

郷原は宇津木に命じた。

ヘリコプターは機体を傾けながら、右に飛んだ。

全自動《フルオート》で連射された小口径弾は赤く光りながら、夜空に虚《むな》しく吸い込まれた。

狙撃手は全弾を撃ち尽くすと、駆け足で船室に戻っていった。単なる威嚇射撃だったらしい。

「ひやっとしましたよ」

宇津木が安堵《あんど》した顔で、低く言った。

「少し軽はずみだったかもしれない。みんな、すまなかったな」

「いいんですよ。奥さんや坊やのことが気がかりなのは、よくわかります」

「いや、私情に駆られかけたわたしが……」

郷原は機内の三人に言い、ヘリコプターをレストランシップから遠ざからせた。

右手前方から第三管区のベル212が飛来してきた。

高度は百メートル前後だった。その上空には、海上保安庁のマークの入ったビーチクラフトが舞っている。

「『なみかぜ』から、あまり犯人グループを刺激しないでくれと抗議の無線が入りました」

宇津木が困惑顔で報告した。海上保安庁と警察は張り合う意識が強かった。

「了解したと伝えてくれ」

郷原は言って、暗視望遠鏡《ノクト・スコープ》を目に当てた。

午後十時三十九分

船室のドアが開けられた。

ランジェリー姿の女が現われた。肌が生白《なまじろ》い。
二十七、八歳の白人だった。髪は赤毛だ。肉感的な体には、ハーフカップのブラジャーとパンティーしかまとっていない。
女警護官のスヴェトチカだった。

巡視艇のサーチライトに照らされ、キャサリン号の甲板は真昼のように明るかった。

スヴェトチカの背後には、拳銃を構えた若い男がいた。

二十代の後半だろうか。さきほど突撃銃を連射した男ではないようだ。やはり、青い戦闘服をTシャツの上に羽織っている。拳銃はリボルバーだったが、型《タイプ》まではわからなかった。

郷原は、ヘリコプターを高度四十メートルのあたりで空中停止《ホバリング》させていた。

男は女警護官に銃口を突きつけて、巡視艇や巡視船を追っ払う気になったのだろう。

それにしては、どことなく殺気立っている。それが少し気になった。

郷原は、男の動きを見守った。

男はランジェリー姿の女の人質をデッキの縁板《ブルワーク》まで歩かせた。立ち止まったスヴェトチカが振り向いて、男に何か訴えた。その顔は恐怖で歪《いびつ》になっていた。

ロシアの警護官たちは、サンボなどの格闘技や射撃術に長《た》けている。しかし、屈強な警護官も飛び道具にはかなわない。さすがの女警護官も、手も足も出せないのだろう。

男が拳銃で小突《づ》きながら、スヴェトチカを船の縁板に跨がらせた。

スヴェトチカが海に視線を向けた。飛び込めと命じられたのか。

男がスヴェトチカに声をかけた。

女警護官が正面を向いたとき、銃口から赤いものが走った。銃口炎《マズル・フラッシュ》だ。銃弾は、スヴェトチカの顔面をまともに撃ち抜いた。

鮮血がしぶく。肉の欠片《かけら》も飛び散った。

スヴェトチカは、頭から海に落ちていった。一瞬の出来事だった。

警護官を射殺したわけだから、外交問題にまで発展するかもしれない。

郷原は人質に犠牲者が出てしまったことで、暗然とした。自分の無力さが、もどかしかった。

「ひでえことをしやがる」

五十嵐が唸るように言った。

轟も、見せしめ殺人を強行した犯人グループの残忍さを強く詰《なじ》った。機内は、重苦しい沈黙に支配された。

「警部、人質が次々にデッキに連れ出されてます！」

宇津木が大声を張り上げた。

郷原はキャサリン号を見下ろした。乗客らしい男女が、右舷と左舷の両側に横に並ばされている。全員、顔を海に向けていた。

よく見ると、コック服を着た男やボーイの姿も混じっていた。彼らは、レストランスタッフだろう。ナターシャと随行員の姿は見当たらない。

日ロ友好親善協会の関係者らしい人影もないようだった。あるいは、船の乗客の中に混じっているのかもしれない。

「あっ、キャップ！　奥さんと坊やが……」

五十嵐が苦しげに告げた。

郷原は妻子の無事を祈りながら、デッキを素早く目でなぞった。左舷の船尾寄りにいるのは、紛《まぎ》れもなく恵美子と豊だった。

思わず郷原は、胸の中で妻と息子の名を叫んだ。

目頭《めがしら》が熱くなる。自分が民間人なら、夜の海を泳いででも直《ただ》ちに救出に向かいたい気持ちだった。

恵美子は両腕で豊の肩をすっぽりと包み込み、いまにも泣き出しそうな顔で立っていた。

砂色のスーツ姿だった。豊は怯えた顔つきで、しきりに周囲を見回している。

「キャップ、こんなときはなんて言えばいいのか」

轟が沈んだ声で書った。

「何も言わなくてもいいんだ。おまえの気持ちは充分に伝わってくる」

「しかし、何か……」

「心配かけて、すまん」

郷原は轟の肩に片手を置き、五十嵐に目顔で感謝した。五十嵐の目は潤《うる》んでいた。

彼は短気だが、涙脆《もろ》かった。

純白の制服をまとった四十代の男がブリッジに駆け上がった。拡声器を手にしている。

郷原は、轟にスライドドアを十センチほど開けさせた。

そのとたん、風がなだれ込んできた。風切り音が凄まじい。潮《しお》の香《か》も機内に流れ込んでくる。

「わたしはキャサリン号の船長です。海上保安庁の方々、すぐに封鎖を解いてください。さもないと、人質の方々に危害が加えられる恐れがあります。マスコミの方たちも引き取ってくださいっ」

白い制服の男が声を限りに叫んだ。涙声だった。

数分後、五隻の巡視艇がキャサリン号から百メートル前後離れた。

大型巡視船『なみかぜ』も後方に退《しりぞ》いた。しかし、依然としてキャサリン号を取り囲む形だった。

「第三管区のみなさん！　もっともっと離れてください。この船の航行を妨《さまた》げないでほしいんです。どうかお願いします」

ふたたび船長が絶叫した。

郷原には、多くの人命を預かる船長の気持ちが痛いほど伝わってきた。船長にとって、乗船客は自分の家族と同じように大切な存在なのだろう。

郷原にも妻や子は、かけがえのない家族だった。

しかし、いま、二人は手の届かない場所にいる。恐怖に戦いている妻子のそばにいてやれないことが辛かった。

船長がブリッジから姿を消して間もなくだった。

犯人グループの男たちが人質を楯《たて》にしながら、拳銃や短機関銃で一斉に扇撃《ファンニング》ちしはじめた。海面のあちこちで、水飛沫《みずしぶき》が上がる。

人質の男女が身を竦め、相次いで悲鳴を放った。若い女や子供は泣き喚《わめ》いていた。

甲板を打つ空薬莢《からやっきょう》の音は、雹《ひょう》に似た響きだった。

無数の弾丸が赤い尾を曳きながら、疾駆《しっく》していった。硝煙《しょうえん》が厚くたなびき、少しの間、人質の姿が見えなくなった。

銃声はなかなか鳴り熄まない。

海上保安官のひとりが被弾し、巡視艇から海に転げ落ちた。同僚が大きな浮輪を投げたが、落ちた者はそれに取り縋《すが》ろうとはしなかった。すでに息絶えてしまったらしい。

郷原は、新たな犠牲者の死を悼《いた》んだ。

所属こそ違うが、同じ捜査員だ。仲間を失った気持ちだった。短く合掌する。

「犯人に告ぐ。こちらは第三管区海上保安本部だ。武器を捨て、ただちに降伏しなさい。いつまでも抵抗をつづけるなら、当方も狙撃命令を下すことになるっ」

大型巡視船から、拡声器で増幅された濁声《だみごえ》が流れてきた。

だが、なんの効果もなかった。かえって犯人グループの銃声が激しくなった。

これ以上、犯人グループを刺激しないでくれ！

郷原は胸底で叫んだ。

人質は一様《いちよう》に身を屈め、死の恐怖に晒されていた。恵美子も豊を抱きかかえて、中腰になっていた。豊は泣きじゃくっている。

何隻かの巡視艇が空に機銃弾を放ちはじめた。

威嚇射撃しながら、敵の反応をうかがう気になったようだ。無謀すぎる。

「海保の連中は強気すぎます。このままじゃ、犠牲者がまた出ますよ」

轟が心配顔で言った。彼が郷原の妻子を念頭に入れていることは、明らかだった。

郷原は部下の心配が嬉《うれ》しかった。

数分後だった。ベル212が大音響とともに派手に爆《は》ぜた。

爆風で、ヘリコプターが揺れる。

夜空が明るんだ。風防シールドや計器の破片が、フリスビーのように空を泳いだ。

ヘリコプターは巨大な火の塊となって、ほぼ垂直に海面に叩きつけられた。

次の瞬間、とてつもなく大きな水柱が盛り上がった。夜目《よめ》にも、その白さが目に沁《し》みた。

「海保のばかどもが！　早く封鎖を解かねえから、こんなことになっちまうんだ」

五十嵐が腹立たしげに吼えた。

郷原は第三管区の動きを目で追った。巡視艇の一隻が、ベル212の墜落した場所に急いでいる。

白く泡立った海面に、動く人影はなかった。パイロットは即死状態だったのだろう。

キャサリン号の針路を塞《ふさ》いでいた巡視艇が、ようやく横に移動した。ほかの巡視艇も大きく遠のいた。『なみかぜ』も後退した。

それを見届けてから、犯人グループは人質の男たちを無造作に海に投げ落としはじめた。大人ばかりだった。二十八、九人はいた。

波間で救いを求める声が交錯した。

巡視艇が慌ててUターンする。戦闘服の男たちは、人質の女と子供をすべて船室に戻らせた。三十人ほどだった。恵美子と豊の姿も、ほどなく見えなくなった。

郷原は海上保安庁に無線で捜査協力を要請した。海に投げ落とされた人質たちの事情聴取の結果は、警視庁の麻生に報告されることになった。

ひとまず郷原は、ほっとした。

しかし、気分は重かった。スヴェトチカが射殺され、何人かの海上保安官が犠牲になってしまった。この先も、まだ死傷者が出るかもしれない。

事態は最悪だ。郷原は追い込まれた気がした。

焦躁《しょうそう》感が募《つの》った。

午後十一時四分

轟がスライドドアを閉めた。

そのとき、警視庁の通信指令本部から無線のコールがあった。麻生警視正からだった。

かすかなざわめきが聴《き》こえた。

本部庁舎の四階と五階にある通信指令本部は、不眠不休でフル稼働《かどう》している。三交替制だった。通信指令本部は、一一〇番通報を受けると、すぐさま警邏《けいら》中のパトカーに指令を飛ばす。

「キャサリン号を視認《しにん》できたかね？」

麻生が開口一番に訊いた。郷原は経過をかいつまんで喋った。

「とうとう犠牲者が出てしまったか。日ロ関係がぎくしゃくしたものにならなければいいがな」

「残念です。今後は、もっと慎重に動くようにします」

「そうしてくれ。そこから、初島《はつしま》は近いな？」

麻生警視正は確かめるような口調だった。

初島は、熱海の温泉街から十キロほど南東に位置する小さな島だ。熱海市に組み込まれている。周囲は約四キロしかない。海抜四、五十メートルの海蝕《かいしょく》台地だ。海岸線は岩場が多く、絶好の釣り場に恵まれている。

黒潮の影響で夏は涼しく、冬は暖かい。亜熱帯性の気候区に属し、椿《つばき》や大島桜《おおしまざくら》が自生している。人口はわずか百六十余人だが、春や夏は観光客で賑《にぎ》わう。

熱海港から高速船で二十五分と近い。伊東《いとう》市からも定期船が出ている。

島の東部にはレジャーランドがある。大型の観光ホテルも営業中だ。民宿は四十軒近い。その大半が北部に集まっている。

「初島で何か？」

「ついさきほど青い戦闘服を着た十数人の男たちが島民、民宿の泊まり客、観光客たち約三百人を短機関銃で脅し、初島マリンホテルに軟禁したという情報が入った。おそらく男たちは、初島を占拠するつもりなんだろう。犯人たちは、すべて日本人だ」

「なんてことに」

郷原は、思わず声を上擦《うわず》らせた。

「犯人たちは青い戦闘服を着てるというから、ナターシャ一行を拉致して、キャサリン号を乗っ取った連中の仲間と考えてもいいだろう」

「シージャックした奴らは、初島で仲間と合流する気なのではないでしょうか？」

「おそらく、そうなんだろう」

「大型ホテルの情報を……」

「五階建てで、収容人数は約八百人だ。島の南西部にある。建設会社から、設計図などを取り寄せさせよう」

「シージャックの次は、アイランドジャックか。いったい奴らの目的は何なんでしょう?」

「何かとんでもないことを企《たくら》んでるはずだ」

麻生が言った。

「プーニン大統領の娘を人質に取ったわけですから、政治絡《がら》みの陰謀でしょうね」

「その可能性は大きいな。初島に先回りして、人質の安否や犯人たちの動きを探ってくれないか」

「わかりました」

「それから、うちの隊員が『殉国青雲党』の住吉大膳に会ってきたよ。旧芝離宮公園の近くで発見されたマイクロバスは、一昨日《おととい》の晩に盗まれたものだと言っているらしい」

「車の盗難届は?」

郷原は問い返した。

「それは出されていない。もちろん、住吉の話を鵜《う》呑みにする気はないがね」

「いま思い出しましたが、確か前大統領が東京サミットに出席したとき、『殉国青雲党』は二度の訪日延期を詫びろとロシア大使館に街宣車《がいせんしゃ》で押しかけています」

「そんなことがあったね。しかし、ナターシャをさらって、いまの大統領に謝罪を要求するというのでは、あまりにも子供じみてる」

「確かに、おっしゃる通りですね。それに、今回の事件《ヤマ》は場数を踏んだテロリスト集団の仕業《しわざ》と思われます。日本の右翼では、とうてい踏める犯罪《ヤマ》ではありません。何かからくりがあるのではないでしょうか？　ひょっとしたら、思いがけない人物が背後に……」

「犯人グループが何者であれ、何かとてつもない要求をしてくるんだろう」

「わたしも、そう思います。それはそうと、敵はナターシャがお忍びで日本に来たことをどうやって知ったんでしょう？　ナターシャの来日についてマスコミは何も報じていないはずです」

「そのことで、いま、隊員を日ロ友好親善協会の関係者に会いに行かせてる。何かわかったら、また連絡しよう」

麻生の声が沈黙した。

「初島まで飛んでくれ」

郷原は宇津木に言って、二人の部下に麻生から聞いた話をつぶさに語った。

機が高度を上げ、キャサリン号から大きく離れた。

「奴らがナターシャを人質にして、プーニンに何か要求することは間違いないですよ」

五十嵐が言った。轟が相槌《あいづち》を打つ。

どんな要求をするつもりなのか。

郷原は推測しはじめた。最初に頭に浮かんだのは、極東の兵力の撤収《てっしゅう》だった。

犯人側は、ウラジオストクに司令部を置くロシア太平洋艦隊の全面撤退を求める気なのか。旧ソ連時代には、同艦隊は空母ミンスク、ミサイル巡航艦、原潜など併せて八百五十隻を保有していた。しかし、アメリカ国防総省やイギリスの国際戦略研究所の最新情報によると、いまは五分の一以下に減っているはずだ。

目障《めざわ》りな存在ではあるが、それほど日本に脅威を与える兵力ではない。

日本の国民がロシアに対して苦々《にがにが》しい思いを抱いているのは、やはり北方領土だろう。

犯行グループは、北方領土の兵力を全面撤退させることを目論《もくろ》んでいるのか。ソ連邦が解体するまで、確か択捉《えとろふ》島には約一万人の軍人がいた。天寧《てんねい》飛行場に空軍のミグG―23戦闘機が常時、四十機あまり配置されていたのではなかったか。

だが、それもいまは六割近く兵力が削減されているはずだ。ミグは十機にまで絞られている。前大統領は国境警備隊だけを残して、近い将来、北方四島の兵力をすべて撤収すると公式発表した。

そうしたことを考えると、犯人グループが北方領土の兵力撤収を要求するとも思えない。しかし、そう断定してもいいものか。

郷原は二人の部下に自分が推測したことを話してみた。すると、五十嵐が即座に口を開いた。

「北方領土の兵力撤収要求ですか。わたしは、考えられると思います。ロシアが軍縮の方向に動いてることは間違いありませんが、正直な話、ロシア人は信用できない面がありますからね」

「しかし、ロシアが経済的な理由で兵力の削減を強《し》いられてることは間違いありませんよ。兵器や軍人がだぶついてるんです」

轟が反論した。すかさず五十嵐が言い返す。

「そう言うけど、極東軍のガードはまだまだ固いぜ」

「いや、それほどでもありませんよ。太平洋艦隊の空母も原潜も老朽化して、使いものにならないのが多いはずです」

轟が言葉を切り、郷原に声をかけてきた。

「わたしは、敵の狙いは北方領土の返還ではないかと睨《にら》んでるんですよ。どう思われます？」

「いくらなんでも、そんな大それたことは考えないだろう」

「いや、考えられないことではありません。北方領土の返還は日本人の悲願です」

「それは、その通りだが……」

「旧ソ連時代から日本政府は虚仮《こけ》にされつづけてますから、右寄りの連中が力ずくで国後《くなしり》、択捉、色丹《しこたん》、歯舞《はぼまい》群島を奪い返そうと考えても少しも不思議ではありません」

「そうだが、ナターシャひとりの命と引き換えにプーニン大統領が北方四島をすんなり返すとは思えない」

郷原は言った。

「ナターシャひとりの命ではありません。プーシキン、マヤコフもいますよ。スヴェトチカは、もう殺されましたが。それに、日本人の人質も大勢います」

「そうだな」

「プーニンは、日本人の国民感情を気にするはずですよ」

轟が自信ありげに言った。

「それは、どういうことなんだ？」

「東京サミットで、主要七カ国《G7》はロシアの経済民営化に総額三十億ドルの支援を約束しましたよね？」

「ああ。五億ドルは無償援助で、残りの二十五億ドルは低金利の融資だったと思うが……」

「そうです、そうです。日本は技術支援に一億二千万ドルの拠出をしました。日本円にすると、約百三十億円の巨額です。さらに日本を含めたG7は、約百十五億ドルの債務返済の繰り延べまで認めてやったんです」

「だから、プーニンは日本人にも多少の恩義を感じてるはずだと言いたいんだな？」

郷原は先回りして、そう確かめた。

「ええ、そうです。ですから、前大統領は歯舞、色丹の二島返還を明記した〝日ソ共同宣言〟の有効性を認めたんだと思うんです」

「あの〝東京宣言〟が単なる外交上の駆け引きだったとは思いたくはないが、ロシア側はそう簡単に北方領土を手放す気にはならないだろう。もうだいぶ前の話だが、前大統領の側近は、ロシアの対外債務の総額七百五十億ドルを日本に肩代わりさせて、北方四島を一括返還したらどうかと提案した。つまり、日本円にして八兆二千億円でクリル四島を売ってやれってことだな」

「インフレの悪循環を断ち切りたいと願っているロシア政府首脳が、巨額の外貨を手に入れたがってることは事実でしょう。しかし、それはブレーンの提案にしかすぎません。プーニンは前大統領にかわいがられていましたが、彼自身はさほど北方領土には固執する気はないんですよ」

轟が言った。

「しかし、プーニンは領土問題にはかなり慎重な発言をしてる」

「それは、反プーニン派の極右・保守派政党を意識してるからです」

「それはあるだろうな」

「ええ。ロシア自由民主党党首のウラジミール・ジリノフスキーは、北方領土はロシアのものだと言い切りましたが、あのファシストを本気で支持してる国民は多くありませんよ」

「おれも、そうは思うんだが……」

郷原は断定はしなかった。

「ロシア国民の大半は緩やかな改革を望んでるんです」

「そうだろうな」

「プーニンは極右・保守派政党にポーズで遠慮して見せてますが、その力は大変なものですよ。ロシア外交の実権は、前大統領のころから外務省から大統領府に移ってます。プーニンの気持ち一つで、北方領土の扱いなんかどうとでもなるんですよ。おそらく敵は、そこまで読んでるんでしょう。そうにちがいありません」

轟が長々と喋って、ようやく口を結んだ。

それを待っていたように、五十嵐が問いかけてきた。

「キャップはどう思います？」

「犯人グループはプーニンに、Ｇ７からの支援を辞退しろとでも迫る気なのかもしれない」

郷原は口を閉じた。二人の部下も黙り込んだ。

数分後、初島が見えてきた。郷原は新婚時代に、妻と初島を訪れたことがあった。そのときのことは鮮やかに憶《おぼ》えている。

上空から眺める初島は、ひどく小さく見えた。初島第一漁港は島の北部にある。島民の多くは漁業や民宿経営で生計を立てているようだ。

港の前の民宿街には、ほとんど明かりが灯《とも》っていない。

港の桟橋にも船影はなかった。近くにある初島小・中学校や東明寺《とうみょうじ》のあたりも真っ暗だった。

台地状の島の中央部に拡がる大根畑も黒々と見えた。〝初島たくあん〟は、天草《てんぐさ》とともに島の名産品として知られている。

西側にある避難用の第二漁港も暗かった。この時期は天草の採取が行なわれているはずだが、漁港のかたわらにある海女《あま》小屋にも灯は点いていない。第二漁港の近くにあるヨットハーバーも暗闇に沈んでいた。

島の東側にあるレジャー施設には、灯が瞬いていた。

バケーションランドだ。広い庭園には芝が植えられている。ところどころに、椰子《やし》やパパイヤなどの熱帯植物が繁っていた。

ランド内の亜熱帯植物園には、ハイビスカスやブーゲンビリアの花が咲き誇っている。トロピカルフルーツの種類も多い。

初島港とバケーションランドを結ぶ専用トレーラーがある。片道の所要時間は七、八分だ。

大型レジャーホテルの初島マリンホテルは、島の南西部にそびえていた。大きな温水プール付きだった。

各階の窓という窓は、カーテンやシート類で目隠しされている。だが、かすかに電灯の光が洩れていた。いくつか動く人影が見えるが、人質か犯人かは見定めがつかない。

バケーションランド内にヘリポートがある。

しかし、そこにヘリコプターで降りるのは危険だ。犯人側にヘリコプターの爆音を聞かれてしまう。

まずは情報収集だ。

郷原はそう思いながら、墨色《すみいろ》の海原を眺め下ろした。

キャサリン号が目に入った。かなりの速度で初島港に向かっていた。どうやらロシア大統領のひとり娘も初島のどこかに閉じ込められるらしい。

数隻の巡視艇が少し距離をとりながら、キャサリン号を追っていた。『なみかぜ』の船体は見当たらなかった。

「しばらく島の海岸線に沿って飛んでくれ」

郷原は宇津木に言って、暗視望遠鏡《ノクト・スコープ》に目を当てた。

六日　午前零時三十二分
作戦会議に入った。

網代《あじろ》漁業組合の事務所だ。

郷原たち三人は、応接室のソファに腰かけていた。メンバーのほかには誰もいない。

網代は、伊豆半島の東側の付け根にある漁師町だ。七キロ先には初島がある。

航空隊のヘリコプターは、網代港近くの市営グラウンドで回転翼を止めていた。

熱海市長に事情を話し、緊急着陸の許可を貰ったのだ。パイロットの宇津木は、いまごろ操縦席で仮眠をとっていることだろう。

事件発生から、六時間近くが経過している。

日が変わったことで、郷原は焦《あせ》りを感じはじめていた。しかし、それを部下たちには覚《さと》られないよう努めていた。

三人は、偵察飛行で得られたことを整理してみた。

キャサリン号が初島港の定期船用桟橋に横づけされたのは、小一時間前だった。約八十人の人質が下船させられた。

最初に桟橋に引きずり降ろされたのは、プーニン大統領の娘だった。ナターシャに付き添っていた警護官や武官の姿は確認できなかった。

下船させられた者の中には、恵美子と豊も混じっていた。二人とも怯えていたが、どこも怪我《けが》はしていないように見えた。

およそ八十人の男女は初島マリンホテルまで歩かされ、館内に閉じ込められた。

すでに囚われている島民、民宿の宿泊客、観光客などにキャサリン号内に監禁されていた三十四、五人を加えたら、人質の数は四百十人近い。

二カ所に分散させられた人質がどんな扱いを受けているのかは、上空からはうかがえなかった。人質のいる部屋の窓は、カーテンやシート類で塞がれていたからだ。

おそらく人質の多くは、死の影に怯えているのだろう。ことに女や子供たちは、自分を支えきれなくなりかけているのではないだろうか。

郷原は胸を掻き毟《むし》られた。

大声で妻子の名を呼びたいような思いにも駆られた。

麻生からの連絡によると、船上から海中に投げ落とされた二十九人の男は全員、怪我らしい怪我もしていないらしい。

彼らの証言では、レストランシップを乗っ取った犯人グループは横浜《よこはま》沖でロシア大使館に電話をかけていたという。そのとき、ナターシャを脅して何かロシア語で喋らせていたそうだ。

犯人グループの人数は、まだ正確には把握していなかった。キャサリン号を乗っ取った七人と初島を占拠した十数人で、最低二十人前後はいると思われる。

犯人側の警備態勢は、おおむね把握できた。

初島第一漁港の船溜《だ》まり周辺に二人、ヨットハーバー『フィッシャリーナ』と第二漁港に各一人の見張りがいた。いずれも男たちは短機関銃か軽機関銃を携《たずさ》え、トランシーバーで仲間と連絡を取り合っていた。

第一漁港の左手にある食堂街、バケーションランドの脇、南部の磯に、それぞれ一人ずつ監視が立っていた。島の海岸線を固めているのは、わずか七人だった。

周囲四キロ弱の島とはいえ、見張りの人数が少なすぎる。犯人グループが海岸線に侵入防止の罠《わな》を仕掛けている疑いは捨てきれない。

内陸部の警戒も厳重ではなかった。民宿街、ヘリポート、初島灯台、庭園音楽堂に各一人が立ち、ホテルの周辺には三人の姿しかなかった。

キャサリン号には、敵の者は二人いたきりだ。ホテル内には、リーダーたち幹部が四、五人いるだけのようだ。

犯人グループは数十分前に三十数軒の民宿から寝具や食料を勝手に持ち出し、それらを大型観光ホテルに運び入れた。

どうやら犯人たちは、占拠したホテルに何日か立て籠る気らしい。

「ヘリの偵察でわかったことは、それほど多くない」

郷原は二人の部下を等分《とうぶん》に見た。

五十嵐と轟が相前後して、大きくうなずいた。

「もっと多くの情報を入手するには、島に潜入する必要がある。情報収集もさることながら、何よりも人質の無事を早く確認したい」

「ええ。人質がいる場所を正確に摑んでおきませんと、次の作戦に移れませんからね。それに島に潜入すれば、かなりの情報をキャッチできると思います」

五十嵐の言葉を、轟が引き取った。

「犯行メンバーの正確な数はもちろん、できればリーダーが誰なのかも早く知りたいですね」

「その人物の背後に首謀者がいるのかどうかもわかれば、御の字なんだがな」

「五十嵐さんが言ったように命令系統がはっきりすれば、事件のスピード解決に繋がりますよね」

「そうだな。犯人側の武器・弾薬の種類や量をもっと正確に知りたいし、逃走ルートの有無《うむ》もチェックできればな」

「そうですね」

轟が言葉を切り、郷原に顔を向けてきた。

「キャップ、どこから潜入するつもりなんです？　上空から見た限りでは、だいぶ警戒が甘い感じでしたが……」

「警戒が甘いと考えるのは少々、危険だな。二十人前後で、これだけの事件《ヤマ》を踏んだ連中だ。ガードに抜かりはないはずだよ」

郷原は言いながら、初島の地図を卓上に拡げた。漁業組合で借りた地図だ。

民宿の位置、道路、海抜などが詳しく載《の》っている。ＮＨＫや静岡放送の中継塔や畑の抜け道なども記載してあった。民宿の屋号はもちろん、民宿案内所を兼ねた漁業総合会館、教員住宅、診療所、保育園、寺、神社、消防詰所、海洋資料館、広場、健康自然食品農場などがすべて掲《かか》げられていた。

島内の位置関係も、一目瞭然《いちもくりょうぜん》だった。

島民の大多数は、北部の民宿街に住んでいる。民宿街の背後には有機農業の畑地が横たわり、その外れに初島マリンホテルの社員寮がぽつんと建っている。

島の中央部には七面のテニスコートがある。その東側に広いゴーカート場、西側にヘリポートがあった。テニスコートの前には、緑に囲まれたスポーツジムと庭園音楽堂がある。

N
食堂街
江戸城採石場跡
社員寮
コート
亜熱帯植物園
ゴーカート場
スポーツジム
放送
施設
燈台
ハワイアンプール
焼却場
バケーションランド

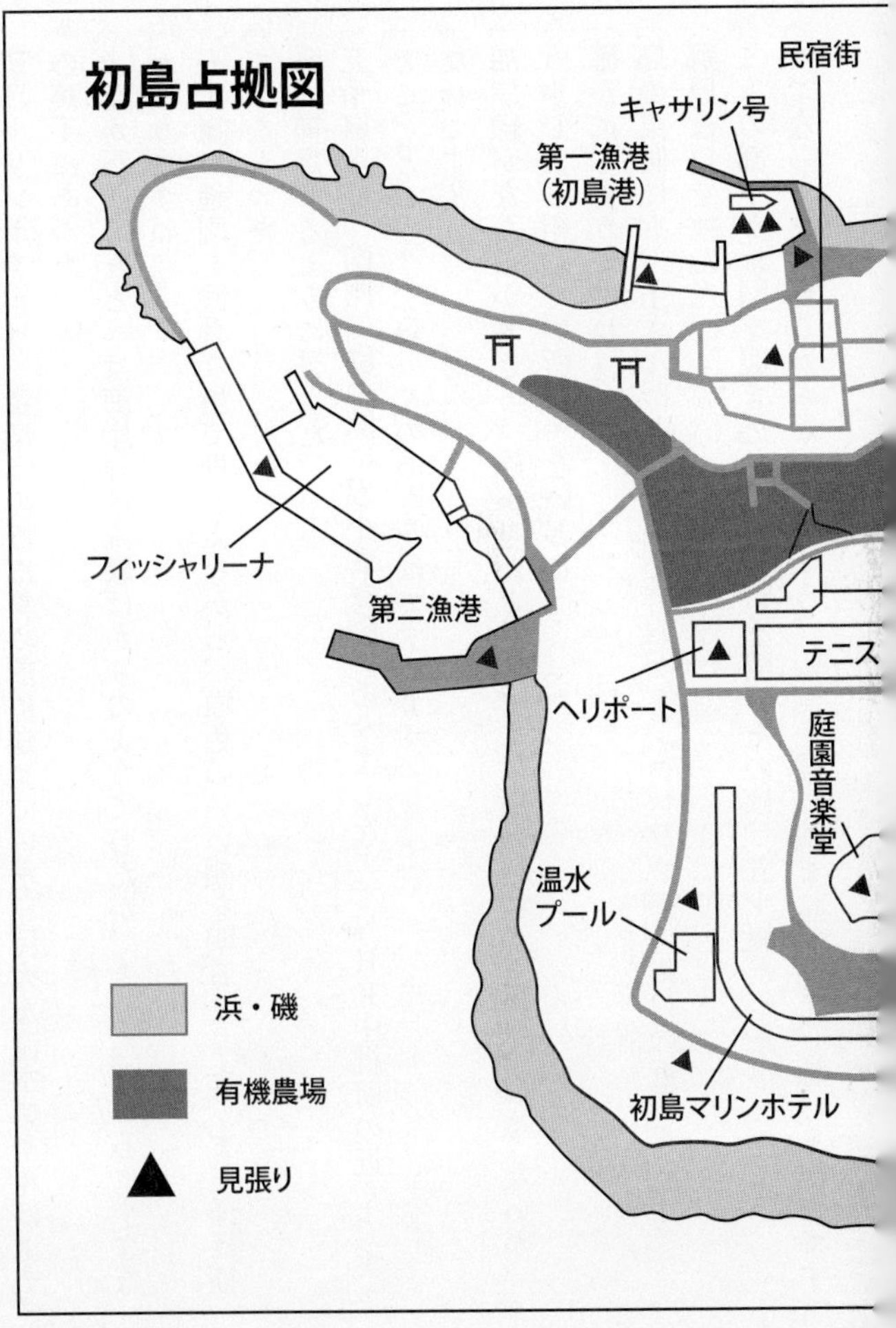
初島占拠図
民宿街
キャサリン号
第一漁港
（初島港）
フィッシャリーナ
第二漁港
テニス
ヘリポート
庭園音楽堂
温水
プール
初島マリンホテル
浜・磯
有機農場
見張り

初島マリンホテルは、音楽堂のほぼ斜め前に建っていた。巨大な温水プールはホテルの裏手にあった。

「上空から眺めたときは海岸線は荒磯ばかりのようでしたが、ところどころに小さな浜がありますね」

五十嵐が地図を武骨な指で押さえながら、血色のいい顔を明るませた。まだ汗は搔いていなかった。

轟が補足するように言った。

「五十嵐さん、南側の磯の間にも小さな浜がありましたよ。NHK中継所の近くです」

「どこ、どこっ？　轟、このあたりはまずいよ」

「なぜです？」

「海岸線がなだらかすぎる。磯が多いといっても、敵の目につきやすいじゃないか。もう少し入り組んだ場所じゃないとな」

「確かに、そうですね」

「島の東側にも、小さな砂浜があった。バケーションランドの入口の近くだ」

郷原は口を挟んだ。

二人の部下が地図を覗き込む。先に口を開いたのは、五十嵐だった。

「ここなら、まず見つからないでしょう。両側を磯に挟まれていて、地形も複雑ですからね。浜も狭そうですから、潜入しやすいと思います」

「われわれは島の漁師になりすまして、その浜から潜り込もう」

「それは、いい考えですね」

轟が言って、耳のピアスをいじりはじめた。

「万が一、犯人グループに見つかっても、あくまでも島民で通すんだ」

「キャップ、わたしもそうすべきだと思います。凶悪な連中ですから、われわれの正体を知ったら、きっと見せしめに人質に何か危害を加えるでしょう」

「ああ、おそらくな。ここの組合長に頼んで、十トン未満の漁船と作業服を借りよう」

「キャップ、われわれ三人がうまく漁師に化けられるでしょうか？　特殊訓練のおかげで、三人とも陽灼けはしてますが、やはり物腰などはプロの漁師には見えないのではありませんか。犯人グループの目は節穴《ふしあな》ではないと思うのですが」

五十嵐が控え目に言った。

「うまく化けるのさ。向こうがプロの犯罪者集団なら、こっちはプロの戦闘刑事だ。誇りと意地を賭けても……」

「わかりました」

「三人とも丸腰で乗り込もう。ただし、各自が特殊無線機は携帯する」

郷原は言った。極秘戦闘班のメンバーは潜入捜査の際《さい》には、ダイバーズ・ウォッチ型の発信器と耳栓《みみせん》型の受信器がセットになった特殊無線機を装着していた。

腕時計の竜頭《りゅうず》がトークボタンになっている。ボタンを押し込むと、時計に内蔵されている高性能マイクが作動する仕組みになっていた。

耳栓型のレシーバーは肌色で、あまり目立たない。受信の音声は、囁《ささや》き声ほどに音量を絞ることができる。

「初島沖で待機中のアクアラング小隊のバックアップは、どうしましょう？」

轟が訊いた。

「偵察が目的の潜入捜査だから、ぎりぎりまで支援の要請は控えよう。アクアラング小隊の影を犯人側に覚られたら、目的が果たせなくなる恐れがあるからな」

「そうですね」

「轟、おまえは海岸線の警戒態勢をチェックしてくれ。監視の正確な人数や位置、それから爆発物など仕掛け《トラップ》の有無も検《しら》べるんだ」

郷原は言って、今度は五十嵐に顔を向けた。

「おまえには、島の民宿街まで行ってもらう。どこかに島民か観光客が隠れていないとも限らないからな。そういう人間がいたら、保護してくれ。そして、犯人たちに関する情報をできるだけ多く集めてくれ」

「了解！　ついでに、民宿の中を覗いてみます。ひょっとしたら、何か手掛かりになるようなものを摑めるかもしれませんので」

「そうだな、そうしてもらおう」

「キャップは、どうされるんです？」

五十嵐が、どんぐり眼《まなこ》で郷原の顔を直視した。緊張が高まったときの仕種《しぐさ》だった。

「バケーションランド周辺をうかがってから、初島マリンホテルに接近し、突入口の下調べをする。その後、わざと敵の手に落ちるつもりだ」

「キャップ、それは少し危険なことではないでしょうか？」

「この目で人質たちの安全を確かめたいんだ。それに犯人グループの懐《ふところ》に潜り込めば、大きな収穫があるにちがいない」

郷原は言った。

「しかし、おひとりでは危《ヤバ》いと思います」

「心配するな」

「キャップ、われわれも……」

五十嵐がそう言い、かたわらの轟を顧《かえり》みた。轟が即座に同調する。

「二人とも冷静になれ。三人が囮《おとり》になるのは不自然だ。犯人側に怪しまれたら、人質の救出が困難になる」

「そうですね。それでは、われわれは島民を装《よそお》って、情報集めを中心に」

「そうしてくれ。くどいようだが、犯人グループを刺激しないようにな。一番いいのは、見つからないことだ」

郷原は念を押した。二人の部下が表情を引き締めた。

「運よく犯人グループの誰かを取り押さえられたら、口を割らせてくれ。武装集団の犯行目的や背後関係が摑めれば、凶悪犯罪を叩き潰すことができるからな」

「そうですね。それでは、さっそく船や防水服などを借りる手配を」

五十嵐がソファから立ち上がって、隣室に足を向けた。

そこには、漁業組合長をはじめ数人の役員がいた。轟も腰を上げ、応接室から出ていった。

郷原はポケットから、キャビンを摑み出した。

そのとき、妻と子の顔が交互に脳裏で明滅した。どちらも泣き顔だった。

二人とも必ず救い出してやる。もう少し辛抱してくれ。

郷原は胸底で呟き、煙草に火を点《つ》けた。

紫煙をくゆらせながら、初島マリンホテルの設計図の写しに目を落とす。十分ほど前に本部の麻生がファクスで、この事務所に送ってくれたものだった。

午前一時十九分

島影が大きくなった。

郷原は、七トンの木造漁船を微速《スロー》で走らせていた。

源三郎丸《げんさぶろうまる》だ。網代漁業組合の組合員の船である。だいぶ老朽化していた。

郷原は小型船舶の二級免許を持っている。資格を取得したのは、レンジャー小隊時代だった。車はA級ライセンスだ。

源三郎丸が網代港を出港したのは、ちょうど三十分前だった。島の南側を大きく迂《う》回《かい》しきるまで、全速前進《フルアヘッド》で船を疾駆させてきた。ぐっと減速したのは、ほんの数分前だった。

極秘戦闘班のメンバーは、揃って魚臭《ぎょしゅう》の染《し》みついた作業服の上にフード付きの防水パーカを羽織っていた。履《は》き物はゴム長靴だった。

どれも借りものである。五十嵐は黄色いタオルで鉢巻きをしていた。轟は黒いスポーツキャップを目深《まぶか》に被《かぶ》っていた。

すでに銃火器、特殊警棒、手錠、捕縄《ほじょう》、警察手帳など身分のわかる携帯品は、すべて機関室の床下《ゆかした》に隠してあった。防弾・防刃胴着《ボディーアーマー》は、甲板のトロ箱の中に入れてある。

郷原は舵輪《だりん》を肘《ひじ》で固定し、ダイバーズ・ウォッチを兼ねた特殊無線機のトークボタンを押した。

「見張り《シキテン》の動きはどうだ？」

「ヘリで偵察したときには、バケーションランドのハワイアンプールのそばにひとりいたはずですが、いまは誰もいません」

五十嵐の声で応答があった。小太りの部下は左舷で蛸壺《たこつぼ》の準備をする振りをしながら、暗視望遠鏡《ノクト・スコープ》で犯人側の動きを探っていた。

轟は船首にうずくまって、海上の様子をうかがっている。近くに船影はなかった。

「何かあったら、すぐに教えてくれ」

郷原は部下たちに言い、両手を舵輪に添えた。船体の震えが掌《てのひら》に伝わってくる。

海面が白っぽい。

夜光虫《やこうちゅう》が群れていた。夥《おびただ》しい量だ。

淡い月明かりが、たゆたう波を照らしている。どこか幻想的な眺めだった。

郷原は暗視望遠鏡《ノクト・スコープ》を覗いた。

はるか前方に、第三管区海上保安本部の大型巡視船が点々と見える。さきほどからベル型ヘリコプター、ビーチクラフトＭＡ517が数機ずつ初島上空を代わる代わるに旋回中だ。下田港《しもだ》から北上してきた大型巡視船『しきね』も、そう遠くない海上に浮かんでいるにちがいない。

殉職者を出した第三海保は、弔《とむら》い合戦を挑む気のようだ。実に物々しい警戒態勢だった。

陸《おか》には静岡県警のパトカーや装甲車が、びっしりと並んでいる。熱海市から伊東市の宇佐美《うさみ》港まで、赤い回転灯が切れ目なく連《つら》なっていた。

真鶴《まなづる》岬には、神奈川県警が非常線を張っている。新聞社やテレビ局の双発機やヘリコプターも忙《せわ》しく舞っていた。

こんなふうに刺激しつづけていたら、犯人グループは逆上しかねない。困ったことだ。

郷原はレストランシップと大型ホテルに閉じ込められている四百十人前後の人質のことが気がかりだった。

潜入するにも、状況は有利ではなかった。神経過敏になった犯人側は、当然、海岸線のガードを固めたはずだ。監視の姿が見えないのは、海岸線に仕掛け爆弾《ブービー・トラップ》をセットしたからとも考えられる。

「キャップ、左手前方から船外機付きの黒いゴムボートが近づいてきます！」

轟の切迫《せっぱく》した声が、耳栓型のレシーバーに飛び込んできた。

郷原は反射的に暗視望遠鏡《ノクト・スコープ》を目に当てていた。

ゴムボートが見えた。人影は四つだった。

顔かたちは判然としない。犯人グループの者か。緊張が全身に漲《みなぎ》る。

ボートの上で、ペンライトが振られた。

停船命令のようだ。ゴムボートの四人は海上保安官だろうか。わずかに気持ちが緩んだ。しかし、まだ安心はできない。

「二人とも漁師になりすましつづけるんだ」

郷原は部下に無線で命じ、そのまま漁船を微速《スロー》で走らせつづけた。

ゴムボートとの距離が徐々に縮《ちぢ》まる。相手が発砲する気配はなかった。どうやら犯人グループの人間ではなさそうだ。

郷原はセレクターを後進《アスターン》に切り替えた。

すぐにスクリューが逆回転し、船体が身震いした。ほどなく漁船は停まった。

とたんに、舷《ふなばた》を打つ波の音が高く響いてきた。横揺れ《ローリング》は小さかったが、縦揺れ《ピッチング》はかなり大きい。

「第三管区の者です」

「どうもご苦労さん！」

郷原は機関室から首を突き出し、できるだけ愛想よく言った。

四人の男は、黒っぽいウエットスーツを着ていた。ボートには、十二リットルのエアボンベや足ひれ《フィン》が積んであった。フロッグメンたちだろう。

潜水で初島に上陸する気のようだ。偵察のフロッグメンの合図で、第三海保は強行突入する段取りなのだろうか。

「今夜は漁を自粛してもらうよう、沿岸の各漁協に申し入れたはずですが……」

「その話は聞いてます。でも、ここんとこ、イサキがよくなくってね。蛸壺落としたら、すぐ引き揚げますよ」

郷原は、相手の海上保安官に言った。せいぜい漁師らしい喋り方をしたつもりだが、果たして化け通せるのか。

「おたくさんは網代漁協の組合員ですね？」

「そうっすよ。それが何か？」

「いいえ、別に。なるべく早く帰港してください」

男がそう言い、船外機のそばにいる同僚に合図した。郷原は、ほっとした。

ゴムボートがゆっくりと源三郎丸から離れた。そのまま白い航跡を描きながら、初島に接近していった。

いくらか時間を稼いでから、郷原はエンジンを始動させた。セレクターを微速前進《スローアヘッド》に入れる。源三郎丸は船体を揺らしながら、波を切り裂《さ》きはじめた。

数分走ったころ、左手の後方で短機関銃の連射音がした。リズミカルな音だった。

「何があった？」

郷原は特殊無線機のトークボタンを押し、部下たちに訊いた。五十嵐の声がレシーバーから伝わってきた。

「島の繁みの中から銃声が聞こえたんです。あっ、海保のフロッグメンたちが次々に倒れました」

「見殺しにはできない。船をターンさせよう」

「キャップ、無駄です。四人は折り重なるように倒れたままです。反撃する様子もうかがえません」

「スコープの倍率を最大にしてみろ」

「はい」

「どうだ、五十嵐？」

「四人は死んだようです。サブマシンガンをぶっ放した奴は、もう見えません。この船は怪しまれなかったようです」

「わかった。フロッグメンたちには気の毒だが、先を急ごう」

郷原はセレクターを全速前進《フルアヘッド》に入れた。

源三郎丸が勢いよく滑走しはじめた。五分ほど航行すると、目的の砂浜が見えてきた。

見張りらしい人影は見当たらない。

郷原は魚群探知機で水深を確かめながら、その浜に船をゆっくりと進めていった。浅瀬に乗り上げる前にエンジンを停止させる。

五十嵐が錆《さび》ついた錨《アンカー》を静かに海底に沈めた。船の揺れが小さくなった。

郷原は機関室を出て、二人の部下を呼び寄せた。

「手漕《こ》ぎボートに乗る前に注意しておく。見張りの姿が極端に少なくなったのは、海岸沿いのあちこちに仕掛け爆弾《ブービー・トラップ》や地雷がセットしてあるからにちがいない」

「犯人たちの武装具合から察して、充分に考えられますね」

轟が小声で言った。

「樹木と樹木の間に細いワイヤーが張ってあったら、要注意だ。必ず手榴弾《しゅりゅうだん》が仕掛けられてる」

「ワイヤーに触れたとたん、手榴弾の安全ピンが外れるようになってるんですね？」

「そうだ。それから、足許《あしもと》にも気をつけろ。地面が不自然に盛り上がってたり、その場所だけ下生《ば》えや病葉《わくらば》の量が多いようだったら、その下に地雷が埋まってると考えたほうがいい」

「はい」

二人の部下が声を揃えた。

「このことはサバイバル・トレーニングで何度も教えてきたが、できるだけ風下《かざしも》を選んで歩け。それから、極力《きょくりょく》、踵《かかと》は浮かせて歩行する」

「はい」

「無線機の使用は最小限に留《とど》める。首尾《しゅび》よく犯人の確保に成功したら、すぐに報告してくれ」

「で、船には何時に戻ればいいんです？」

五十嵐が問いかけてきた。

「任務の途中でも、二時間後にはいったん二人はここに戻れ。その後の指示は、無線で連絡する」

「わかりました」

「時刻合わせをしよう」

郷原はダイバーズ・ウォッチに目を落とした。三人の時計は一秒の狂いもなかった。

五十嵐が轟に目配せし、生簀の向こうに置いてある強化樹脂製の手漕ぎボートに歩を進めた。ゴムボートのように小さく折り畳《たた》むことはできないが、刃物で傷つけられる心配はなかった。

轟が覆《おお》いのビニールシートを剝《は》がし、オールを取り付けた。二人の部下が手早くボートを漁船から降ろした。

最初に轟がボートに乗り移り、船尾に坐った。五十嵐がオールを握る。

郷原は船首に腰を落とした。海風は生暖かった。

午前一時四十一分

砂浜に着いた。

郷原たち三人は、素早くボートを降りた。

轟がボートを岩陰に隠した。耳のピアスと黒いゴム長靴がなんともアンバランスだ。

三人は波打ち際にしゃがみ込み、一分あまり時間を遣り過ごした。

息を殺しながら、暗闇を凝視《ぎょうし》する。三人とも視力は一・二以上だった。郷原は一・五だ。

揃って夜目も利く。暗視訓練で、夜行性動物並になっていた。月明かりもあって、だいぶ遠くまで見通せた。

不審な影は湧《わ》かなかった。

暗がりは静寂に包まれていた。潮騒《しおさい》だけが高い。

「予定の行動に移ろう」

郷原は二人の部下を促《うなが》した。

三人は歩きだした。砂浜はひどく狭かった。十数メートルも進むと、斜面に阻まれた。灌木《かんぼく》の繁みが左右に拡がっている。

「お先に！」

轟が長い脚《あし》で斜面を楽々と登り、左手の繁みに分け入った。左回りに島の海岸線を巡ることになっていた。

郷原は五十嵐とともに前進した。

歩を運ぶたびに、小枝や葉が脚に当たった。枯葉を踏みしだく音は、不安になるほど大きく響いた。二人は仕掛け爆弾《ブービー・トラップ》や地雷に気を配りながら、狩人のように繁みの中を突き進んだ。

百数十メートル歩くと、広い舗装道路にぶつかった。初島第一漁港からバケーションランドの入口まで延びている通りだ。

「ここから、北部に向かいます」

五十嵐が小声で告げ、道路の向こう側の暗がりに走り入った。足音は、ほとんど聞こえなかった。

郷原は左に折れた。

道伝いに灌木を抜けながら、初島バケーションランドに急いだ。

ランド内は明るかった。灯《ひ》がいくつも見えた。レゲエが大音量で鳴っている。監視が退屈しのぎに、CDを回しているらしい。ボブ・マーリーの初期のヒット曲だった。

郷原はいったん足を止め、片方の耳を手で囲った。レシーバーは左耳に嵌《は》めていた。人の声はまるで聴こえない。犯人側はランド内に見張りがいるように工作したのではないのか。

郷原は、それを確かめる気になった。

大股で歩きだして間もなく、少し先から土の強い匂いが漂《ただよ》ってきた。土を掘り起こしたときの匂いだ。地雷が埋まっているらしい。

郷原は一歩ずつ進み、土の匂いの濃い場所を小枝で掘り返してみた。

やはり、地雷が埋まっていた。旧ソ連製だった。同じ型の地雷を踏んで爆死したアフガニスタンのゲリラは数千人とも数万人とも言われている。

郷原は片膝を落としたまま、あたりを見回した。

十数メートル離れた場所で、かすかに光るものがあった。郷原は用心しながら、歩を進めた。

棕櫚《しゅろ》と椰子の間に極細の針金が張られ、黒っぽい手榴弾がぶら下がっている。仕掛け爆弾《ブービー・トラップ》だ。

やはり、思った通りだ。

郷原は爆発物に細心の注意を払いながら、バケーションランドに接近していった。

ゲートの陰から、ランド内を覗く。人っ子ひとりいなかった。レゲエは、右手の繁みの中から響いてきた。

郷原は目を凝らした。

そこには、ＣＤプレイヤーが置いてあった。勘は間違ってはいなかった。

郷原はランド内に忍び込んだ。

動く影はない。まっすぐに延びている道を行くと、江戸城採石場跡があった。天下《てんか》人《びと》となった徳川家康《とくがわいえやす》が江戸城の大改築工事のために、真鶴から伊豆の稲取《いなとり》にかけた地域で石材の採掘をさせたのである。

採石場跡の先に、亜熱帯植物園があった。園灯は瞬いていたが、人の姿は見当たらない。

植物園の裏から、右手の奥にあるランド内のヘリポートまで走る。誰もいなかった。

ハワイアンプールのある方に引き返す。

やはり、人の気配はない。ウォーター・ボブスレーのある海水プールは月光を浴び、ひっそりと静まり返っていた。

郷原はバケーションランドを出た。

初島灯台の脇道を抜け、島の南側をめざす。ＮＨＫと静岡放送の中継所の裏道に入った。放送施設の斜め前には、スポーツジムと庭園音楽堂がある。

中継所の裏手に、焼却場があった。

焼却場を通過すると、前方に雑木林が見えてきた。その林の中に足を踏み入れた。

雑木林を抜ければ、初島マリンホテルの裏に出るはずだ。

雑木林の中には、葉擦《はず》れの音が籠っていた。潮の香を含んだ風が林の中を吹き抜けていく。

林の中ほどまで歩くと、樹木と樹木の間にワイヤーが張られていた。果物のようにも見える手榴弾は、小枝の中に巧《たく》みに隠されていた。

月明かりに手榴弾を翳《かざ》してみる。旧ソ連製だった。

地雷や手榴弾で罠《トラップ》を仕掛けられるのは、軍事訓練を受けた者が集まっているからだろう。武装集団は、戦争の犬《プロ》たちなのかもしれない。

郷原はそう推測しながら、ワイヤーの下を潜《くぐ》り抜けた。
五、六十メートル行くと、闇の中で何か白いものが蠢《うごめ》いていた。人間の体の一部のようだ。
郷原は中腰になって、抜き足で歩いた。

白いものは、若い女の尻だった。スラックスを膝の下まで降ろした男が膝立ちの姿勢で、女の水蜜桃《すいみつとう》のようなヒップを狂おしげに舐《な》め回していた。片手は、女のはざまに潜《くぐ》り入っている。

舌の湿った音と荒い息遣いが淫《みだ》らだった。男の右手の指は、女の体内に滑り込んでいるように見えた。

犯人グループの中に、女が混じっていたのか。それとも、女は人質なのだろうか。

郷原は、それを早く見極めたかった。女は樹木の太い幹を抱き込む形で、張りのある腰を突き出していた。二十二、三歳か。

白っぽいフレアスカートの裾は、背中の中ほどまで捲《まく》り上げられている。ブルーの長袖ブラウスの前ははだけさせられ、ブラジャーのフロントホックも外されていた。露にされた乳房は重たげに揺れている。

よく見ると、女は両手首をきつく針金で縛られていた。犯人グループの一員が、人質の若い女を辱《はずか》しめているにちがいない。

郷原は二人に駆け寄り、すぐにも女を救い出してやりたかった。

しかし、男が刃物か拳銃を持っている可能性が高かった。忍び寄り《ストーキング》にしくじったら、女が傷つけられるかもしれない。

迂闊《うかつ》には近寄れなかった。郷原は半歩ずつ二人の背後に迫っていった。

「いい尻《けつ》だ。喰っちまいたいよ」

男が喉《のど》を鳴らしながら、唸るように言った。

女は反射的に尻の頬をすぼめたが、何も言わなかった。

「やっと濡れてきたな」

「やめて、やめてください」

「なに言ってやがる。こんなに濡れてるじゃねえかよ」

男が鼻を鳴らした。

郷原は迷いはじめた。男に組みつくには離れすぎていた。といって、このままでは女を救ってやれない。

「おまえ、なかなかの名器を持ってる。気に入ったよ。たっぷり娯《たの》しませてもらおう」

男がそう言い、急に女の顔の前に回り込んだ。

郷原は樹木の陰に身を潜めた。男の性器は、角笛《つのぶえ》のように反り返っていた。月の光を受け、てらてらと光っている。

男が女の両肩に手を掛けた。女は幹を抱き込む恰好《かっこう》のまま、根方《ねかた》にひざまずかされた。

「返礼してくれ」

男は無造作に女の鼻を抓み、猛った男根《だんこん》をくわえさせた。

女が幼女のように首を横に振った。男は女の頭髪を引っ摑み、無言で頬を張った。

強烈な平手打ちだった。女の肩が大きく傾いた。男の黒光りする分身は、女の口から外れていた。

「早くくわえろ」

「もう赦してください」

女が涙声で哀願した。

男は薄く笑って、また右腕を翻《ひるがえ》らせた。女の頬が高く鳴った。

郷原は屈んで、足許の小石を拾い上げた。

それを遠くに投げる。十数メートル先の幹が鳴った。男は音のした方に短く視線を放ったきりで、女から離れようとはしなかった。

女が嗚咽《おえつ》を洩らしながら、男の昂まりに唇を被せた。恐怖が自尊心や屈辱感を捩《ねじ》伏せてしまったらしい。痛ましかった。

郷原は、ふたたび男の背後に回り込むことにした。

忍び足で踏み出す。二人に目を当てながら、大きく迂回した。

男は女の稚拙《ちせつ》な舌技に焦《じ》れたらしく、自ら荒っぽく腰を躍らせはじめた。荒々しいイラマチオを受け、女は喉を軋ませた。いかにも苦しげだった。

郷原は、男の真後ろに達した。
五、六メートルしか離れていない。一気に走り寄ろうとしたとき、不意に男が腰を引いた。

勘づかれたのか。

郷原は身を沈め、じっと動かなかった。男を女から引き離す肚《はら》だった。枯れた小枝を抓み上げ、また遠くに投げ放つ。

男は気にも留《と》めなかった。女を立ち上がらせ、元の場所に戻った。立位で、レイプする気らしい。

郷原は、またもや抜き足で男の後ろに回った。

男が女の白い尻を両腕で抱え込み、乱暴に貫《つらぬ》いた。女が身を捩《よじ》って、何か訴えた。

男は両手で女の乳房を揉みながら、抽送《ちゅうそう》を速めた。

郷原は飛び出した。

足音が響いた。男がぎょっとして、かぶりを捩《ねじ》った。郷原は男の髪の毛を鷲摑《わしづか》みにした。そのまま男を引き倒す。

男は仰向けに引っくり返った。死んだ蛙《かえる》のような恰好だった。

郷原は片膝をついて、男に当て身を喰らわせた。男が白目を剝《む》いた。片手で、男の顎の関節を外す。

男が四肢をばたつかせて、くぐもった呻き声を発した。唾液を喉に詰まらせかけ、自ら俯《うつぶ》せになった。

郷原は防水パーカのポケットからタオルを摑み出した。そのタオルで、男に猿轡《さるぐつわ》をかませる。さらに郷原は男の革ベルトを引き抜き、後ろ手に両手を縛り上げた。立ち上がりざまに、男のこめかみを蹴りつけた。男は百八十度近く回り、体を左右に振った。裸の尻が滑稽《こっけい》だった。

男は仲間に救いを求めることも、逃げ出すこともできないはずだ。

郷原は厳つい顔を和《なご》ませ、女に歩み寄った。女は事態が呑み込めないらしく、なんとも複雑な表情で問いかけてきた。

「あなたは誰なの？」

「怕《こわ》がらなくてもいいんだ」

郷原はそれだけ言って、女のスカートを下げてやった。犯人グループの一員の前では身分を明かせない。

郷原は縛《いまし》めを解いた。女の両手首には、針金の喰い込んだ痕《あと》がくっきりと彫り込まれている。少し出血もしていた。

女が後ろ向きになって、身繕《づくろ》いをした。脱がされたパンティーは、近くの枝に引っ掛けてあった。女がパンティーを穿《は》くまで、郷原は話しかけなかった。女が髪の毛を手で撫でつけ、深々と腰を折った。

「どなたか存じませんけど、ありがとうございました」

「きみにちょっと訊きたいことがあるんだ」

郷原は女を数十メートル離れた場所まで導き、人質かどうかを問いかけた。女が少し訝《いぶか》しんだ。郷原は刑事であることを打ち明けた。

やはり、人質だった。女は恐怖から逃れられて安堵したのか、郷原の腕に縋って泣きじゃくった。

郷原は女が泣き熄むと、その場で事情聴取に取りかかった。

女は二十三歳のＯＬで、草刈《くさかり》千秋《ちあき》という名だった。会社の同僚三人とキャサリン号に乗り込み、運悪く事件に巻き込まれてしまったらしい。

千秋の話によると、犯人グループは二十一、二人だという。全員が銃器とトランシーバーを携帯しているという話だった。

リーダー格の剃髪頭《スキンヘッド》の男は五階の一室に籠っているらしかった。

成人の人質は男女ごとに分けられ、十五人ずつ各階の客室に監禁されているようだ。親子連れ同士は五、六組ずつに分けられているという。

妻と息子は離れ離れにはなっていないようだ。そのことは、わずかながらも慰めになった。

犯人グループの命令に逆《さか》らいかけたホテル関係者の男が数人、短機関銃の銃床で頭や顔面を殴打《おうだ》され、怪我をしているらしい。

ナターシャは、五階のどこかに閉じ込められているという。千秋は、その部屋までは知らなかった。人質には、いまのところ食べものも水も与えられていないようだ。ただ、部屋のトイレは自由に使えたという。

「刑事さん、わたしが監禁されていた部屋に会社の同僚たちがいるんです。彼女たちも救《たす》けてあげて。お願いです」

草刈千秋が両手を合わせた。

「そうしてあげたいとこだが、今夜はごく少数の捜査員が偵察のために潜入しただけで、強行突入の準備は……」

「そうなんですか。人質が大勢いるから、無理はできないんでしょうね」

「そういうことです。しかし、あなたは責任をもって保護します。いま、部下を呼びましょう」

郷原は特殊無線機のトークボタンを押した。数秒後、轟の応答があった。

「現在地点は？」

「島の南側の磯にいます。斜め前にＮＨＫ中継所が見えます」

「なら、近くだ。人質の女性を一人保護し、被疑者も一人押さえた。すぐにこっちに来てくれ」

「了解しました。キャップの現在地はどのあたりなんでしょう？」

轟が訊いた。

郷原は自分のいる場所を詳しく教え、交信を打ち切った。

千秋をその場に待たせ、縛り上げた男のいる場所に戻った。口を割らせる気だった。

顎の関節を元に戻すと、猿轡が少し緩んだ。

郷原は取り調べをはじめた。しかし、男は唸るだけで何も喋ろうとしなかった。自供に追い込むまで、少し時間がかかりそうだ。

轟が駆けつけたのは、およそ五分後だった。

犯人グループは、仲間がひとり減ったことに気づけば不審がるにちがいない。しかし、警察に逮捕されたとまでは考えないだろう。人質の人数に関しても、点検している余裕まではないのではないか。

郷原は長身の部下に言った。

「向こうにいる女性の保護を頼む。それから、倒れてる男も船に連れていって、取り調べをしてくれ。五十嵐を船に呼び戻したほうがいいだろう」

「わかりました。キャップは予定通りに？」

「ああ。例の作戦を実行する」

「わかりました」

轟が被疑者に歩み寄った。男のスラックスを引っ張り上げてから、手荒く摑み起こす。

「あとは頼む」

郷原は先に歩きだした。

囮になることに怯えやためらいはなかった。保護した草刈千秋から思いがけない情報を得られたが、四百人以上の人質を救出するには慎重に行動しなければならない。情報は多ければ多いほどよかった。集まった情報を速やかに分析し、救出作戦に踏み切れるだけの裏打ちと自信を固める必要があった。

林を抜け出ると、初島マリンホテルの裏側の道に出た。

洒落た外観の大型観光ホテルは近くで見ると、思いのほか大きかった。外から眺めただけでは、何事も起きていないように見える。五階建てのホテルの三方は、自然林になっていた。

郷原は建物の真裏にある林の中に入った。

常緑樹が圧倒的に多い。樹齢を重ねた太い黒松の枝ぶりがみごとだ。

ホテルに接近すると、背後で複数の足音がした。振り向く前に、背中に銃口を突きつけられた。

郷原は一瞬、全身が凍《こお》った。口径は大きいようだった。

「何者だっ」

真後ろで、男の野太《のぶと》い声が響いた。どうやら見張りのようだ。

男たちを怒らせれば、犯人グループのリーダーの前に引き出されるかもしれない。その後、人質のいる部屋に押し込まれれば、なんらかの情報は得られるだろう。

郷原は、とっさに気短な漁師を演じることにした。

「なんだよ、いきなり銃なんか突きつけて。おれは、この島の者だ」

「なぜ、ここにいる？」

「島の様子がおかしいんで、ちょっとこっちに来てみただけだろうが！」

「おまえ、いままでどこにいた？」

斜め後ろで、別の声がした。甲高い声だった。

「海だよ。ちょっと前に大島《おおしま》沖の漁から戻ったとこさ。それが、どうだってんだよ」

「港には入れない、二カ所ともな。どこから上陸した？」

「南の磯さ。おたくら、この島で何してるんだよっ。え？」

郷原は焦れたような話し方をした。二人の男は黙したままだった。

「まるで神隠しにあったみたいに、島のみんなが消えちまった。そうか、おまえら、何かしたんだな！」

「おまえ、漁師には見えないな」

「そんなことはどうでもいいから、ちゃんと答えろや。おい、おれの女房とおふくろはどこにいるんだっ」

「吼えるな。前を向いたまま、まっすぐ歩け！」

「おれをどうする気なんだっ。冗談じゃねえや。おまえらの頬に、でっけえ延縄鉤《はえなわばり》を引っ掛けるぞ」

「うるせえ野郎だ。黙って歩くんだ」

背後にいる男が苛《いら》ついた声で言い、郷原の背を突いた。

郷原は悪態《あくたい》をつきながら、ゆっくりと歩きだした。後ろから、二人の男が従《つ》いてくる。

ホテルの左側まで歩かされた。

郷原は周囲に目をやった。

すぐ近くに電柱があった。灰色の大きなトランスが四基載っている。

郷原はホテルの建物はもちろん、周りにあるものをすべて頭の中に叩き込んだ。救出作戦を練るときに、そうした観察が役立つにちがいなかった。

「もっと早く歩け！」

後ろの男が、また背を押した。

郷原は砂利《じゃり》に足を取られた振りをして、耳栓型レシーバーをそっと外した。すぐに掌の中に握り込む。隙を見て、どこかに素早く隠すつもりだ。

第二章　謎の北方領土要求

六日午前二時十九分

死体なのか。

人質らしい男女はホテルのロビーに横たわったまま、身じろぎもしない。囁《ささや》き声も聞こえなかった。

郷原は素早く人数を数えた。二十五人だった。人々は俯《うつぶ》せになっていた。年配者の姿が目立つ。着飾った者はいない。サンダルを履《は》いている者が多かった。どうやら島民のようだ。

郷原は目を凝《こ》らした。

腹這《はらば》いになった男女は、死んではいなかった。ぐったりとしているだけだ。

郷原は、ひと安心した。耳栓《みみせん》型レシーバーは、ゴム長靴の中に隠してあった。

青い戦闘服を着た二人の男が、床に這った人々を監視していた。男たちはヘッケラー&コッホのMP5を握っている。ドイツ製の短機関銃《サブマシンガン》だ。

「立ち止まるんじゃねえ」

後ろの男が銃口で、郷原の背を小突《づ》いた。

五分刈りの大男だった。二メートル近くある。体格もよかった。

三十歳前後だった。ホテルの表玄関で、郷原は短く振り返って男たちの顔を見たのだ。

大男はコルト・パイソンを手にしていた。アメリカ製のリボルバーで、実包はパワーのあるマグナム弾だ。

もうひとりは、坊主頭だった。痩《や》せこけて、頬骨が高かった。上背《うわぜい》はあまりない。二十七、八歳だろう。丸腰のようだった。

郷原はエレベーターホールまで歩かされた。

その途中、下着姿の若い男女を幾人か見かけた。

男はトランクスか、ブリーフしか身につけていなかった。女たちも半裸だった。犯人グループが逃亡を警戒して、人質の何人かを下着だけにさせたようだ。彼らは、犯人グループの給仕として使われているらしい。

「おれをどうする気なんだ?」

郷原は前を向いたまま、大男に訊《き》いた。

大男は鳩のように喉《のど》を鳴らしただけで、何も言わなかった。丸刈りの男がエレベーターのボタンを殴りつけるように押した。

エレベーターは二基しかなかった。

四百人近い人質は、ホテルの各室に押し込まれているはずだ。反抗的な態度をとった者が、一階のロビーに這わされていたのだろうか。

ナターシャの一行は五階にいるのか。妻や息子は、どこに閉じ込められているのか。

郷原は、そのことを一刻も早く知りたかった。

しかし、訊くわけにはいかない。辛《つら》かった。

隣のエレベーターのドアが開いた。

目つきの鋭い戦闘服の男が先にホールに降り、片手で扉を押さえた。もう一方の手には、段平《だんびら》が光っている。

やや反《そ》りの強い日本刀だ。鍔《つば》はない。いわゆる白鞘《しらさや》と呼ばれているものだ。

刀身は一メートル弱だった。いくらか青みがかっていた。

「さっさと降りろ。もたつくな。調理場で飯を喰《く》わせてやる」

男が急《せ》きたてた。

エレベーターの中から、子供連れの女たちがおずおずと出てきた。どの顔にも疲労の色が濃く貼《は》りついていた。

子供たちは誰も眠そうだった。当然だろう。深夜も深夜だ。
七、八人が降りたとき、郷原は危《あや》うく声をあげそうになった。最後に出てきたのは、なんと妻と息子だった。
郷原は走り寄りたい衝動を抑《おさ》えた。胸が熱くなった。目も潤《うる》みそうになった。

しかし、表情は変えなかった。自分との関係が男に知れたら、妻と子はどんな目に遭《あ》うかしれない。

恵美子よりも先に、豊が郷原に気づいた。

郷原は、とっさに顔を背《そむ》けた。息子が駆け寄ってきて、不思議そうな顔をした。

「やっぱり、お父さんだ。なんで、ここにいるの!?」

「坊や、おじさんの顔をよく見てごらん。きみのお父さんじゃないだろ？」

「な、なに言ってるの!? ぼくだよ、ぼく！」

息子が自分の顔を指差して、懸命に訴えた。

「おじさん、きみには会ったこともないな」

「どうして嘘なんかつくのっ」

「きみは人違いしてるんだ。ごめんな」

郷原は切ない気持ちを抑えて、努めて平静になだめた。豊が下唇をきつく噛《か》んで、母親に縋《すが》るような眼差《まなざ》しを向けた。

頼むから、空とぼけてくれ。

郷原は目顔《めがお》で、狼狽《ろうばい》している妻に語りかけた。

恵美子はすぐに察し、豊に声をかけた。

「豊、その方は違うのよ。お父さんにとても似てるけど、他所《よそ》の方なの」

「お父さんなんか、嫌いだよ」

「大変、ご迷惑をおかけしました。どうかお赦《ゆる》しください」

恵美子がことさらよそよそしく言って、深々と頭を垂《た》れた。豊が憎しみの籠《こも》った目で郷原を睨《ね》めつけ、母親の許《もと》に戻っていった。

郷原は苛酷《かこく》な運命を呪《のろ》った。できることなら、久しぶりに会った息子を真っ先に抱き締めてやりたかった。

白刃をぶら下げた男が舌打ちし、女や子供を厨房《ちゅうぼう》の方に追い立てはじめた。

郷原は安堵《あんど》した。だが、豊の憎悪に満ちた刺すような目は当分、網膜から消えそうもなかった。

「乗んな」

丸刈りの男に小突かれ、郷原は先に函《ケージ》の中に入った。

二人の男が後から乗り込んできた。すぐに扉が閉まった。

郷原は振り向きざまに、大男の右腕を押さえた。

同時に、もうひとりの男の顔面に肘打《ひじう》ちを浴びせた。骨と肉が鳴った。丸刈りの男がよろけた。

郷原は、男の足を払った。相手が倒れる。床が鈍い音をたてた。郷原は体を斜めにし、大男の肩を弾《はじ》いた。

大男の腰が砕《くだ》けた。中腰の姿勢で壁にぶつかった。

郷原は銀色のコルト・パイソンを奪い取り、大男の腹部を膝頭《ひざがしら》で蹴りつけた。大男がいったん前屈《かが》みになって、尻《しり》から落ちた。

「おまえら、島のみんなをどうする気なんだ！　おれの女房やおふくろは、どこにいる？」

郷原は大男を摑《つか》み起こし、コルト・パイソンの銃口を突きつけた。

「漁師にしちゃ、威勢がいいな」

大男が怪しむ目つきになった。丸刈りの男が身を起こした。

「答えないと、撃《う》つぞ」

「撃ってみな」

大男がせせら笑って、銃口に掌《てのひら》を当てた。これ以上、強がってみせるのは不自然だ。郷原は困惑顔をこしらえた。

大男が銃身に手を掛けると同時に、郷原の眉間《みけん》に頭突きを浴びせた。

郷原は、わざと躱《かわ》さなかった。大仰《おおぎょう》に呻《うめ》いて、床に両膝を落とす。

大男がコルト・パイソンを捥《もぎ》取った。

丸刈りの男が郷原の頭頂部に肘打ちを見舞った。郷原は罵声を張り上げただけで、逆《さか》らわなかった。

「ただの漁師じゃなさそうだ」

大男が言って、郷原を立たせた。

エレベーターが停《と》まった。五階だった。

ホールに降ろされた。そこには、旧ソ連製の軽機関銃を持った男たちがいた。二人だ。

大男が、その二人に歩み寄った。

何か低く命じ、丸刈りの男を手招きした。

大男たちは歩み去った。代わりに、軽機関銃を持った男たちが走ってきた。どちらも兵士のように動きが敏捷《びんしょう》だった。

二人の男が目配《めくば》せし合った。郷原は白いタイラップで、後ろ手に縛られた。

タイラップという商品名の結束バンドは樹脂製だ。本来は電線などを束《たば》ねるものだが、針金並に丈夫だった。両手首に力を込めても、縛《いまし》めは解《と》けない。

「三浦《みうら》隊長のとこに連れて行こう」

男のひとりが相棒に言った。

午前二時二十三分

「何があった?」

奥の部屋で、男の低い声がした。三浦という男だろう。

郷原は、そう思った。

五一〇一号は続き部屋《スイートルーム》だった。寝室は、控えの間の右側にあった。

「三浦隊長、島民だという男が裏の林に……」

郷原の左横にいる男が、早口で告げた。

「連れて来い」

寝室で、ふたたび男の声が響いた。

郷原は二人の男に肩を押された。結束バンドで縛られたままだった。寝室に連れ込まれた。

総身彫《ぼ》りの刺青《いれずみ》で体を飾った剃髪頭《スキンヘッド》の男が、ベッドの上で女と交《まじ》わっていた。対面座位だった。

郷原は声をあげそうになった。

なんと全裸の女は、ロシア大統領の娘だった。ナターシャは口に猿轡《さるぐつわ》をかまされ、両腕を腰の後ろで縛られていた。肌の色が抜けるように白い。

乳房はたわわに実り、張りのある腰も豊かだった。腿《もも》もむっちりしていた。ウエストのくびれも深い。

三浦隊長と呼ばれた男はナターシャの項《うなじ》に、匕首《あいくち》を押し当てていた。

くるくるに剃《そ》り上げた頭や足の甲《こう》にまで、彫《ほ》り物が施《ほどこ》されている。頭頂部には卍《まんじ》が彫ってあった。いかにも凶暴そうな顔つきだった。

黒目が上に偏《かたよ》っている。三白眼《さんぱくがん》と呼ばれている目だ。人相学では、もっとも悪い目つきとされている。唇も極端に薄く、見るからに冷酷そうだ。

ナターシャは目をつぶり、顔を背けていた。

抗《あらが》う素振《そぶ》りも見せない。すでに苛酷な運命を受け入れる気になったらしかった。

痛々しく、哀れだった。室内には、腥《なまぐさ》い臭《にお》いが籠っている。ナターシャは何度も体を弄《もてあそ》ばれたようだ。

「女にひどいことをするな！」

郷原は見かねて、ベッドの男に声を投げた。

さりげなく腕時計型の無線機のトークボタンを押す。この部屋の音声が、二人の部下のレシーバーに届くはずだ。

「ふん」

三浦が小馬鹿にしたように笑い、いきなりナターシャの乳首を嚙んだ。

ナターシャが、くぐもった呻き声をあげた。白目を剝《む》き、半《なか》ば意識を失いかけていた。三浦の薄い唇と歯には、うっすらと血が付着していた。

「おまえら、この島をどうする気なんだっ。おれの女房やおふくろも、このホテルに監禁してるんだな！」

郷原は右側にいる男の肋骨《ろっこつ》を肘で打ち、左にいる男を肩で弾き飛ばした。二人の男が体勢を崩した。

郷原は男たちを交互に蹴り上げた。二人は床に倒れた。

そのとき、三浦が声を張った。

「じたばたするんじゃねえ！」

「くそったれ」

郷原は三浦を睨《にら》んだ。

二本の視線がぶつかって、スパークする。

三浦が匕首の刃をナターシャの首筋に強く押し当てた。刃を滑《すべ》らせれば、ナターシャの肌に傷がつく。大事な人質を殺すことはないだろうが、怪我《けが》はさせるかもしれない。

郷原は抵抗できなくなった。

二人の男が起き上がり、同時に躍《おど》りかかってきた。ひとりが背後に回り、郷原の肩の動きを封じた。別の男が連続蹴りを放ってきた。

郷原は股間《こかん》や腹を五、六度、蹴られた。

片膝をついて、痛みに耐える。すぐに男たちに摑み起こされた。

三浦がナターシャを下から突き上げながら、郷原に顔を向けてきた。ぞっとするような冷笑を浮かべていた。

郷原は、ふたたびトークボタンを押した。

ボタンを押している間は交信できる。レシーバーに入る応答の声は、きわめて小さい。勘づかれはしないだろう。

「そいつを平馬《ひらま》んとこに連れてけ」

三浦がうっとうしそうに顎《あご》をしゃくった。

郷原は男たちに引っ立てられ、五階の一室に押し込まれた。

そこには、三浦以上に凶悪そうな顔つきの男がいた。上半身は、黒の半袖《そで》シャツ一枚だった。

三十代半ばだろう。細身ながら、精悍《せいかん》な感じだ。

二の腕の筋肉は瘤《こぶ》状に盛り上がっている。上背もあった。攣《つ》り上がり気味の細い目は、他人《ひと》を寄せつけないような冷たさを秘めている。頬の肉は薄かった。ナイフで削《そ》いだように深く抉《えぐ》れていた。

男のひとりが経緯《いきさつ》を説明した。

平馬と呼ばれた男は終始、無表情だった。話を聞き終えると、無言で歩み寄ってきた。

物馴《な》れた手つきで、郷原の体を探《さぐ》った。ポケットはことごとく検《しら》べられたが、レシーバーを隠したゴム長靴の中は探られなかった。

郷原は、ひと安心した。

「少し愉《たの》しめそうだな」

平馬が陰気な声で独《ひと》りごち、男のひとりから軽機関銃を引ったくった。

郷原は、いったん縛めを解かれた。防水パーカと作業服を剝《は》ぎ取られ、四つの脚《あし》のある椅子に坐らされた。

両脚はタイラップで椅子の脚に括《くく》りつけられ、上半身は針金で背凭《もた》れに縛りつけられた。

さらに郷原は、黒いビロードの布で目隠しをされた。何も見えなくなった。

平馬が軽機関銃を元の持ち主に返し、何かを摑んだ気配が伝わってきた。

軽機関銃を持った二人の男は、椅子から数メートル離れたようだった。

どんな方法で拷問《ごうもん》されるのか。

郷原は落ち着かなかった。平馬の足音が近づいてきた。

足音が熄《や》んだ。その瞬間、郷原は左の太腿《ふともも》に尖鋭《せんえい》な痛みを感じた。

何かで浅く刺されたことは間違いない。

ナイフやアイスピックではなかった。フォークだろう。スラックスの下で、血の粒が弾けた。

「いい体してるな。何者だ？」

平馬が訊いた。

郷原は答えなかった。芝居の通じる相手でないことは会った瞬間に見抜いていたからだ。いまは沈黙を守っているほうが得策だろう。

数秒後、またもや空気が揺れた。今度は、右の二の腕にフォークの先が埋まった。

それほど深くは刺されていない。せいぜい一、二センチだろう。それでも、勢いよく血が噴いた。

平馬がフォークの先で、容赦《ようしゃ》なく肉を抉《こじ》った。凄まじい激痛に見舞われた。

郷原は歯を剝いて、痛みに耐えた。

じきにフォークは引き抜かれ、すぐに左の肩口に沈んだ。いくらか深めだった。

徒者《ただもの》ではなさそうだ。

郷原はかすかに戦慄《せんりつ》を覚えた。

いま行なわれているのは、特殊な拷問だった。

バッグ・アンド・スタブと呼ばれている拷問テクニックだ。もともとはイギリスのＳＡＳ《スペシャル・エア・サービス》という特殊部隊が心理学者の協力で編《あ》み出したテクニックである。

捕虜やスパイの頭にすっぽりとバッグを被《かぶ》せ、フォークで全身のあちこちを刺す。人間は目が見えない状態だと、いたずらに恐怖心を募《つの》らせる。その弱点を巧《たく》みに衝《つ》いた拷問だ。

平馬という男は、おそらく外人部隊で働いたことがあるのだろう。

意外に知られていないことだが、外人部隊の志願者は少なくない。現にフランス陸軍の外人部隊には、約八十人の日本人傭兵《ようへい》がいる。平均年齢は二十二歳だ。

彼らはフランスの東南部にある訓練基地で四カ月の基礎訓練を受けた後、任務地を決められる。成績や体力に応じて、ジブチ共和国、タヒチ、仏領ギアナ、コルシカなどに配属されるわけだ。

アフガニスタン紛争では、約七百人の外人部隊員が国連軍のフランス第二大隊の兵力として、戦地に派遣された。その中には、数人の日本人傭兵が混じっていた。

原則として、五年間は在隊しなければならない。

衣食住付きながら、決して高収入を得ているわけではなかった。伍長でも、日本円にして約八万円の月給だ。

それでも百六十カ国前後の国から、若い志願者が殺到している。といっても、好戦的な思想の持ち主は少ないようだ。彼らは、退屈な日常から脱出したいだけなのかもしれない。戦場は間違いなく、きわめて刺激に満ちている。

「殺されても、正体を吐く気はないのかな？」

平馬が問いかけてきた。

妙に優しい声音《こわね》だった。それが、かえって恐怖心を煽《あお》る。

郷原は全身に力を込め、筋肉を固めた。フォークの先が肉に深く埋まることを避けるためだった。

しかし、どれほど効果があるのかはわからない。気休めのようなものだ。力まかせに突かれれば、フォークは確実に筋肉を突き破るだろう。

そのうち、内臓を抉られることになるのか。

そんな怯《おび》えが湧《わ》いてきたが、郷原は正体を明かす気はなかった。フォークが左の脇腹に刺さったとき、ホテルの外で派手な銃声が聞こえた。

「誰かが忍び込んだらしい。愉しみが倍になりそうだ」

平馬が嬉《うれ》しそうに呟き、フォークを床に投げ落とした。郷原は、それを音で察したのだ。

五十嵐か、轟がやってきたのか。

郷原は平馬の動きに耳をそばだてながら、そう思った。

その矢先だった。胃のあたりに、何かを撃ち込まれた。麻酔銃のダーツ弾にちがいない。かすかな発射音は、極秘戦闘班が使っている電子麻酔銃とは異《こと》なるものだった。

郷原は全身で必死にもがいた。

腹筋も張った。しかし、ダーツ弾は肉から離れなかった。

「拷問は、ひとまずお預けだ」

平馬が遠のいていく。

銃声が激しくなった。怒号も聞こえた。

郷原は耳に神経を集めた。サブマシンガンが何挺も連射音を響かせている。

イングラムM11《マックイレブン》とウージーの銃声も聞きとれた。ウージーの発射音は低いが、独特だった。低周波の唸《うな》りに似ていた。五十嵐たちが無線をキャッチし、郷原を救出する気になったのだろうか。

郷原は、勝手な行動を取った部下たちに腹を立てた。その思いは、すぐに心配に変わった。

二人とも自分のように生け捕《ど》りにされ、拷問されるのではないのか。気が気ではなかった。

唇を引き結んだとき、急激に体が痺《しび》れてきた。

麻酔薬が体内を巡《めぐ》りはじめたようだ。

午前三時十四分

手首の痛みで、われに返った。

郷原は床の上に寝かされていた。

体の自由が利《き》かない。手と足を結束バンドできつく縛られていた。体の節々《ふしぶし》が痛む。ゴム長靴を脱がされていた。素足だった。

全身の血が引いた。靴の中に隠しておいた耳栓型のレシーバーは発見されてしまったのか。そうだとしたら、自分の正体が割れてしまう。部下の身も危ない。

郷原は、取り乱しかけた自分を密《ひそ》かに窘《たしな》めた。

意識を失ってから、どのくらいの時間が過ぎ去ったのか。

一時間前後だろう。Tシャツとスラックスは、血を吸っていた。傷口の疼《うず》きが鋭い。

郷原は周囲を見回した。

ホテルのツインベッドルームのようだった。割に広かった。

部屋の隅に、二人の男がくの字に寝そべっていた。どちらも、郷原と同じように縛られている。人質にちがいない。

「あなた方は？」

郷原は訊いた。

すると、四十年配の背広姿の男が体を捻《ひね》った。頬が赤く腫《は》れ上がっている。犯人グループの誰かに殴打《おうだ》されたのだろう。

郷原は島民を装《よそお》いつづけた。男が取り乱した様子で、自己紹介した。奥村悠樹だった。もうひとりの白髪の男は、日ロ友好親善協会の土屋事務局長だ。

二人は、ナターシャの安否を気にかけていた。郷原は五一〇一号室で見た事実の一部しか語らなかった。奥村悠樹たちはナターシャが元気でいることを知ると、ひと安心したようだった。

プーシキン、マヤコフ、通訳の小峰の三人は、レストランシップに監禁されているという。

犯人たちが人質を分散させたのは、プロ犯罪者の悪知恵にちがいない。最初にスヴェトチカが殺されたのは、彼女が犯人たちに反抗的だったかららしい。

「どうも連中は、極右のテロリストのようですよ。男たちの何人かが『殉国青雲党』の者だと言ってましたからね」

奥村が首を大きく捩《ねじ》った。

「そうですか。とにかく、ここから脱出しましょう」

「しかし、どうやって？」

「わたしが歯で、あなたの手首の縛めをほどきます」

郷原はそう言い、体を尺取《しゃくと》り虫のように動かしてみた。いくらも進めない。

しかし、諦《あきら》めなかった。やっとの思いで、奥村のそばまで這い寄ったときだった。

部屋に二人の男が走り入ってきた。軽機関銃を持った二人組だった。

「何をしてるんだっ」

男のひとりが目を尖《とが》らせ、郷原の腰を思い切り蹴った。

別の男は、奥村の腹に連続蹴りを入れた。

奥村が長く呻いた。呻きながら、口から血の泡を吐いた。内臓のどこかが傷ついたのかもしれない。

「わたしは、あなた方に逆らいません。ですから、どうか蹴らないでください」

土屋事務局長が哀れな声をあげた。

男たちが土屋に蔑《さげす》みの目を向け、郷原を摑み起こした。郷原は二人に引きずられて、廊下に連れ出された。

平馬が待ち受けていた。短機関銃を抱えている。

「さっきの騒ぎは何だったんだ？」

郷原は、二人の部下のことが気がかりだった。

「どうやら奴らは、おまえの仲間らしいな」

「仲間⁉ 何のことなんだ？」

「まあ、いい。これからゲームだ」

平馬が言った。郷原は反問した。

「ゲーム？」

「ああ。急に人間狩り《マン・ハンティング》をやりたくなってな。獲物《ゲーム》はもちろん、おまえだ」

「ふざけるなっ」

「外に出たら、足のタイラップは外してやる。運がよければ、おまえは生き延びられる」

平馬が言って、二人の男に目で合図した。

なぜ、レシーバーのことを持ち出さないのだろうか。敵に発見されなかったのか。

それとも、平馬は残酷なゲームの後で……。

郷原は、ひとまず脱出する気になった。

しかし、その機会が訪れるかどうか。運に賭けてみるほかない。

郷原はエレベーターに乗せられ、ホテルの裏口から外に連れ出された。約束通り、
足首の縛めは解かれた。

郷原は、そのチャンスを見逃さなかった。

屈んだ男の顎を蹴り上げ、もうひとりの男に体当たりをくれる。二人とも転がった。

その隙に、暗がりまで走る。フォークで刺された箇所が痛んだが、郷原は懸命に駆けた。

「やるじゃないか」

平馬が嬉々《きき》と言って、すぐに追ってきた。倒れた二人も駆けてくる。

林の中には、仕掛け爆弾《ブービー・トラップ》や虎鋏《とらばさみ》が仕掛けられているかもしれなかった。

しかし、走る速度を落とすわけにはいかない。運を天に任《まか》せて、ひたすら突っ走った。

郷原は林を抜けて、磯の方向に走った。

後ろ手に縛られた状態では、あまり早く走れない。足の裏が痛かった。

二十メートルほど後ろで、短機関銃が火を噴きはじめた。

九ミリ弾が葉や小枝を弾き飛ばし、近くの幹に埋まった。樹皮が飛び散った。

郷原は姿勢を低く保《たも》ちながら、ジグザグに逃げた。少し経《た》つと、前方で赤い閃光《せんこう》が走った。

炸裂音が夜気《やき》を震《ふる》わせた。

生木《なまき》の裂《さ》ける音もした。短機関銃の銃弾が手榴弾《しゅりゅうだん》に命中したようだ。

郷原は片膝を地に落とし、背を丸めた。頭上から、土塊《つちくれ》と小枝が降ってきた。

背後で、平馬の高笑いがした。

二人の男も笑い声をたてた。

平馬が故意に狙《ねら》いを外したことは間違いない。郷原をたっぷり嬲《なぶ》ってから、仕留《しと》める気でいるようだ。相手が油断しているときなら、脱出の望みはある。

郷原は、ふたたび中腰で走りはじめた。

戦慄が背中に貼りついていた。喉の渇《かわ》きを覚えた。やみくもに駆け回っているうちに、うっかり芝生《しばふ》の植わった傾斜地に出てしまった。

身を隠せるような場所はない。

焦《あせ》った。恐怖が膨《ふく》らむ。郷原は開き直って、磯まで一気に突っ走ることにした。

しかし、そこまで辿《たど》り着けるかどうか。不安が膨らんだ。頭が混乱しそうだった。

弾丸が容赦なく追いかけてくる。

発砲しているのは、平馬だけではなかった。二挺の軽機関銃も連射音を刻《きざ》みはじめていた。

衝撃波が幾重《いくえ》にも重なった。髪が逆立《さかだ》ち、足許《あしもと》の土が高く跳《は》ねた。

着弾音は、どれも近かった。

何発かの跳弾《ちょうだん》が体を掠《かす》めた。Tシャツやスラックスが焦《こ》げた。そのつど、心臓が凍《こご》えた。

郷原は何も考えられなかった。

磯から海に逃れれば、多少は危険度が低くなる。

銃弾は水面にぶち当たった瞬間に、勢いが殺《そ》がれる。弾道も大きく屈折《くっせつ》する。したがって、命中率はぐっと落ちるわけだ。

ようやく郷原は、芝の斜面を下《くだ》りきった。

息が上がりそうだった。一段と銃声が高まった。いまは逃げるほかない。走る。

郷原はひたすら駆けた。全身が心臓になったような感じだ。

ほどなく磯に出た。

郷原は岩から岩に飛び移り、まっすぐ暗い海をめざした。時々、銃弾が足許の岩を砕いた。

礫《つぶて》が踝《くるぶし》に当たった。そのたびに、郷原は声を放ちそうになった。

潮騒《しおさい》に包まれた。

海水が見えた。波が押し寄せてくるのを待つ。

一秒が長く感じられた。波がきた。うねりは大きかった。

郷原は跳《と》んだ。

海水は冷たかった。心臓が縮《ちぢ》まり、全身の皮膚が引き締まった。

岩には体を打ちつけなかった。引く波に身を委《ゆだ》ねる。

すぐに深みに運ばれた。縛られた手は使えない。

郷原は仰向《あおむ》けになって、逆バタ足だけで水を打ちはじめた。

速度は遅かったが、着実に沖に進んでいる。胸に一条の光が射《さ》した気がした。

その矢先、磯の岩場に三つの影が立った。

それぞれ武器を構えていた。平馬の遊び気分は消えているはずだ。侮《あなど》れない。

郷原は肺にたっぷり酸素を吸い込み、海中に体を沈めた。

ほとんど同時に、無数の弾丸が海面を叩きはじめた。まるで土砂降《どしゃぶ》りの雨脚《あまあし》だ。幸運にも、どれも当たらなかった。

銃声が熄んだ。弾切《たまぎ》れなのだろう。

船で追ってくる気配はない。いずれ郷原が溺《おぼ》れ死ぬと判断したのだろうか。

レシーバーを発見されていたら、敵はこちらの正体を見抜くにちがいない。人質が辛い目に遭わされないことを祈る。

郷原は海面に浮かび上がり、大きく呼吸した。

また、背泳の姿勢で泳ぎはじめる。両腕を動かしてみたが、手首の縛めは少しも緩《ゆる》まなかった。

三人の姿が消えるまで、波間に漂《ただよ》っているほかなさそうだ。

五、六分過ぎると、追っ手の姿が掻き消えた。
それを待っていたように、磯の陰から何かが近づいてきた。手漕《と》ぎボートだった。

別の敵なのか。

郷原は張り詰めた気分になった。そのとき、五十嵐の声が聞こえた。

「キャップ、返事をしてください！」

「ここだ」

郷原は怒鳴り返した。

じきにボートに救い上げられた。ボートには、轟も乗っていた。

「おまえたち、保護した女性と犯人の一員を源三郎丸に残したままなのか？」

「アクアラング小隊のメンバーが船にいます。キャップのことが心配で……」

轟が言い訳した。五十嵐が相槌《あいづち》を打つ。

「二人とも軽はずみだ。犯人グループは警察が迫ったことを知って、人質を血祭りにあげる気になってるかもしれないんだ」

「申し訳ありませんでした。以後、気をつけます」

五十嵐が謝り、ナイフで縛めを断ち切った。

郷原は説教し終えると、自分を助けてくれた部下たちに礼を述べた。

「キャップ、確保した男は『殉国青雲党』の党員と称しています。グループのリーダーは、党で行動隊長を務《つと》めていた三浦繁《しげる》だと……」

轟が報告した。

「メンバーは?」

「男を入れて二十一人だと自白《ウタ》いました。犯人たちは、プーニンに北方四島の返還を迫る気のようです。もうプーニン大統領とは接触してるのかもしれません。そのことについては頑《がん》として口を割りませんでしたが」

「そうか。ボートを源三郎丸に向けてくれ」

郷原は命じた。

午前五時十七分

水平線が赤い。

朝焼けだ。郷原は舵輪《だりん》に拳《こぶし》を打ちつけた。

敵の警戒は厳しくなっていた。ボートが近づけそうな浜には、どこも監視の目があった。

犯人グループは郷原たちが島に潜入したことで、神経を尖らせているにちがいない。

切り札のナターシャを殺すはずはないが、ほかの人質を腹いせに葬《ほうむ》ることも考えられる。

できれば源三郎丸をもっと初島に近づけて、犯人グループのリアクションを探りたかった。人質のことが気がかりで、海上に留まっていたのである。

耳栓型のレシーバーは、犯人グループに渡っていると考えたほうがよさそうだ。これからは、周波数の異なる予備の同型無線機を使用すべきだろう。

朝の光が眩《まばゆ》い。

郷原は顔をしかめて、上体を反《そ》らした。機関室の奥まで陽光が射している。昨夜は一睡もしていなかった。瞼《まぶた》が重い。

郷原は数十分前まで、人質の女性を強姦した男の取り調べをしていた。

男は二人の部下に喋《しゃべ》ったこと以外は何も話そうとしなかった。やむなく身柄をアクアラング小隊のメンバーに引き渡したのだ。

保護した草刈千秋は源三郎丸に戻って間もなく、アクアラング小隊の高速モーターボートに移した。彼女からも新たな情報は引き出せなかった。

借りた漁船は、初島の沖合一キロのあたりに碇泊《ていはく》中だった。

海は凪《な》いでいた。五十嵐と轟は十分ほど前から、甲板《かんぱん》で仮眠をとっている。

郷原は視線を延ばした。

第三管区の巡視艇やヘリコプターは、どこにも見当たらない。海岸通りを埋め尽くしていたパトカーや装甲車も消えている。マスコミ関係者たちの影も見えない。なぜ、封鎖を解いてしまったのか。犯人側が関係省庁に何か強い威《おど》しをかけたにちがいない。

甲板で誰かが起きる気配がした。すぐに五十嵐が機関室にやってきた。

「眠れないようだな」

郷原は先に言った。

「ええ。キャップ、怪我の具合はいかがです？」

「まだ少し痛むな。しかし、傷口は化膿《かのう》しなければ、そのうちに塞《ふさ》がるだろう」

「抗生物質と軟膏《なんこう》、まだありますよ。出しましょうか？　女房がいつもわたしの服のポケットに入れてくれるんです」

「いい奥さんじゃないか。もう大丈夫だ。それより、『殉国青雲党』の三浦繁という行動隊長と会ったことは？」

「ありますよ。丸坊主で、全身に墨《すみ》を入れてる野郎でしょ？　五一〇一号室にいたのは、三浦に間違いないと思います」

五十嵐が言った。

「平馬って奴は知ってるか？」

「その名前には聞き覚えがないですね。どんな奴でした？」

「あの男は、ただの右翼じゃないな」

郷原は、平馬のことを詳《くわ》しく語った。

「そんな特殊な拷問テクニックを身につけてるんでしたら、おそらく傭兵崩れでしょう」

「連中は銃器の扱いに馴れてた」

「そうでしたね。どいつも、射撃の腕は確かでした。『殉国青雲党』の党員たちはマルコス時代から、フィリピンの山の中で定期的に軍事訓練を受けてたはずです」

「連中は、まるで特殊部隊のようだった」

「わたしも、そんな印象を受けました」

「それにしても、武器があれほど多いとはな。それも、旧ソ連製のものが大半だった。犯人グループに黒幕がいて、その人物がロシアの極右政党か、ロシアン・マフィアと繋《つな》がりがあるのかもしれない」

「もしかしたら、ロシアン・マフィアから……」

五十嵐が自問するような口調で言った。

「ロシアン・マフィアのほうか。考えられるかもしれない。旧ソ連の軍人崩れのマフィアが政府高官とつるんで、だぶついてる兵器を闇ルートに乗せて売り捌《さば》いてるようだからな」

「マフィアどもは麻薬も扱ってるそうですよ。外事一課が、その情報を摑んでいます」

「そうらしいな」

郷原は口を結んだ。

旧ソ連の犯罪者集団が西側のマスコミに登場したのは、もう二十年近くも前だ。そのころは、ロシアン・マフィアもまだ同郷者の相互扶助組織の色合いを少しは残していた。

旧ソ連は多民族国家だった。当然、民族同士のせめぎ合いは避けられない。同じ民族が肩を寄せ合って、他民族に抗してきた。

それが次第に力の競《きそ》い合いになり、強者が弱者から誇りや金品を奪う形になった。

そして、本来の目的から離れ、どの集団も犯罪者組織になり下がってしまったわけだ。

シシリー島出身のイタリア人マフィアほどではないが群雄割拠《ぐんゆうかっきょ》時代の旧ソ連のマフィアたちも流血騒ぎを繰り返してきた。その結果、十八、九の組織が生き残った。

それぞれが政府高官を金や女で抱き込み、国営企業から衣料、食料品などを不正に手に入れ、一般市民に法外な値で売りつけてきた。また、外国人相手の高級売春婦を管理もしていた。組織犯罪としては、他愛《たわい》ないと言えば、他愛ない。

しかし、ソ連邦の維持が危うくなりはじめた一九八九年ごろから、彼らは西側のマフィアと同じように凶悪化した。銃器や核ミサイルの密売をはじめ、地下資源の横流し、密漁、密出国の手助けなども請け負《お》うようになった。

ソ連邦が解体すると、ロシアン・マフィアたちは成功を収めた個人企業家に目をつけた。

コーカサス地方などで石油成金になった人々は高級外車を乗り回し、豪邸で暮らしている。彼らはロシアの新しい特権階級《ノーメンクラツーラ》と呼ばれているが、その多くが財を築くまでに手を汚してきた。輸出業者は輸出税を免《まぬが》れるため、通関業務に携《たずさ》わっている役人を賄賂《わいろ》で骨抜きにしてしまう。

マフィアはそうした不正を種にして、個人企業家たちを脅《おど》す。用心棒として法外な報酬を要求したり、利潤の何割かを吐き出させる。

個人企業家たちから現金や高級外車を贈られた政府高官や軍人たちにも揺さぶりをかけ、貰《もら》ったプレゼントをそっくり頂いてしまう。

こうして力のあるマフィアは、次々に弱小の組織を呑み込んでいった。

逆に個人企業家たちが結束し、犯罪集団化するケースも少なくない。その典型が有名なチェチェン・マフィアだ。

メンバーはそれぞれがスーパーマーケット、私立学校、レストラン、社交クラブ、石油会社、鉱山会社、造船所など表稼業を持ちながら、裏社会でも暴利を貪《むさぼ》っている。

超高級カジノ、中絶専門の個人産婦人科病院、モデルクラブなどを仕切っているのは、たいがいリッチなマフィアだ。

「連中を操《あやつ》っているのがロシアン・マフィアだとしたら、狙いは何なんでしょう？」

五十嵐が訊いた。

「それは、じきにわかるだろう。とにかく、奴らは並の犯罪者集団じゃない」

「わたしも、そんな気がしてきました」

「五十嵐、人質を救い出すまで気を緩めるな」

郷原は部下に言った。

そのとき、船の無線機が空電音を発した。郷原はマイクを握った。漁協からだった。

「源三郎丸、ただちに帰港してください」

「なぜです？」

「大竹《おおたけ》組合員からの要請です」

相手の男が抑揚《よくよう》のない声で答えた。

大竹というのは、源三郎丸の所有者だ。郷原は帰港すると答え、すぐに交信を切った。待機中のヘリコプターに、麻生警視正から何か緊急連絡が入ったのかもしれない。

五十嵐が轟を起こし、舳先《へさき》の方に向かった。錨《アンカー》を引き揚げにいったのだ。

郷原はエンジンを始動させた。

轟が切れ長の目を擦《こす》り、自発的に帰港の準備に取りかかった。

郷原はセレクターを前進に入れ、スロットルをゆっくりと開いていった。

源三郎丸が波を切り裂きはじめた。初島の東側を回り込み、網代港に向かった。港まではは七キロ弱だ。

網代港に着いたのは、およそ二十分後だった。

港の岸壁には、パイロットの宇津木と船主が待っていた。船主は六十歳をいくつか過ぎている。小柄だが、潮灼《しおや》けした顔は若々しい。

接岸すると、轟が舫《もや》い綱《づな》を投げた。船主が巧みにキャッチし、白いピットに巻きつけた。

宇津木が漁船に乗り込んできた。

「何があったんだ?」

郷原はエンジンを切って、真っ先に訊いた。

「さきほど麻生警視正から無線連絡がありまして、郷原警部だけ本部に戻ってほしいとのことでした」

「潜入の結果を聞きたいのだろう」

「そのようでした」

「ちょっと待っててくれ」

郷原は二人の部下に網代の旅館で待つように指示し、宇津木とともに下船した。

「旅館が決まったら、隊長に電話しておきます」

五十嵐が大声で言った。

郷原はうなずき、足を速めた。Tシャツとスラックスはほとんど乾いていたが、血の染《し》みであちこち汚れていた。

歩を運ぶたびに、フォークで刺された太腿が痛んだ。ほかの三カ所は、わずかに疼く程度だった。航空隊のヘリコプターは、伊豆多賀《たが》寄りにある市営グラウンドで回転翼を休めていた。

郷原は機内に乗り込んだ。

機が海上に出た。

朝陽《あさひ》を吸った海原は、雲母《うんも》のようにきらめいていた。初島は何事もなかったように、白い波に洗われている。

初島港の桟橋《さんばし》には、キャサリン号が横づけされたままだった。甲板に人影はなかった。

午前六時四十一分

郷原は急いでヘリコプターから降りた。

麻生警視正が駆け寄ってきた。本部庁舎のヘリポートだ。

郷原は潜入の結果を手短に報告した。

「こちらにも動きがあった。別室に行こう」

　麻生が先に歩きだした。

　二人は十七階に降りた。作戦会議室に入るなり、麻生が口を開いた。

「少し前に、警護官のプーシキンが射殺されたという情報が入ってきた」

「われわれの正体が敵に覚《さと》られたのだとしたら、見せしめの殺人とも考えられます」

「それは考え過ぎだろう。プーシキンは初島港の観光広場で撃たれ、海に投げ込まれたそうだ」

「それにしても、またもや犠牲者が出てしまったのか」

　郷原は胸の奥に痛みを覚えた。

「郷原君、プーニン大統領が極秘に特別機で日本に来ることになった。今夜七時前後には、羽田《はねだ》空港に到着する予定だ」

「その情報は、どこから？」

「ロシア大使館が外務省を通じて、警備や捜査は控えてほしいと警視総監と警察庁長官に申し入れてきたんだ。多分、大使館は外務省経由で海上保安庁にも同じことを頼んだだろう」

「すでに第三管区は包囲網を解いてます。それから、静岡・神奈川両県警も報道陣も去りました」

「そうか。坐って話そう」

二人はテーブルを挟《はさ》んで向かい合った。

「犯人グループは狸穴のロシア大使館に何か具体的な要求を？」

「ああ、昨夜十一時前にね。受話器を取ったのは駐日大使のニコライ・キーリー氏だったらしい。電話をかけてきた男は口の中に何か含んでるようで、年齢の判断はつかなかったという話だったよ。しかし、はっきりと『殉国青雲党』の者だと名乗ったそうだ。大使はすぐさま大統領に連絡を取った。犯人、大使、モスクワの間で何度も遣《や》り取りが交わされたようだ」

「どんな要求を？」

郷原は身を乗り出した。

「現在も択捉島の天寧飛行場に配備されている十機のミグ—23戦闘機を今夜十時までに撤収《てっしゅう》し、明日の午後十一時までに地上軍と国境警備隊の約六千人を全員、サハリン州からロシア本土に移らせろという要求だったらしい」

「敵の狙いは、北方領土を力ずくで……」

「その通りだ。早期に北方四島の返還書にサインしろと迫ったらしい。具体的な期限は切らなかったそうだ」

「正気なんでしょうか？」

「それは何とも言えんね。敵は要求を全面的に呑まなければ、即刻、ナターシャを殺すと予告したそうだ」

麻生が長く息を吐《つ》いた。郷原は、すぐに問いかけた。

「敵の狙いは北方領土の奪回だけなんでしょうか？」

「いまのところ、それだけしか要求はしてないようだ。ただし、プーニン大統領の随行者は秘書官一人にしろと条件をつけてる」

「たったの一人ですか⁉」

「そうだ。大統領府付きの警護官《アフランニック》やロシア防諜局の人間を同行させたら、ナターシャの命は保証しないと言ったそうだよ」

麻生が苦悩の色を深め、伸びかけた髭《ひげ》に手をやった。

ロシア防諜局というのは、旧ソ連時代の国家保安委員会《KGB》が衣替えした組織だ。保安省が廃止され、新たに設置されたのだ。大統領の直属の治安機関で、公安強化や極右ネオファシスト勢力への対応を任されている。

「プーニンは、すべての条件を呑んだんでしょうか？」

郷原は訊いた。

「基本的には、そういうことになるね。ただ、大統領は今後も犯人側と何度か交渉を重ねたいと考えてるようだ。ロシアの内政状況が混乱しているから、要求に応じることは難しいと判断したんだろう。しかし、犯人グループが交渉のチャンスを与えるかどうか」

「ナターシャの顔を見なければ、プーニンは敵の要求には応じないでしょう。それまでは、犯人側はナターシャを生かしておくはずです。それで、交渉の場は、すでに指定されてるんでしょうか？」

「いや、それはまだだよ。大統領の特別機が羽田空港に着いたら、犯人側はニコライ・キーリー大使に電話で指示を与えると言ったそうだ」

麻生が答えた。

「警視正、ロシア大使館の電話に逆探知機を仕掛けられませんかね？」

「江守警視総監が非公式にロシア大使館にそのことを打診してみてくれたんだが、はっきりと断られてしまったそうだ」

「そうでしょうね」

郷原は、それほど落胆はしなかった。

どこの国の駐日大使館も治外法権で護《まも》られているし、極秘情報を大量に抱えてもいる。考えてみれば、駐日ロシア大使館が警察の捜査に協力してくれるわけはなかった。

「郷原君、さきほどの報告に出てきた三浦繁という男のことだがね」

麻生が話題を転じた。

「三浦のことで何か？」

「住吉大膳の話によると、三浦は半年以上も前に『殉国青雲党』をやめてる。正確には、やめさせられたらしい」

「何をしたんです？」

「三浦は党の運営費を着服した上に、党首の名を騙《かた》って、十数社の企業から金を強請《ゆす》ってたそうだ」

「相当な悪党《ワル》のようですね？」

「ああ、かなりのもんだ。三浦は子供のころからの暴れ者で、暴力団や右翼結社でも持て余されてたらしい」

「そんな感じでしたよ」

郷原は言った。

「それで、一時期はフィリピンやドイツの極右グループと親しく交わって、軍事訓練に励んでたようだ」

「そうですか」

「隊員の報告によると、三浦はその後、フランス陸軍の外人部隊に入ってる。成績は優秀だったらしいんだが、上官とやり合って、隊を追い出されてしまったようだ」

「その後は？」

「帰国した三浦は、関東誠友《せいゆう》会系二次団体の池島《いけじま》組に入ってる。しかし、そこも破門になったらしい」

「池島組でも似たようなことをやって、組長の怒りを買ったんでしょう」

「おおかた、そんなことだろう」

麻生が小さく苦笑した。

関東誠友会は首都圏で最大の勢力を誇る広域暴力団だった。傘下組織は五百団体を数え、その構成員は一万二千人を超えている。

「三浦は『殉国青雲党』を追われてから、どんな稼《シノ》ぎで喰ってたんでしょう？」

「そのあたりのことははっきりしないんだが、割に金回りはよかったらしい。それで三浦は住吉のいないときに党事務所に出かけて、元の部下たちを遊びに連れ出していたようだ。結局、五人の若い党員が三浦を慕《した》って、党を脱けてしまったらしい」

「そんなことがあったんなら、住吉にはだいぶ恨《うら》まれてるんでしょうね」

「住吉大膳は、三浦のことを悪し様《あざま》に言ってたそうだ。それから、例のマイクロバスは三浦が盗んだのではないかと疑ってもいたらしい」

「考えられないことじゃないですね」

郷原は言った。

「そうだね。それから、犯人グループが着てる青い制服は、『殉国青雲党』の制服とそっくりだった。三浦は、住吉大膳の犯行と見せかけたかったんだろう」

『殉国青雲党』の党員名簿は、公安三課にありますね？」

「これが、その名簿の写しだ」

麻生が書類袋から、紙の束を抓《つま》み出した。党員の顔写真付きだった。

郷原はそれを受け取り、すぐに目を通した。

初島のホテルで見た顔が混じっていた。大男、丸刈り、草刈千秋を犯した男三人だ。

平馬の名は見当たらなかった。三浦が腕の立つ助っ人として雇《やと》ったのだろうか。

「三浦は筋金入りの悪党だが、自分ひとりでは今回の事件は引き起こせないんじゃないかね。きみはどう思う？」

「おそらく奴は、アンダーボスに過ぎないんでしょう。三浦を操ってる黒幕が、きっとどこかにいますよ」

「だろうね」

麻生が言葉を切って、すぐに言い継《つ》いだ。

「また話を戻すが、総監とも相談して、羽田空港にはうちの特殊部隊は行かせないことにした。敵に勘づかれたら、取り返しのつかないことになりかねないからね」

「わたしも、そのほうがいいと思います」

「そこで、きみに単独捜査をしてもらいたい。ただ、きみも面《めん》が割れてるんで、慎重に動いてほしいんだ」

「よくわかりました」

郷原は居《い》ずまいを正した。

「空港には、犯人グループの一員が必ず現われるはずだ。特別機が時間通りに到着したかどうか確認しにね」

「ええ」

「その人物をマークすれば、きっと首謀者の有無《うむ》がはっきりするだろう」

「そうですね」

「問題は、偵察の者が羽田空港のどこに現われるかだ」

麻生がそう言い、空港ターミナルビルの見取り図や周辺地図を拡《ひろ》げた。

郷原は、見取り図と周辺地図に目を落とした。

あまり人目につかずに偵察できる場所となると、だいぶ限られてくる。偵察の者は知人の見送りをする振りでもして、ターミナルビルの展望デッキに現われるのではないか。周辺のホテルやビルから双眼鏡を使うよりは、かえって安全だ。

「どうだね、郷原君？」

麻生が訊いた。

「なんとか押さえられると思います。それはそうと、第三管区の犠牲者はどのくらいに？」

「八人の死が確認されている。プーシキンやスヴェトチカを入れると、十人の命が消えたことになるね」

「そんなにも犠牲者が出てしまったのか」

郷原は絶句した。

「まるで殺人鬼集団だ。いくらなんでも、クレージーすぎる」

「初島にいる武装集団は、三浦が駆り集めた一種の傭兵たちなのかもしれません」

「外人部隊出身者らしい男が混じってたというのなら、その可能性は大だね。よし、うちの隊の者に三浦の交友関係や女性関係を徹底的に洗わせよう」

「お願いします」

「何か情報を入手したら、きみの部屋にファクスで送ろう。夕方まで間《ま》があるから、マンションでひと眠りしたほうがいいな」

「警視正こそ、少しお寝《やす》みになったほうがいいと思いますが……」

「わたしのことは心配するな。それより、きちんと怪我の手当てを受けたほうがいいと思うがね」

「ご心配かけました。もう大丈夫です」

「頼もしい男だよ、きみは。そうそう、五十嵐君たちはこの旅館にいるそうだ」

麻生が上着のポケットを探った。

郷原はメモを受け取って、おもむろに立ち上がった。さすがに瞼が重かった。

午後二時十三分

絶叫が耳を撲《う》った。

声を張り上げたのは自分だった。

郷原は跳ね起き、頭を強く振った。自宅のベッドだ。体が寝汗でじっとりと濡れていた。

厭《いや》な夢を見たものだ。

郷原は両手で顔の汗を拭《ぬぐ》った。

何とも、おぞましい夢だった。思い出すと、身の毛がよだつ。

夢に現われた場所は、初島マリンホテルの一階ロビーだった。

恵美子と豊がフォークで全身を刺し貫《つらぬ》かれ、血の海でもがき苦しんでいた。そのすぐ近くに、平馬の姿があった。

平馬は舌を長く伸ばし、フォークの先から滴《したた》り落ちる血の雫《しずく》を受けていた。その目は異様な光を放っていた。人間の目ではなかった。

平馬の後ろには、大勢の人質が石仏のように坐っていた。

そのうちの何人かの眼球には、銀色のフォークが突き刺さっていた。また、乳房や下腹にフォークを突き立てられた女も混じっていた。誰もが血みどろだった。

おどろおどろしい夢を見たのは、拷問の後遺症にちがいない。妻子が夢に出てきたのは、二人のことが片時《かたとき》も脳裏《のうり》から離れなかったからだろう。

ベッドに潜り込んだのは、午前九時ごろだった。

五時間以上は眠ったことになる。頭も体もすっきりとしていた。特殊訓練を積んできたことで、いつしか数日の不眠不休には耐えられる体になっていた。これだけの睡眠をとれば、頭脳も筋肉もシャープに働いてくれそうだ。

昨夜、フォークで突かれた四カ所の傷口は半ば塞がりかけている。

ただ、体を大きく動かすと、まだ傷が痛む。引き攣れるような痛みだった。

郷原は一服してから、ベッドの下から汚れたスラックスを拾い上げた。

ポケットの中から、メモを取り出す。それには麻生の字で、五十嵐たちのいる旅館の電話番号が記《しる》してあった。

網代の旅館に電話をかけ、五十嵐の部屋に繋いでもらう。

待つほどもなく、五十嵐の声が響いてきた。

「麻生警視正の話は、なんだったんです？」

「今夜七時ごろ、プーニン大統領が日本に来るそうだ」

郷原は、麻生から聞いた話をそのまま伝えた。

「敵の狙いは北方領土だったんですか。轟の勘、冴《さ》えてますね」

「そうだな。ところで、初島のほうに何か動きは？」

郷原は話題を変えた。

「何もありません。海保の第三管区も静岡・神奈川両県警も姿を消したままです」

「そうか。日中は動くに動けないから、せいぜい夜まで体を休めてくれ。おれは羽田の様子をうかがってから、そっちに戻るつもりだ」

「わかりました。キャップ、さっき轟とちょっと作戦を練ってみたんですよ」

五十嵐が言った。

「どんな作戦なんだ？」

「ハンググライダーを使って、初島に潜入できませんかね？」

「そいつは無理だ。伊東周辺に手頃な山があったとしても、乱気流に揉《も》まれて初島までは到達できない」

郷原は言下に言った。

「やっぱり、無理ですか。初島まで七キロ前後はありますからね。熱気球はどうでしょう？　キャップは、学生時代に熱気球に熱中してたんでしたよね？」

「ああ。しかし、気球は風まかせで飛んでるんだよ。バーナーの操作で高度は自在に変えられるが、方向は選べないんだ」

「そうなんですか。いや、そうでしょうね」

「風向や気流を事前に正確に読み取らなければ、危険な目にも遭う。確かに条件さえ揃《そろ》えば、いい案だが……」

「風向きなんか、風船か何かを飛ばせば、すぐにわかりそうですがね」

五十嵐が言った。楽天家らしい台詞《せりふ》だった。

「山や海上の天候は、猫の目のようにくるくる変わるんだ。だから、ラジオ・ビーコンを内蔵した気象用風船を飛ばしてから離陸しないと、かなり危険だな」

「高度は自由に変えられるんでしたよね？」

「それはな」

郷原は短く答えた。五十嵐が早口で言った。

「だったら、危ない物に激突しそうになったら、上か下に逃げればいいわけでしょ？」

「まあ、そうだがな」

「危険は危険だけど、一度、トライしてみる価値はあるんじゃないですか？　熱気球はどこかで借りられますよね？」

「ああ、それはな」

「そうでしたら、いまの件、検討していただけませんか？」

「わかった。そうしよう」

郷原は約束して、先に電話を切った。

ダイニングキッチンに移り、隅に置いてあるファクスに歩み寄る。受信紙が溜《た》まっていた。麻生からの送信だった。

郷原は受信紙の文字を読みはじめた。

三浦のやくざ時代の交友関係が克明に記述されていたが、その多くが服役中の身だった。

平馬正和《まさかず》とは外人部隊で出会っていた。やはり、三浦が荒っぽい男たちを駆り集めたらしい。

平馬には前科歴はなかった。

三浦の現在の愛人についても記されていた。

その女は木俣麗子《きまたれいこ》という名で、三十一歳だった。スナックの経営者らしい。店は新《しん》宿歌舞伎町《じゅくかぶきちょう》、自宅は神楽坂《かぐらざか》にある。マンション住まいだった。

麗子に会ってみることにした。

郷原は顔も洗わずに、数日前に買ったフランスパンを頰張りはじめた。

パック入り牛乳を喉に流し込みながら、パンとチーズを交互に齧《かじ》った。小型冷蔵庫からトマトやハムを取り出し、丸ごとかぶりつく。

味は二の次だった。とりあえず、空腹感を満たしたかった。

郷原は腹ごしらえをすると、ざっとシャワーを浴びた。

傷口に少し湯が沁《し》みた。

フォークで突かれた箇所の肉が、ささくれ立っている。湯飛沫《ゆしぶき》を強く当てても、もう血は噴き出さなかった。平馬の顔が脳裏で明滅した。

郷原は浴室を出ると、肩、脇腹、腿の傷口に外傷用の消毒液を垂らした。

ちょうど傷の手当てを終えたとき、部屋のインターフォンが鳴った。スラックスを急いで穿《は》き、玄関ホールに走った。

来訪者は、瀬尾さつきだった。パステルカラーのスーツが似合っていた。

「初島で拷問を受けたんですって？」

「どうして、そのことを知ってるんだ？」

「さっき桜田門《さくらだもん》に行ったのよ、仕事で。そのとき、エレベーターホールの所で麻生さんにお会いしたの」

「それでか」

郷原は納得した。

「ちょっと傷を見せて」

「もう手当ては済んでる。少し前に、消毒液をぶっかけといたんだ」

「駄目よ、それだけじゃ。ここに来る途中で薬屋さんに寄ってきたから、とにかく傷口を見せて」

さつきに強く言われ、郷原はやむなくリビングソファに身を横たえた。

ベランダ側のカーテンは、まだ横に払っていなかった。さつきが手早く郷原のスラックスを引き下ろした。トレーナーも脱がされた。

「ひどい傷じゃないの。破傷風《はしょうふう》か何かになったら、大変だわ。化膿止めの軟膏を買ってきたの」

「オーバーだな、これぐらいの傷で」

郷原は照れ臭かった。

さつきが薬品を袋から摑み出し、傷口に軟膏を塗りはじめた。前屈みの姿勢だった。絹のブラウスの胸許から、乳房の裾野が少し覗《のぞ》いている。

だが、郷原は欲情を催《もよお》さなかった。

少し前に悪夢を見たからか、胸の中は妻子のことで塞がれていた。

「はい、治療は終わりよ」

さつきが言った。

郷原は上体を起こした。すると、さつきが同情に満ちた顔で言った。

「奥さんと坊やのこと、麻生さんから聞いたわ。心配ね。わたしにお手伝いできることはないかしら？」

「その気持ちだけで、充分だよ」

「奥さんや坊やを早く救出してあげて。もちろん、ほかの人質の方たちもね。あなたたち三人なら、きっとやれるわ。わたし、成功を祈ってます」

「必ず救い出すよ、みんなを」

「まだ仕事の途中だから、これで職場に戻るわ」

「途中まで車で送ろう」

「大事な任務があるんでしょ？　それは、まずいわ」

「これから、仕事で神楽坂まで出かけるんだ。そのついでだよ」

「まあ」

さつきが甘く睨んだ。

郷原は静かに立ち上がった。

午後三時五十分

探し当てたマンションは三階建てだった。

神楽坂の裏通りに面していた。木俣麗子の部屋は三〇五号室だった。

郷原はインターフォンを鳴らした。すぐに女の声で応答があった。

「警視庁の者です。木俣麗子さんですね？」

「そうだけど。三浦がまた何かしたの？　わたし、関係ないわよ」

「ドアを開けてくれませんか？　ちょっとお訊きしたいことがあるんです」

郷原は言った。

ドアが半分近く開けられた。現われた女は、ウェービーヘアを栗色《くり》に染めていた。化粧っ気はなかった。

どことなく狸《たぬき》に似た顔立ちだった。瞳《ひとみ》が大きく、頰が膨らんでいる。顎のあたりは尖っていた。肌の荒れが目立つ。毒々しい紫色のニットドレスをだらしなく着込んでいた。

郷原は警察手帳を呈示し、すぐに訊いた。

「最近、三浦繁に会いました？」

「さき一昨日《おととい》の午前三時ごろ、ここに来たわ。帰ったのは、翌日の夕方だったかな。刑事さん、話が長くなるの？」

「ええ、ちょっとね」

「だったら、上がってよ。どうせ玄関先で話せる内容じゃないんでしょ？」

麗子が気だるげに言って、奥に引っ込んだ。

郷原は靴を脱いだ。２Ｋだった。

キッチンの隣の洋室に、コンパクトなリビングソファがあった。花柄だった。

二人はソファに坐った。向かい合う形だった。

「三浦とは三年以上のつき合いのようだね」

郷原は、くだけた喋り方をした。そのほうが相手の口が軽くなると判断したからだ。

「そうね、そのくらいかな。ね、三浦は何をやったの？」

「ある事件に関わりがあるとしか答えられないな。三浦は、どんな男なんだい？」

「怕《こわ》い男ね。悪知恵が働くし、目的のためなら、手段を選ばないようなとこがあるの。でも、セックスは最高ね」

麗子が好色そうな笑みを拡げた。

「三浦は『殉国青雲党』をやめてから、どうやって喰ってたんだい？」

「わからないわ。でも、お金にはそれほど困ってなかったみたいよ」

「金の出所《でどころ》に心当たりは？」

「さあ、ちょっとねえ。池島組の親分には近づけないだろうしね」

「関東誠友会の人間とは、まったくつき合いがなかったのかな？」

郷原は訊いた。

「多分、本間《ほんま》理事のとこにはこっそり顔を出してたと思うわ。本間義之《よしゆき》さんのことよ」

「本間理事？」

「関東誠友会のナンバーツーで、本間組の組長よ。なぜだか、三浦は本間理事には目をかけてもらってるらしいの」

「どうしてなんだろう？」

「よく知らないわ。三浦自身は、本間さんと同じ図柄の刺青をしょってるからだろうなんて言ってたけどね。二人とも、背中に昇り龍と下り龍の彫り物を入れてるのよ」

麗子が目を細めながら、煙草《たばこ》の火を揉み消した。煙が目に沁みたらしい。

「その本間って奴に、三浦は債権の取り立《キリトリ》てでも回してもらってたのかな？」

「そのへんのことは、わたし、全然わからないわ」

「そうか。ところで、三浦は北方領土のことについて、日頃、何か言ってなかった？」

「ううん、別に何も。三浦、何か政治絡《がら》みの事件に関与してるの？」

「そういうわけじゃないんだ。ただ、思想的に偏ってるとこがあるんじゃないかと思ったんだよ」

郷原は、ごまかした。

「三浦には思想なんかないんじゃない？　彼、おれは右翼だなんて言ってたけど、左の連中ともつき合ってたもん」

「左翼の人間ともつき合ってたって!?　相手の名とかセクト名、わかるかな？」

「そういうことはわからないわ」

　麗子が首を横に振った。

「最近、三浦はどでかいことをやるとか、まとまった金が入るとか言ってなかったかい？」

「そういうことは何も言ってなかったわ。ただ、おかしなことを口走ってたけど」

「おかしなこと？」

　郷原は聞き逃さなかった。

「そう。もしかしたら、警察庁にある犯歴データベースから自分の記録が消えるかもしれないって。警察の偉いさんに鼻薬を嗅《か》がせれば、そういうこともできちゃうわけ？」

「いや、そんなことは不可能だ。仮に買収された者がいたとしても、コンピューターに細工なんてできないさ」

「そうよね。わたしも三浦にそう言ったんだけど、彼はその話をすっかり信じてるようだったわ。あの人、警察庁長官の弱みでも握ったのかしら？」

　麗子が冗談っぽく言った。

　郷原は笑って見せたが、何か引っ掛かるものを感じはじめていた。三浦がうっかり口を滑らせたことには、それなりの裏付けがあったのではないのか。

三浦を陰で操っているのは、警察関係者なのだろうか。

なんの脈絡もなく、浅川首席監察官の顔が脳裏にちらついた。しかし、およそ現実味のある話ではなかった。考え過ぎだろう。

「悪いけど、そろそろ帰ってくれない？　お店に出る前にお風呂《ふろ》に入って、美容院に行きたいのよ」

麗子が言いづらそうに言った。

郷原は型通りの礼を述べ、ほどなく辞去した。

低層マンションの表玄関を出たときだった。近くで、車の走行音がした。

郷原は振り返った。

すぐ眼前に、白っぽいベンツが迫っていた。かなりの速度だった。

後部座席のパワーウインドーは下まで降りている。そこから、金縁《きんぶち》の濃いサングラスをかけた男が顔を突き出していた。

その男はパイプ状のものを手にしていた。

改造銃かもしれない。そう思ったとき、筒の先から何かが放たれた。ダーツに似たものだった。

それは郷原の頬の数センチ横を飛び、スカイラインの向こう側に落ちた。

ベンツが風圧を置きざりにして、郷原のかたわらを走り抜けていった。

郷原は、遠ざかるベンツのナンバープレートを見た。しかし、黒いビニールテープで数字は隠されていた。

全速力で追っても、とうてい間に合いそうもない。

郷原は車の後ろを回り込み、プラスチックの四枚羽根のついた矢を抓み上げた。吹き矢《ブロウガン》の矢に似ていた。

だが、サングラスの男は一度も筒を口に当てなかった。強力なゴムかスプリングの力で、矢を放つ仕組みになっているのだろう。

矢の本体はコルクだった。鏃《やじり》の部分には、粘《ねば》り気のある黄色っぽい樹液らしいものが塗ってあった。

猛毒かもしれない。

郷原は抓んでいる物をハンカチで包んだ。

謎の武装集団は、極秘戦闘班の動きをマークしていたらしい。極秘捜査が、なぜ、敵に知れてしまったのか。肌が粟《あわ》立った。

羽田に行く前に、これを鑑識課に回しておこう。

郷原は綿ブルゾンのポケットから、車の鍵《キー》を摑み出した。

第三章　顔のない首謀者

六日　午後六時五十七分

挙動不審な男を見つけた。

どうやら勘は正しかったようだ。

郷原は小さく頰を緩《ゆる》めた。彼は、眼鏡《めがね》や付け髭《ひげ》で変装していた。

羽田空港国際線旅客ターミナルビルの五階にある展望デッキだ。

怪しい男は、オペラグラスと一冊の単行本を手にしていた。二十六、七歳だった。

緑色のパーカに、白のチノクロスパンツという身なりだ。

表情は醒《さ》めていた。そのくせ、目だけが落ち着かない。

男は眼下の滑走路よりも、デッキにいる人々を眺めるほうが多かった。デッキには、かなりの数の男女がいた。

その中に、二人の屈強そうな白人男性がいた。

どちらもスラブ系の顔立ちだった。ロシア大使館付きの武官だろう。

プーニン大統領を乗せた特別機は、まだ到着していなかった。

パーカを羽織《はお》った男は、しきりに二人の白人男性を気にしていた。そのことも訝《いぶか》しかった。犯人グループのひとりにちがいない。

郷原は高圧ガラスに顔を寄せた。

真下に、A滑走路とC滑走路が横たわっている。まるで巨大な帯《おび》のようだ。

横風用のB滑走路は、右手前方に霞《かす》んでいる。

その左隣が旧空港ビルだ。点のように小さく見える。約二キロほど離れていた。

新空港の駐機場《エプロン》には、八機のジャンボ旅客機が固まっていた。どの機も、優に四百トンはある。

旅客ターミナルの右側には、管制塔を兼ねた十四階建ての庁舎ビルがそびえている。

その右隣には、貨物ターミナルビルが建っていた。とてつもなく大きな格納庫は、東京湾側にある。

郷原はA滑走路に見入っている振りをしながら、時々、気になる男を盗み見た。

少し経《た》つと、男が急に持っている本を開いた。すぐに活字を目で追いはじめたが、本を持つ角度が不自然だった。

郷原は、さりげなく男の斜め後ろに回り込んだ。

開かれたページには、手帳ほどの大きさの鏡が嵌《は》め込まれていた。男がここに偵察にやってきたことは、もはや疑いの余地はない。

Ａ滑走路にモスクワからの特別機が到着したのは、七時十五分過ぎだった。

誘拐拉致《らち》事件が発生してから、丸一日が経っていた。

緑色のパーカを着た男が高圧ガラスから離れた。

郷原は携帯用暗視望遠鏡《ノクト・スコープ》でプーニン大統領の顔を確認したかったが、すぐに男を追尾《ついび》しはじめた。男はターミナルビルを出ると、駐車場に向かった。郷原は尾行しながら、左右に目をやった。怪しい人影はなかった。

男は広い駐車場の端まで進み、大型バイクの横で立ち止まった。

ホンダＣＢ750Ｆだ。車体は銀灰色で、ゴールドのラインが入っている。年式は、だいぶ旧《ふる》かった。

男はサドルバッグの中から、携帯電話を取り出した。あたりを見回している。仲間か、首謀者に何か報告するようだ。

郷原は車の陰に駆け込み、暗視望遠鏡《ノクト・スコープ》を目に当てた。

男が数字キーを押しはじめた。

電話の遣《や》り取りは短かった。

男は携帯電話をサドルバッグに戻すと、黒いフルフェイスのヘルメットを被《かぶ》った。

パーカのファスナーを首の下まで引っ張り上げる。

郷原は暗視望遠鏡《ノクト・スコープ》をブルゾンの内ポケットに入れ、駐車場の中ほどまで急いだ。

そこには、覆面パトカーが置いてあった。グレイのプリウスだった。私物のスカイラインは、警視庁の車庫に置いてある。

郷原はプリウスに乗り込み、すぐにエンジンをかけた。

少し待つと、マークした単車が二本先の走路を走り抜けていった。郷原は、男のバイクを追いはじめた。単車のナンバーを頭に叩き込む。

ホンダCB750Fは空港の駐車場を出ると、東急《とうきゅう》ホテルのある通りに向かった。その道は首都高速一号線に通じていた。

バイクは数百メートル走って、急に路肩《ろかた》に寄った。羽田ランプの少し手前だった。

郷原も覆面パトカーを左に寄せ、ハザードランプを灯《とも》した。

バイクの三十数メートル後方だった。その間に、幾台かの車が路上駐車されていた。

どうやら男は、大統領一行の車を待つ気らしい。

郷原は一瞬、バイクの男を締め上げる気になった。だが、すぐに思い直した。

どうせ男は使い走りにちがいない。そんな男が知っていることは、たかが知れている。

郷原はしばらく泳がせたほうが賢明だろう。

郷原はキャビンに火を点《つ》けた。

半分ほど喫《す》ったとき、グローブボックスの下で無線機が空電音を洩《も》らした。本庁通信指令本部からのコールだ。喫いさしの煙草《たばこ》の火を揉《も》み消す。

「わたしだ」

麻生警視正の声だった。

「七時十五分過ぎに大統領の特別機が到着しました。現在、不審な男を尾行中です」

郷原は、空港に張り込んでからのことを順序だてて話した。

「それなら、犯人グループの人間に間違いないね。それはそうと、外務省からの情報でプーニン大統領の随行員がわかったよ」

「それは助かります」

「大統領は犯人グループの要求通りに、ボリス・クリムスキーという秘書官だけを伴《ともな》って、特別機に乗ったそうだ。機のクルーは三人だけらしい」

麻生が言った。

「クリムスキーについて、もう少し情報をいただけませんでしょうか」

「数年前まで、クリムスキーは駐日大使館で一等書記官を務《つと》めてた人物だ」

「それなら、旧KGB《カーゲーベー》とも関わりがありそうですね」

「外事一課の資料には、旧KGBとの関係はないと記録されてる。しかし、ボリス・クリムスキーは三十代の前半に、旧ソ連の陸軍参謀本部情報局《GRU》に二年ほど所属してたことがある」

「GRU《ゲーエルウー》直属の特殊部隊《スペッツナズ》にいたんでしょうか？」

郷原は訊《き》いた。

「いや、超心理学《パラサイコロジー》の研究をしてただけらしい。ただ、クリムスキーが旧GRUとはライバル関係にあった旧KGBに、何か情報を流してた疑いはありそうだね」

「つまり、クリムスキーは旧KGBが送り込んだS《スパイ》だったと……」

「そこまではっきりしないんだが、クリムスキーの従兄《いとこ》が、その当時、KGBの第一総局の副議長を務めてたんだよ」

「その従兄の名は？」

「ピョートル・アレクサンドロヴィッチだ。五十三歳で、一九九一年の九月にKGBを依願退職してる」

「いまは何を？」

「警備保障会社のトップだよ。約二百人の社員を使ってるようだが、幹部二十二人のうち十六人が元KGB職員だ。アレクサンドロヴィッチはKGB退職者協会の理事でもある」

麻生が言った。

「個人企業家に転身して、ロシア式資本主義の甘い汁を吸ってるわけですね」

「いや、アレクサンドロヴィッチは金儲《もう》けをしてるだけではないようだ。年金だけで細々《ほそぼそ》と暮らしてる元スパイたちの面倒も見てやっているらしい」

「それは見上げた心がけですね」

「そうだな」

「クリムスキーのことも、もう少し詳《くわ》しく教えていただけますか？」

「いいとも。年齢は五十六だ。アレクサンドロヴィッチとクリムスキーの母親が姉妹なんだよ。クリムスキーは、頭がだいぶ禿《は》げてるらしい。髪は栗毛で、瞳《ひとみ》は灰色。中肉中背で、チタンフレームの眼鏡をかけてるそうだ」

「わかりました」

「郷原君、空港でニコライ・キーリー大使を見かけなかったかね？」

「いいえ。二人の武官らしい男を見ただけです」

郷原は答えた。麻生が被せるように言った。

「大使が迎えに出たそうなんだ。多分、VIP専用のゲートのあたりにいたんだろう」

「そうかもしれませんね」

「もう一つ大事な話がある。さっき鑑識から報告があったんだ。矢の先に塗ってあったのは、クラーレだったよ」

「やはり、そうでしたか」

郷原は背筋がうそ寒くなった。

クラーレは、アマゾン流域に住む原住民が昔から狩猟に用いている植物性の猛毒だ。脊椎《せきつい》動物の神経接合部を遮断《しゃだん》し、骨格筋《こっかくきん》を麻痺《まひ》させる。人間も、わずか数分で絶命してしまう。武装集団の凶暴な牙《きば》を見せつけられたような思いだった。

「それからね、プラスチックの羽根の部分から犯人のものらしい指紋が検出されたよ」

「該当指紋は、前科者リストに？」

「あったよ。奈良孝行《ならたかゆき》という名で、二十八歳だ。二十三のときに傷害罪で起訴され、一年五カ月の刑に服してる。奈良は実戦空手《フルコンタクト》の有段者で、服役後は都内の製本所に就職してるね」

麻生が答えた。

「いまも、その会社に？」

「いや、去年の秋に製本屋を退職してる。その後のことは不明だ。カードに書かれてる住所には、もう住んでいなかったよ」

「本籍地は？」

「埼玉県の大宮《おおみや》なんだが、親の家は足立《あだち》区にある。しかし、親兄弟とは没交渉で、奈良の居所《いどころ》はつかめなかった」

「そうですか。格闘技の心得があるなら、犯人グループの一員と考えてもよさそうですね」

「ああ、間違いないだろう。応援が必要なときは、いつでも声をかけてくれたまえ」

交信が途絶《とだ》えた。

覆面パトカーに搭載している無線機はデジタル回路のもので、盗聴防止装置付きだった。犯人グループや無線マニアに盗み聴《ぎ》きされる心配はなかった。

郷原はコンピューターの端末に、単車のナンバーを打ち込んだ。

警察庁の大型コンピューターには、陸運局に登録されている車に関する情報がインプットされていた。待つほどもなく液晶ディスプレイに、ホンダCB750Fの所有者名と現住所が映《うつ》し出された。

しかし、バイクは一週間以上も前に目黒区の碑文谷《ひもんや》署に盗難届が出されていた。

午後七時二十六分

単車の男が前に向き直った。

郷原は横を見た。

黒のベンツS600が近づいてくる。後部座席には、二人の男が乗っていた。どちらも白人だ。

手前の男は黒縁《ぶち》の眼鏡をかけていたが、紛《まぎ》れもなくロシアの大統領だった。目が狼のように鋭い。プーニンの向こう側に坐った男は、頭髪が極端に薄かった。チタンフレームの眼鏡をかけている。秘書官のボリス・クリムスキーだろう。

ステアリングを操《あやつ》っているのは、若い男だった。二等書記官か、大使のお抱え運転手だろう。

助手席には、駐日ロシア大使のニコライ・キーリーが坐っていた。五十二、三歳の恰幅《かっぷく》のいい男だ。髪は黒に近い褐色《かっしょく》だった。

青ナンバーをつけた黒塗りのベンツの後に、銀灰色のベンツが従っていた。

その車には、空港で見かけた二人の武官らしい男が乗っていた。

ひとりは後部座席に斜めに腰かけ、リア・ウインドーから外を見ていた。尾行者の有無《うむ》を探《さぐ》っているにちがいない。二台のベンツが遠のくと、大型バイクが走りだした。

郷原は充分に車間距離をとってから、単車を追跡しはじめた。

ほどなく二台のベンツとバイクは、首都高速一号線に入った。郷原もつづいた。

プーニンたちの車は浜崎橋《はまざきばし》Ｉ　Ｃ《インターチェンジ》を辿《たど》り、芝公園ランプで降りた。桜田通りを短く走り、狸穴のロシア大使館に吸い込まれていった。

ホンダＣＢ750Ｆは大使館の前を通過し、そのまま六本木《ろっぽんぎ》方向に進んだ。郷原は追尾しつづけた。

バイクが停《と》まったのは、JR千駄《せんだ》ケ谷《や》駅近くのアパートの前だった。

アパートは木造モルタル塗りの二階建てで、だいぶ古ぼけていた。付近にはラブホテルが点在している。男はヘルメットを小脇に抱え、アパートの鉄骨階段を昇っていった。階段は赤錆《あかさび》だらけだった。

郷原はアパートの斜め前に車を駐め、鉄骨階段を駆け上がりはじめた。半《なか》ばまで昇ったとき、凄まじい爆発音が轟《とどろ》いた。

階段が揺れた。

郷原は一気に階段を昇りきった。歩廊《ほろう》に、血達磨《ちだるま》の人間が倒れていた。単車に乗っていた男だ。

微動だにしない。顔面と上半身に、無数の釘《くぎ》と画鋲《がびょう》が突き刺さっている。

ヘルメットはひしゃげ、爆風で化粧合板のドアも吹き飛ばされていた。コンクリートの三和土《たたき》には血飛沫《しぶき》が飛び、爆破装置の破片が散っている。

ドアノブには、長い針金が巻きつけてあった。ドアを開けた瞬間に、装置が作動したにちがいない。

郷原は屈《かが》んで、男の手首を取った。

脈動は伝わってこなかった。

台所の羽目板《はめいた》が燃えていた。郷原は歩廊に設置してあった消火器で、素早く炎を鎮《しず》めた。玄関先は白い泡だらけになってしまった。

空《から》になった消火器を元の場所に戻したとき、隣の部屋から若い女が恐る恐るという感じで現われた。

地味な感じだった。女が息を呑み、後ずさった。

「警察の者です。この男《ひと》は、この部屋に住んでたのかな?」

郷原は、女に問いかけた。

「は、はい、そうです」

「名前は?」

「林《はやし》さんです。下はなんという名なのか、知りません。顔を合わせても、目礼する程度のつき合いでしたから」

「仕事は何をしてたんでしょう?」

「フリーターだったんだと思います。出かける時間がまちまちでしたから」

女が震《ふる》え声で答えた。

「人の出入りはどうでした?」

「よくわかりません。アパートに住んでる人とは誰とも親しくしてなかったから、林さんの個人的なことはちょっと……」

「大家さんは、この近くに住んでるのかな？」

「いいえ。国立《くにたち》です」

「連絡先、教えてもらえませんか」

郷原は頼んだ。

女がうなずき、自分の部屋に駆け込んだ。住所録を取りに行ったのだろう。

郷原はふたたび屈み込み、死んだ男の懐《ふところ》を探った。

運転免許証を所持していた。本名は大林道紀《おおばやしみちのり》だった。二十六歳で、本籍地は横須《よこす》賀《か》市内になっていた。

郷原は必要なことをメモして、運転免許証を胸ポケットに戻した。

そのとき、さきほどの女が部屋から出てきた。

アパートの所有者は衣笠《きぬがさ》という名だった。念のため、女の名と動務先も訊いた。高速バス会社のＯＬだった。女が自分の部屋に引き取った。

郷原は大林の部屋に入った。

間取りは１Ｋだった。キッチンは二畳ほどの広さだ。奥の六畳間の畳は、すっかり黄ばんでいる。縁《へり》は、ところどころ擦《す》り切れていた。

ひどく殺風景な部屋だった。

小型テレビ、ビニール製のファンシーケース、スチールの書棚しかない。書棚は、左翼関係の思想書で埋まっている。それも過激な内容のものが多かった。

押入れの上段には垢《あか》まみれの夜具が一組入っていた。その横には、組み立てられたままの電気炬燵《ごたつ》があった。

下の段には〝ネオアナーキスト〟という誌名の機関誌が重ねてあった。薄っぺらな小冊子だった。極左集団『聖狼《せいろう》の牙《きば》』の機関誌である。

大林は『聖狼の牙』のメンバーだったのか。

郷原は埃《ほこり》っぽい機関誌をぱらぱらと捲《めく》ってみた。

独善的な革命論が何編か掲《かか》げられ、逮捕されたときの処し方などの講座も設けられている。留置場や拘置所などの構造も図解入りで載《の》っていた。どの号にも、発行所の住所は明記されていない。公安刑事の目を恐れているのだろう。

『聖狼の牙』は昭和四十年代の前半から、断続的に爆弾闘争と称するテロ行為を繰り返してきた過激派だった。

軍需産業で潤《うるお》った大手企業の本社ビルや会長宅に時限爆弾を仕掛け、多数の死傷者を出したことがある。陸上自衛隊の基地や都内の交番などを爆破し、財界人のパーティー会場にリモコン爆弾をセットしたこともあった。

リーダーの藤浪智久《ふじなみともひさ》は六十代半ばで、カリスマ性を持っていた。三十代半ばまで、学習塾を経営していたはずだ。

『聖狼の牙』は五年前に幹部の大半が逮捕され、その後は鳴りを潜《ひそ》めたままだった。リーダーの藤浪と十数人の残党は地下に潜《もぐ》ったきりだ。全国指名手配中だが、公安部は有力な手掛かりを得ていない。

追いつめられた藤浪がアウトローの三浦に手を貸し、闘争資金か逃亡資金を捻出《ねんしゅつ》する気になったのか。

郷原は、そう推測してみた。だが、すぐに自分の逸《はや》る気持ちを抑《おさ》えた。

まだ双方の接点が見つかったわけではない。それ以前に、死んだ大林道紀が『聖狼の牙』のメンバーなのかさえもわからなかった。

郷原は機関誌を押入れの奥に戻し、すぐさま部屋を出た。無線で事件の通報をする。ついでにアパートの大家に電話をしてみた。衣笠という老人はひどく耳が遠く、事情聴取はできなかった。

大林の実家の電話番号を調べ、すぐにコールした。

受話器を取ったのは、大林道紀の母親だった。大林は都内にある中堅私大を二年で中退した後、まったく実家には寄りつかなくなったという。『聖狼の牙』との関わりはおろか、母親は息子の内面については何も知らなかった。

「あとで、所轄署から連絡があると思います」

郷原は啜《すす》り泣く母親に言い、静かに電話を切った。いったん本部に戻るつもりだった。

午後八時四十分

エレベーターが停まった。

十一階だった。警視総監室のある階だ。

郷原は麻生警視正の後から、ホールに降りた。

本庁に戻ると、麻生は二人が江守警視総監に呼ばれていることを告げた。これから、江守を訪ねるところだった。

廊下の向こうから、五十年配の白人男が歩いてくる。駐日ロシア大使のニコライ・キーリーだった。不機嫌そうな顔をしている。大使は、江守に抗議をしにきたという話だ。その内容については、まだ教えられていなかった。

郷原は何か厭《いや》な予感を覚えた。

ロシアに限らず東側諸国の大使館は、日本の官憲を嫌っている。大使が直々《じきじき》に警視庁を訪れることは通常考えられない。キーリー大使は相当、腹立たしい思いをしたのだろう。そう考えると、郷原は気が重くなった。

キーリーは廊下の真ん中を歩いていた。

郷原たちは路《みち》を譲った。キーリーは礼も言わずに擦《す》れ違った。何か考えごとをしているようだった。

二人は黙って廊下を進んだ。清潔な廊下だった。床は磨《みが》き上げられ、鏡面のようだ。

麻生とともに、警視総監室に入る。

充分にスペースを取った部屋だった。江守警視総監は、総革張りの応接セットと大きな執務机の間に立っていた。制服姿だった。

五十八歳にしては、体型が若々しかった。腹は、少しも出ていない。顔の血色もよかった。

「警視総監、キーリー大使は何と？」

麻生が立ち止まるなり、のっけに訊いた。

「まあ、二人ともかけたまえ」

「はい」

「郷原君、きみも大変だね。坐って話をしよう」

江守が犒《ねぎら》うように言って、先に深々としたソファに腰かけた。壁側だった。

郷原は麻生と並んで腰を下ろした。コーヒーテーブルには、超小型録音機が載っていた。

「セットしてあるマイクロテープは、キーリー大使が持ってきたものだよ。まず聴いてもらおう。犯人の声が録音されてる」

かすかな雑音《ノイズ》の後、男同士の会話が響いてきた。遣り取りは日本語だった。

警視総監が再生ボタンを押し込んだ。

――キーリー大使だな？

――そうです。大統領のお嬢さんは元気なんですね？　声を聴かせてください。

――断る。それより、取引は延期だ。

――ええっ。なぜなんです⁉

――命令に背《そむ》いた罰だ。

――わたしたち、約束は破っていません。

――ふざけるなっ。羽田空港に、警視庁の刑事がいたじゃないか！

――まさか、そんなことは。わたしたちは外務省を通じて、警察に動かないよう頼みました。嘘じゃありません。

――しかしな、刑事がひとり張ってたんだよ。捜査一課の郷原力也って警部だ。

――信じられません。

――警察の影が完全に消えるまで、取引はできない。

――わたしたち、本当に警察の協力は仰《あお》いでいません。それから、そちらの要求通りにミグ戦闘機を撤収《てっしゅう》させ、軍兵士と国境警備隊に退去命令を出しました。

——そのことは評価してやる。こちらも、それは確認済みだ。

——どうやって⁉

——そいつはノーコメントだ。

——四島引き渡しの返還書にサインすれば、本当に人質は全員、解放してくれるんですね？

——もうひとつ条件を呑んでもらいたい。ロシアの核研究者の北朝鮮への亡命を無条件で認めろ。

——そんなことはできません。

——また、連絡する。今後も警察が動くようだったら、今度はマヤコフを処刑する。

音声が熄《や》んだ。

脅迫者の声は、くぐもっていた。口に何か含んでいるようだった。年齢の見当はつかない。

郷原は体が震えそうだった。敵は自分の張り込みを看破《かんぱ》した上に、名前や職階まで知っていた。

江守がテープを止め、どちらにともなく言った。

「これはダビングテープだ。警察を毛嫌いしてるロシア大使館がこんなものを提供する気になったのは、よくよくのことだろう。日ロ外交に何か悪い影響が出なければいいがね」

「わたしは慎重に行動したつもりです。犯人側に張り込みを見抜かれていたとは……」

郷原は言った。かたわらの麻生も、驚きを隠そうとしなかった。

「今夜の極秘捜査は、わたしと極秘戦闘班のメンバーしか知らないはずです。それが、どうして敵に知られてしまったのか」

「十七階の作戦会議室に盗聴器を仕掛けられたということは？」

「それは考えられません。別室の入口には防犯用の赤外線装置がありますから、関係者以外の人間が立ち入ったら、すぐにわかります」

「念のために、あとで作戦会議室と極秘戦闘班の部屋をチェックしてみてくれないか。それから、覆面パトもね」

江守が言った。

麻生が深くうなずき、意を決したように言った。

「厭な想像ですが、盗聴器の類《たぐい》を仕掛けた者がいるとすれば、内部の人間ということも考えられるのではないでしょうか？」

「穏《おだ》やかな発言じゃないな」

江守が少し顔をしかめた。

「お言葉を返すようですが、外部の者が本部庁舎に忍び込んで、そこまでやれるとは思えません」

「しかし、犯人グループは強《したた》かな連中だよ。出入りの業者になりすまして、庁舎内に侵入したとも考えられる。ここには食堂、喫茶室、売店、それから共済診療所もあるじゃないか」

「ですが……」

麻生が何か反論しかけて、口を噤《つぐ》んだ。

「わたしは、桜田門に犯人側の内通者がいるとは思いたくないね」

「それは、わたしも同様です」

「そのことはともかく、いったい犯人グループは何を考えてるんだっ。まるで一貫性のない要求をしてるじゃないか」

江守警視総監が話題を転じた。

「おっしゃる通りです。極右が北方領土を力ずくで奪い返したいというのは理解できます。しかし、ロシアの核研究者を北朝鮮に亡命させろという要求は理解に苦しみます」

「そうだね。右寄りの組織なら、そんなばかげた要求はしないはずだ。何かからくりがありそうだな」

「それは考えられると思います」

麻生が答えた。

短い沈黙があった。それを江守の声が突き破った。

「郷原君、きみの意見を聞かせてくれないか」

「わたしは、今回のテロリスト集団はこれまでになかった組織構成だと思います。連中が一つのイデオロギーでまとまっているとは、とても考えられません」

「もう少し具体的に話してみてくれたまえ」

「はい。犯人グループの手口は巧妙で、きわめて大胆です。武器装備は軍隊並ですし、それぞれが扱いにも馴《な》れてます。資金もあるようです。警察の動きも摑《つか》んでいるほどですから、情報力も想像を超えるものがあると思います」

「そうだね」

「実行犯のリーダーは三浦のようですが、奴は極左グループとも繫《つな》がりがあるのです」

郷原はそう前置きして、小一時間前に爆殺された大林道紀のことを詳しく話した。

「その大林という男が『聖狼の牙』のメンバーだとしたら、極左の人間も今回の事件に関わってるわけか」

「そう考えてもいいと思います」

「麻生警視正の報告によると、テロリストどもは犯罪のプロたちの寄せ集めのようだとか」

「わたしはそういう印象を受けました」

「そういった荒っぽい男たちを極左のセクトが束《たば》ねられるかね?」

「難しいと思います」

「奇《き》っ怪《かい》なことばかりだね。犯行グループの構成も不統一だし、思想的なバックボーンもないようだ。要求にも脈絡がない」

江守が唸《うな》るように言って、腕を組んだ。

「メンバーに共通点が少ないことを考えると、彼らは全員、単なる傭兵《ようへい》に過ぎないのかもしれません」

「背後にいるのは、誰だと思うね?」

「残念ながら、まだ首謀者の顔は見えてきません」

郷原は口を結んだ。すると、麻生が控え目に言った。

「総監、敵の新たな要求が本気だとしたら、背後に北朝鮮がいるのではないでしょうか?」

「亡命の話だけを考えれば、その疑いはなくはないね。しかし、犯行グループは最初に北方領土の返還をロシア側に迫ったんだよ。北方四島がどうなろうと、北朝鮮には関係ないと思うがね」

「北朝鮮が日本を混乱させることによって、韓国をはじめ西側に何らかの脅威を与えたいと願っているとは考えられないでしょうか？」

「なるほど、それは考えられないことじゃないな。ひょっとしたら、北朝鮮の特殊部隊『第八軍団』が二十一人の実行犯を工作員に仕立てたのかもしれんな」

「その可能性もあるかもしれません」

二人の会話が途切《とぎ》れた。

第八軍団のメンバーは巧《たく》みに西側諸国に潜り込み、さまざまな破壊工作をしている。古くは一九六八年にソウルの大統領官邸襲撃事件を起こし、一九八三年十月にはミャンマーで爆弾テロを実行した。その後も、幾つかのテロ事件を引き起こした。

彼らは敵に捕まる前に死を選べと教育されているらしく、手榴弾《しゅりゅうだん》で自爆したり、毒物を呷《あお》るケースが多い。したがって、多くの事件は謎を残したまま迷宮入りしてしまう。

「総監、よろしいでしょうか？」

郷原は発言の許可を求めた。

「何か異論があるようだね？」

「ええ、少し。北朝鮮は国際原子力機関《IAEA》の核査察を一部拒否して、西側諸国の非難を浴びました。世界を敵に回してまで、わざわざロシアの核研究者たちを受け入れ、核軍備を強化させたいと考えるでしょうか？」

「孤立無援に近い国だから、なおさら核兵器に頼りたくなるとは考えられないかね？」

「わたしも、そう思います」

麻生が総監に同調した。

郷原は、それ以上の反論はできなくなった。別段、職階の高い者たちに屈したわけではない。異論を唱《とな》えたものの、確かな根拠があったわけではなかったからだ。といって、ロシアン・マフィアのことを口にするには、あまりにも裏付けが甘すぎる。ただ刑事の勘で、犯人グループの新たな要求が陽動作戦に思えたのだ。その思いは、しばらく胸から消えそうもなかった。

「総監、このマイクロテープの遣り取りにもありましたが、ロシア側は軍部には緊急訓練という名目で戦闘機を撤収させ、地上軍と国境警備隊をサハリン州や本土に退去させています」

麻生が報告した。

「防衛省からの情報だね？」

「そうです。北海道の第二航空団が航空写真で、さきほど確認したそうです」

「そうかね。問題は、今後どう動くかだな。キーリー大使は、海保や海自にも出動を控えるよう強く働きかけたと言っていた」

「警察庁長官から何か？」

「危険な動きは慎《つつし》んでほしいという電話があったよ。だからといって、凶悪なテロリストの思い通りにさせてしまったら、法治国家の名が泣くってものだ」

江守警視総監が、自分を奮《ふる》い立たせるように声を力ませた。

すぐに麻生が口を開いた。

「警護官のスヴェトチカやプーシキンを死なせてしまったことには、責任を感じています」

「うむ。困難をきわめる任務だが、早期解決に全力を尽くしてくれたまえ」

「はい」

「ロシア大使館の言い分もわかるが、大勢の日本人も人質にされてるんだ。手を拱《こまね》いているばかりにもいくまい。ただし、あくまでも人質の安全を考慮するように」

「わかりました」

「それから、これを科捜研に回しておいてくれんか」

江守がマイクロテープを取り外した。

麻生がそれを受け取り、勢いよく立ち上がった。郷原も腰を浮かせた。

警視総監室を出ると、麻生が言った。

「わたしはこのテープを科捜研に届けるから、きみは自分のオフィスと覆面パトをチェックしてみてくれ。別室のほうは、わたしのところの隊員にやらせよう」

「わかりました」

郷原は麻生と別れ、六階の捜査一課に降りた。

午後九時三十二分

徒労だった。

郷原は長嘆息した。極秘戦闘班の小部屋だ。

部屋の隅々まで検《しら》べてみたが、盗聴器は見つからなかった。電話機まで分解してみたが、怪しい細工は施《ほどこ》されていなかった。

ふと郷原は、初島の様子が気になった。すぐに部下たちのいる網代の旅館に電話をした。

だが、あいにく二人は部屋にいなかった。五十嵐と轟は少し前に、どこかに出かけたらしい。

郷原は小部屋を出て、地下二階の車庫に降りた。

覆面パトカーの車内に入り、仔細《しさい》に検べてみる。床マットをはぐり、無線機やコンピューターの端末の奥まで覗《のぞ》いてみた。だが、不審なものは何も仕掛けられていなかった。

郷原は念のため、車体の下も点検してみた。

すると、リア・バンパーの奥に名刺箱二つ分ぐらいの大きさの箱がぴったりと吸いついていた。強力磁石が使われているようだ。それを引き剝《は》がした瞬間、郷原は心が凍《こお》りついた。

なんと電波発信器だった。GPS発信器は車体から剝がれ落ちることがある。旧型の電波発信器を使ったのは、それを恐れたからだろう。

この発信器の電波をFM受信装置でキャッチしながら、犯人グループはこちらの動きを追っていたにちがいない。電波発信器は、たいがい車輛追跡装置とセットになっている。

入手はたやすい。ちょっと気の利《き》いた興信所なら、尾行に発信器と受信装置を使っている。

百万円以上のものなら、マークした車に一キロ近く距離を開けられても尾行に失敗するようなことはない。交差点に差しかかるたびに、指向性の強いアンテナが正確に電波を捉《とら》えてくれるからだ。

さらに本格的な車輛追跡装置のなかには、基地レーダーシステムのものまである。このタイプのものは建物の屋上などに装置をセットしておくだけで、三百六十度回転する高性能アンテナが自動的に二十キロ圏内の被尾行車の動きを克明に伝えてくれる。

その種の装置なら、本部基地と追跡車が無線連絡し合える。そうなれば、電波発信器を取り付けられた車は逃げも隠れもできない。

これがどういうタイプの追跡装置とセットになっているのかわからないが、気づいてない振りをつづけて、相手の正体を突き止めてやろう。

郷原はマグネット式の電波発信器を元の場所に接着させ、さりげなく立ち上がった。

ほとんど同時に、肩を叩かれた。

郷原は一瞬、ぎくりとした。振り向くと、浅川警視正が立っていた。猫背の首席監察官だ。

「郷原警部、何をされてるんです？」

「マフラーの留具《とめぐ》が緩んでるような気がしたので、ちょっと点検をしてたんですよ」

郷原は言い繕《つくろ》った。

ややあって、浅川が上目遣《づか》いに言った。

「マフラーを点検してるようには見えなかったですがね」

「警視正こそ、こんな所で何をなさってるんです？」

郷原は訊いた。

「車のチェックですよ」

「チェック？」

「そうです。警察官が分不相応《ぶんふそうおう》な高級車を乗り回してたら、まず要注意です」

「汚職の疑いがあるってわけですか」

「ええ。高級腕時計も目安になります。巡査部長や警部補の俸給じゃ、金張りのロレックスなんか買えません。そんな時計をしていたら、必ず何か悪いことをしてますね」

浅川が自信たっぷりに言った。

「…………」

「高級クラブに出入りしてる者やゴルフによく出かける者は、ほとんど不正を働いてますね」

「仲間を売るようなことをして、後味《あとあじ》が悪くないんですか？」

郷原は軽蔑と説明のつかない怒りを同時に感じた。

「後味が悪い？　なぜ、そんなことを言うんです。悪徳警官狩りは、真っ当な職務ですよ。わたしは仕事に誇りを持ってます」

「先を急ぎますので、失礼させてもらいます」

郷原はキャリアの首席監察官を押しのけて、エレベーターホールに向かった。

浅川が、なぜ、この車庫にいたのか。あの男が、覆面パトカーに電波発信器を取り付けたのだろうか。そんな疑いが、ちらりと脳裏《のうり》を掠《かす》めた。

公安一課を覗いて、『聖狼の牙』に関する情報を少し集めてみる気になった。

郷原はホールに立ち、エレベーターを呼んだ。

午後十時二分

溜息《ためいき》が出た。

公安一課には誰もいなかった。課長の姿も見当たらない。公安一課は、学生運動や過激派捜査に携《たずさ》わっているセクションだ。各セクトの資料が揃《そろ》っている。

郷原は出直すことにした。

踵《きびす》を返しかけたとき、公安総務課の野々宮警視が声をかけてきた。

「郷原さん、何か？」

「警察学校で同期だった者に、ちょっと頼みごとがあったのですが……」

郷原は丁寧《ていねい》な言い方をした。

相手は若いが、キャリアの警視だ。ぞんざいな口を利くわけにはいかなかった。

「一課の人たちは、極左の大物を逮捕《パク》りに行ったんですよ。課長は会議で席を外してるだけですけどね」

「大物というと？」

「『聖狼の牙』のリーダーの藤浪智久です。ご存じでしょ？」

「はい。五年ほど前に陸自の朝霞《あさか》駐屯地に忍び込んで、二人の自衛官の喉《のど》を掻き切った男でしたね？」

「そうです。藤浪は殺人容疑のほかに七つの罪名で、全国指名手配中なんですよ。二年前に女装してる藤浪を逮捕寸前まで追いつめたんですが、結局、逃げられてしまって。いまは整形手術《プラスチック・ジョブ》を受けて顔かたちを変えてるかもしれません」

野々宮が言った。

「藤浪は、どこに潜伏してたんです？」

「大森《おおもり》です。銭湯《せんとう》の罐《かま》焚《た》きをやってるという密告電話《タレコミ》があったんですよ。何か調べものですか？」

「ええ。『黒い獅子《しし》たち』に関するファイルをちょっと見せてもらうつもりだったんですがね」

郷原は出まかせを言った。

「ファイルの閲覧《えつらん》だけなら、別に課長の許可はいらないでしょう。なんなら、わたしが立ち合いましょう」

野々宮が親切にも案内に立った。

郷原は、奥にある資料棚に急いだ。左翼の各セクトに関するファイルが整然と並んでいた。

野々宮が足を止めた。その前の棚に、『黒い獅子たち』のファイルがあった。

そのファイルを抜き出し、郷原はもっともらしくページを繰りはじめた。『黒い獅子たち』は過激派の一派だが、メンバーの八割は服役中だ。

「そのセクトは、もう潰滅《かいめつ》状態です。三年前に首相官邸と議員会館にロケット弾を射《う》ち込んだ後、事件は何も起こしていません」

「そうみたいですね」

「お帰りになるとき、ちょっと声をかけてください。わたし、目を通さなければならない書類があるもので……」

野々宮が言い置き、自席に戻っていった。

キャメルのスーツは、イタリア製のようだった。腕時計も安物ではなかった。

多分、親が資産家なのだろう。そうでなかったら、いずれ浅川首席監察官に目をつけられることになるにちがいない。

郷原は素早く『聖狼の牙』の資料を引き抜き、開いたファイルの上に重ねた。見たかった資料に大急ぎで目を通す。

組織の結成年度、思想的な特徴、リーダーの家庭環境、メンバーの経歴、交友関係、犯行歴、アジトなどが克明に綴《つづ》られていた。メンバー全員の顔写真も添えてあった。写真の大半は、逮捕されたときに撮《と》られたものだった。未逮捕者の写真は、公安刑事がデモや集会などで隠し撮りしたものだ。

郷原は五十葉《よう》ほどの写真を一枚ずつ、じっくり検《あらた》めた。

初島で見かけた顔が二つあった。

その二人はホテルの一階ロビーで、俯《うつぶ》せにさせた人質たちを見張っていた男たちだ。顔写真の中には、殺された大林道紀のものも混じっていた。

これで、『聖狼の牙』も事件に関わっていることがはっきりしたわけだ。

しかし、彼らが実行犯グループの中でどのような位置にいるのかは判然としない。三浦繁に金で雇《やと》われただけなのか。逆に『聖狼の牙』のリーダーの藤浪が、三浦たちや犯罪のプロたちを使っているのか。

大林道紀が殺されたことも、謎のままだった。

敵の首謀者は、大林が郷原に何か吐くことを恐れたのか。しかし、郷原が大林を尾行する前に、千駄ヶ谷のアパートには爆破装置が仕掛けられていた。

とすると、最初っから大林を殺す気だったことになる。おそらく首謀者は保身のために利用価値のなくなった手下を順番に消すつもりなのだろう。

なんと冷酷な人物なのか。一刻も早く首謀者に手錠を打ちたかった。

郷原はファイルを眺めているうちに、ある思いに突き当たった。

『聖狼の牙』と思想的に近い過激派のあるセクトが数十年前に民間航空機を乗っ取って、北朝鮮に集団亡命している。その乗っ取り犯グループは現地で英雄視され、いまでも大事な客分として手厚く保護されているようだ。

追いつめられた藤浪智久は十数人の残党を率《ひき》いて、北朝鮮に亡命する気になったのか。

そうだとしたら、ロシア人核研究者たちは亡命先への〝手土産《みやげ》〟なのかもしれない。

そう考えると、麻生警視正の推測は正しかったことになる。

もし仮説通りだとしたら、実行犯の主導権を握っているのは藤浪にちがいない。元右翼や犯罪のプロたちは、単なる傭兵だろう。

それにしても、なぜ藤浪は自分の配下の大林を始末してしまったのか。疑問は、それだけではない。どうして藤浪が三浦や平馬たち荒くれ者をコントロールできるのだろうか。

　藤浪も三浦たちと同じように、誰かに使われているのではないのか。そうなら、大林が爆殺されたことは納得できる。

　郷原は、メンバーの捜査記録を入念に読んだ。この半年間に、大林道紀は元右翼の三浦繁と五度会っている。落ち合った場所は、いずれも都内の飲食店だった。

　一度は、三浦の愛人のスナックを使っている。そのあたりのことを麗子から探り出す必要がありそうだ。

　郷原は、なおも考えつづけた。

　地下に潜った藤浪の命令で、大林は三浦を仲間に引きずり込んだのか。

　そして、アウトローの世界に顔の利く三浦に犯罪のプロたちを集めてもらったのか。

　あるいは北朝鮮の特殊部隊が、腕の立つ日本人の非合法工作員《イリーガル》たちを集めてくれたのだろうか。

　どちらにしても、血に飢えた野獣のような殺人鬼グループを背後で動かしている人物がいそうだ。しかし、その黒幕を燻《いぶ》り出す手立てがない。

　ファイルには、藤浪を含む十一人の残党の潜伏先は書かれていなかった。

　郷原は焦躁感を覚えた。

　首謀者を逮捕できないということになれば、キャサリン号と初島マリンホテルに強行突入しなければならなくなる。人質が四百十人前後もいたら、怪我《けが》人が出ることは間違いない。

ふと脳裏に、ある情景が浮かんだ。それは、息子の満一歳の誕生祝いのシーンだった。

何がおかしかったのか、豊は満面に笑みをにじませていた。目を細めて長男を見つめる恵美子は、いかにも幸せそうだ。

妻子のことを思うと、郷原は胸を締めつけられた。できれば、危険な救出作戦は避けたかった。

「おい、そこで何をしてるんだっ」

突然、怒声が聞こえた。

郷原はファイルから顔を上げた。公安一課の課長が、つかつかと歩み寄ってきた。キャリアだった。まだ四十歳前だ。

「ちょっと資料を見せてもらっていました。一応、野々宮警視の許可はいただきましたが……」

郷原は言って、二冊のファイルを棚に戻した。

「この課の責任者は、わたしだよ。勝手なことをされちゃ、困るな」

「申し訳ありません」

「野々宮君、ちょっと来てくれ」

課長が怒鳴った。

公安総務課から、野々宮が小走りに駆けてきた。立ち止まると、彼は課長に言った。

「郷原さんを責めないでください。わたしが全面的に悪いんです。以後、気をつけます」

「こういうことは二度としてほしくないね」

課長が傲慢《ごうまん》な口調で言った。郷原は目顔《めがお》で野々宮に詫《わ》び、大股《おおまた》で出口に向かった。

「それはそうと、もう藤浪の身柄は確保したんですか？」

野々宮の声が、背後で聞こえた。

「いや、密告《タレコミ》電話は偽《ガセ》だったんだよ。さっき大森の現場から報告があったんだ」

「それは、とんだことでしたね」

「『聖狼の牙』が、われわれをからかったのかもしれない。そうだったら、残党を意地でも検挙してやる！」

課長が悔しがった。

郷原は静かに部屋を出た。

午後十一時一分

尾行されていた。

間違いはない。後続の芥子色《からし》のサーブは数十分前から、執拗《しつよう》に追尾してくる。

やっと擬餌鉤《ルアー》に喰《く》いついてくれたか。

郷原は、ほくそ笑《え》んだ。

仕掛けられた電波発信器を覆面パトカーに貼《は》りつけたまま、意図的《いとてき》に都内を流していたのである。四谷三丁目の交差点を通過したところだった。

郷原は、スウェーデン製の尾行車を神宮外苑《じんぐうがいえん》に誘い込んだ。サーブは少しも怪しむことなく、追ってきた。強かな犯人グループにしては、少し無防備だ。

罠《わな》なのか。

郷原は、第二球場の際《きわ》に覆面パトカーを停めた。

すぐにエンジンを切る。人気《ひとけ》はなかった。

ドア・ポケットに突っ込んでおいた特殊警棒を引き抜く。ベレッタM92SBを携帯していたが、できれば市街地では発砲したくなかった。

郷原は車を降りた。

暗がりに身を潜める。街路灯の光が、路面を淡く照らしていた。

郷原は逸っていた。

早く尾行者の正体を突き止めたかった。しかし、焦《あせ》りは禁物だ。深呼吸して、気持ちを鎮める。

数分経過すると、車の停まる音がした。そう遠くない場所だった。

郷原は闇を凝視《ぎょうし》した。

覆面パトカーの四、五十メートル後ろに、サーブが駐まっていた。すでにエンジンの音は熄み、ライトも消されている。

車の両側のドアが開いた。

二人の男が降りた。ともに荒《すさ》んだ感じだ。顔かたちや年恰好《かっこう》は、はっきりとしない。

郷原は動かなかった。

獲物を手繰《たぐ》り寄せるつもりだった。

男たちが覆面パトカーのプリウスに駆け寄り、ほぼ同時に車内を覗き込んだ。

ひとりは口髭をたくわえていた。やや小柄だ。クリーム色の背広を着ている。三十歳前後だろう。

片割れも、似たような年恰好だった。

光沢《こうたく》のある黒い長袖《そで》シャツを着ていた。猪首《いくび》で、胸と肩にたっぷり肉がついている。

どちらも、単なる筋者《すじもの》にしか見えない。犯人グループに金で雇われた暴力団の組員だろう。

郷原は拍子抜けした。同時に、敵の抜け目のなさも感じた。

二人は素早く闇を透《す》かして見た。物馴れた仕種《しぐさ》だった。男たちが警戒しながら、ゆっくりと近づいてくる。

郷原は特殊警棒を長く伸ばした。

男たちが立ち止まって、何やら低く言い交わした。

郷原は暗がりから躍《おど》り出た。

男たちが向き直った。二人は短く叫び、相前後して刃物を掴み出した。二十五、六センチの短刀《ダッシュ》とハンティング・ナイフだった。

郷原は突進した。

髪が逆立《さかだ》つ。郷原は駆けながら、警棒を一閃《いっせん》させた。空気が鳴った。笛の音《ね》に似ていた。

小手打ちは、口髭の男の右手首に決まった。

匕首《ドス》が落ちた。すかさず郷原は、黒シャツの胸を警棒の先で突いた。深く沈んだ。

相手がよろけた。間髪《かんはつ》を容《い》れず、右腕を叩く。筋肉が鈍く軋《きし》んだ。

ずんぐりとした男が呻《うめ》き、ハンティング・ナイフを零《こぼ》した。そのまま男は、その場に尻餅《しりもち》をついた。郷原は相手の前頭部を打ち据《す》えた。

黒シャツの男は後ろに引っくり返った。両脚が跳《は》ね上がった。不様《ぶざま》な恰好だった。

口髭の男がいきり立ち、闘牛のように突進してきた。

郷原は、男の肩に特殊警棒を振り下ろした。

強かな手応《てごた》えがあった。骨の砕《くだ》ける音がした。男が動物の断末魔《だんまつま》の叫びじみた声をあげ、横倒れに転がった。

「銃刀法違反で現行犯逮捕する」

郷原は二人の暴漢を路上に這《は》わせた。

しかし、男はどちらも両手を腰の後ろに回そうとしなかった。郷原は二人の腰を交互に蹴りつけた。

男たちは何を訊いても、口を開こうとしない。

口髭の男は、ただ唸っていた。唸りは野太《のぶと》かった。肩の骨が折れているらしい。

郷原は片膝をついて、男の左の足首を警棒で強打した。

骨の潰《つぶ》れる音が響いた。男が頭を振って、体を丸めた。唸り声は当分、熄みそうもなかった。

「三浦の命令だな！」

郷原は、口髭を生《は》やした男の首根っこを警棒の先で突いた。

男が小さくうなずいた。目には、怯《おび》えの色が揺れはじめていた。

「三浦のバックには誰がいる?」

「そんなこと……知らねえよ。おれたちは……ただ、少し痛めつけるようにと言われただけなんだ」

口髭の男が呻きながら、切れ切れに言った。

「貧乏してる割には、洒落《しゃれ》た外車に乗ってるじゃないか」

「…………」

「サーブの持ち主は誰なんだ?」

郷原は警棒の先を男の首筋に強く押しつけた。

「し、知らねえよ。おれたち……三浦さんの代理人の指示通りに動いてるだけなんでな」

「代理人? どんな奴なんだ?」

「会ったことはねえんだよ。向こうから電話がかかってくるだけで……」

男が高く叫んだ。

「声の感じは?」

「若いようにも、老《ふ》けてるようにも……」

「サーブに電波受信装置を積んでるな?」

郷原は確かめた。

「そ、そんなもん、載っけてねえよ」

「じゃあ、三浦の代理人は電話でおれの居場所を伝えてきたのか？」

「そうだよ」

口髭の男がそこまで言って、自分の肩に手をやった。

どうやら敵は、基地レーダーシステムの車輛追跡装置をどこかに設置してあるようだ。三浦の代理人と称する男が、追跡状況を中継していたのだろう。

「三浦は最近、何をやって喰ってたんだ？」

郷原は問いかけた。

「関東誠友会の本間理事の用心棒をやってるとか言ってた」

「三浦から藤浪智久って名を聞いたことはないか？」

郷原は、男たちを等分《とうぶん》に見た。すると、黒シャツの男が言った。

「藤浪じゃなくて、浪藤《なみふじ》じゃねえの？　浪藤って名前のおっさんなら、知ってるよ」

「どんな奴だ？」

「新宿伊勢丹《いせたん》のそばで、易者をやってる男だよ。昔、学習塾かなんか経営してたって言ってたな」

男は言い終えると、ふたたび呻きはじめた。

郷原はその易者のことが気になった。

浪藤は、藤浪の偽名ではないのか。学習塾を経営していたという前歴も、『聖狼の牙』のリーダーと符合する。

郷原は、二人の男の手首に片方ずつ手錠を打った。

男たちを立たせ、覆面パトカーまで歩かせた。二人を後部座席に押し込む。応援のパトカーを呼ぶことにした。

無線機のマイクを摑み上げたときだった。

前方から、無灯火の白っぽいベンツが猛進してきた。暗くて、車内はよく見えない。

郷原は、ドアをいっぱいに押し開いた。ドアを楯《たて》にするつもりだった。

走るベンツの助手席で、赤い炎が明滅した。

銃口炎《マズル・フラッシュ》だった。銃声は聞こえなかった。サイレンサーを銃口に嚙《か》ませているにちがいない。

着弾音が四度、耳に届いた。

どれも郷原には当たらなかった。一発がドアの端を小さく鳴らしただけだった。

ベンツが急停止した。静止状態で、標的を狙《ねら》う気になったようだ。

窓から、両腕がぬっと突き出された。

郷原は屈み撃ち《クラウチング・ポジション》で、ベンツのタイヤに狙いをつけた。

引き金を絞りかけたとき、手錠を掛けた二人が覆面パトカーから降りた。逃亡する気らしい。

二人は足を引きずりながら、必死でプリウスから遠ざかろうとしている。

「止まれ！」

郷原は威嚇《いかく》射撃した。

銃弾は赤い尾を曳《ひ》きながら、男たちの頭上を駆け抜けていった。二人は一瞬、立ち止まった。

だが、ふたたび走りはじめた。

ベンツが急発進した。二人の男を拾って、逃げ去るつもりなのか。

郷原は道の中央に飛び出した。

ベンツが突っ込んでくる。

郷原は撃《う》った。放った銃弾は、フロントガラスに当たった。

ベンツは停まらなかった。

郷原は横に逃れた。ベンツはフルスピードで走り抜け、二人の男を撥《は》ねた。二つの塊《かたまり》が高く舞い、じきに路面に叩きつけられた。

ベンツが急停止し、猛然とバックしはじめた。

倒れた男たちを轢《ひ》き、そのまま走り去ろうとしている。使い走りの口を封じたのだろう。

郷原は三発、連射した。弾《はじ》き出された薬莢《やっきょう》が薄い煙を吐きながら、路面に落ちた。放った銃弾は右のタイヤに命中した。

ベンツが大きく尻を振り、横に傾く。傾きながら、そのまま球場のコンクリートの壁に激突した。衝撃音は高かった。

郷原はベンツに駆け寄った。

フロントグリルがひしゃげ、ラジエーターから湯気が噴き出している。助手席にいるのは、毒矢を放った男だった。奈良孝行という名だったはずだ。

奈良はシートベルトをしていなかった。

フロントガラスを頭で突き破った状態で、息絶えていた。顔面と首は、あらかた血《ち》糊《のり》で塗り潰されている。凄絶な死顔だった。

運転席の男はステアリングにしがみつくような恰好で、気を失っていた。パワーウインドーは下がっている。

郷原は男の頭を烈《はげ》しく揺さぶった。

だが、意識を取り戻さない。車の下に、油溜まりが拡がりはじめていた。郷原はエンジンを切った。

それでも、まだガソリソに引火しないとも限らない。

郷原は気絶した男をベンツから引きずり出し、安全な場所まで運んだ。それから、すぐに二人の男の様子を見にいった。

どちらも生きてはいなかった。

二人の手首を繋いだ手錠は鮮血にまみれ、ほとんど地が見えなかった。飛び散った血の塊と脳漿《のうしょう》が、吐き気を誘う。

郷原はサーブに歩み寄り、車検証を見た。

ある商事会社の車だった。郷原は覆面パトカーに駆け戻った。コンピューターの端末機を操作してみると、予想通りに盗難車だった。

無線で事件の通報をしかけたとき、麻生警視正からコールがあった。

「いま、どこかね？」

「神宮です」

「すぐに戻ってくれ。マヤコフ武官が殺された。射殺死体が、ついさきほど宇佐美港の防潮堤の近くで地元の漁師に発見されたそうだ。たったいま、五十嵐君から連絡が入ってね」

「なんてことに……」

思わず郷原は呻いた。

「それからね、網代の旅館のそばで五十嵐君と轟君が犯人グループの一味と思われる男にライフルで狙撃されそうになったそうだ。その男には逃げられてしまったらしいが、正体は割れてる」

麻生が言った。

「何者なんです？」

「轟君の話によると、そいつは第一空挺団のメンバーだった男だそうだ。古谷《ふるや》龍二《りゅうじ》という名で、ギャンブルに狂って身を持ち崩したらしい」

「その男は、関東誠友会の本間義之という理事の番犬かもしれません」

郷原はそう言って、これまでの経過を語った。

「きみも命を狙われたのか⁉」

「警視正、直属の隊員に本間の身辺調査をさせていただけますか」

「わかった。それは緊急手配しよう。それから、いま、総監から人質の救出を強行せよとの命令が下った」

「その前に、本間を別件で逮捕《パク》るわけにはいきませんか？　本間は、何か握ってるように思えるんです」

「このままだと、まだまだ死傷者が出るだろう。もう時間切れだ。マスコミの批判やロシア側からの抗議を恐れてばかりはいられない。人質の救出を強行しよう」

「わかりました」

「きみが無事に奥さんと息子さんに会えることを祈る」

麻生が心配そうに言った。

郷原は心のどこかで、この指令を待っていた。一秒でも早く妻と子をこの腕で抱き締めてやりたかった。

しかし、強行突入は危険な賭けだ。自分の家族が生還できるという保証はない。胸は千々《ちぢ》に乱れ、烈しく揺れ惑《まど》った。

個人的な感情では、強行突破作戦をもう少し先送りにしたいという気分も色濃かった。

しかし、すでに多くの人間がむざむざと殺されている。どんなに無念だったか。そのことを考えると、ためらっている場合ではなかった。

「郷原君、どうした？」

麻生が問いかけてきた。

「いいえ、なんでもありません」

「ベンツを運転してた男は、気を失ってるだけなんだね？」

「そうです」

「なら、救急車の手配をしよう。その男の取り調べは別の者にやらせる。きみは応援が到着次第、ただちに戻ってくれ」

「はい」

郷原は交信を切り上げ、覆面パトカーのエンジンを始動させた。帰庁したら、真っ先に網代に電話をするつもりだ。

郷原はギアをD《ドライブ》レンジに入れた。

第四章　ロシアン・マフィアの影

七日　午後六時五十分

風船が舞い上がった。

五つめの気象観測用風船だった。

風船には、小型のラジオゾンデを括《くく》りつけてある。ゾンデは、電波で自動的に大気の気圧、気温、湿度、風向、風力などを通信する装置だ。

事件発生から間もなく、丸二日になろうとしていた。

郷原は風船を目で追った。

東伊豆の川奈崎《かわなざき》にあるホテルの庭園の外れだった。あたり一面に、芝が拡がっている。

すでに陽《ひ》は沈み、夕闇が濃い。

郷原は絶《た》えず周囲に目を走らせてきたが、狙撃者らしい影は見当たらなかった。古谷という男は、どうやら作戦を変える気になったらしい。

人質救出のためとはいえ、強行突入は危険な賭けだった。

郷原は麻生警視正と一緒に偵察潜入によって得た情報や知識を何度も分析し、綿密な作戦を練った。

最初に突入経路が決まった。極秘戦闘班の三人が東伊豆の川奈崎から熱気球で初島まで飛ぶことになった。郷原たちホテル突入隊とキャサリン号人質救出隊をバックアップするために、陽動隊と掩護《えんご》隊が編成された。

掩護隊は、前方支援班、後方支援班、狙撃班に分けられた。狙撃班は、いずれも機動隊の各隊からピックアップした凄腕のシューターばかりだった。

銃火器は、拳銃、麻酔銃、自動小銃、短機関銃《サブマシンガン》、催涙ガス銃、煙幕弾銃などを使用することになった。

郷原たち三人は潜入後、ただちに掩護隊の突入口を確保する手筈《てはず》になっていた。前方支援班は犯人側の見張りの確保、後方支援班は主に人質の保護を担当することになっている。狙撃班は、抵抗する犯人の狙撃を受け持つことになった。

郷原たち三人は初島マリンホテルの電気系統を麻痺《まひ》させて犯人グループのいる部屋に催涙ガス弾を撃《う》ち込み、一気にホテル内に突入する。各隊は絶えず無線機で連絡を取り合い、照明弾を合図に同時にホテルとキャサリン号に突入して人質を救出する。

そういう段取りだった。

この大掛かりな救出作戦には、総勢三百二十人の機動隊員が動員されることになっていた。

郷原が二人の部下とトレーラーで、この庭園に来たのは五時間ほど前だった。それから、ほぼ一時間置きに風船を飛ばしていた。

五つ目の風船は二百メートルほど垂直に上昇し、左に流されはじめた。初島のある方向だった。

郷原は屈《かが》み込んで、電波受信装置の液晶ディスプレイを覗《のぞ》いた。

これまでの観測データと風向や風力は、ほとんど変わっていない。天城山《あまぎ》からの颪《おろし》は風力を弱めながら、初島上空を掠《かす》め、真鶴岬の先端に達している。陽が落ちてから、相模湾の気温は二度近く下がった。湿度は逆に高くなっていた。

しかし、別に心配はない。

気圧は安定したままだ。雨雲はなく、乱気流や突風の発生する恐れもなかった。

風船は高度三百メートルの上空で、うまい具合に速い横風に乗った。そのまま、初島上空方向に運ばれていった。

これなら、大丈夫だ。

郷原は確信を深めた。

そのとき、五十嵐と轟が近づいてきた。

二人とも防弾《ボディー》・防刃胴着《アーマー》の上に、野戦服を羽織《はお》っていた。

「キャップ、どうです?」

五十嵐が訊《き》いた。

「飛べそうだ」

「それじゃ、すぐに離陸《テイクオフ》しませんか」

「その前に、もう一度、操縦の注意事項を教えておく。上昇も下降も、できるだけ滑《なめ》らかにやるんだ。いいな!」

郷原は二人の部下に四時間の係留《けいりゅう》フライトで必要なことはマスターさせたが、まだ不安だった。つまらないミスで、頼りになる部下たちに怪我《けが》をさせたくなかった。それが上司の責任というものだろう。

五十嵐と轟が神妙な顔つきでうなずいた。彼らの背後には、三機のひとり乗り熱気球がロープで係留されている。

イギリスのキャメロン社製のワンマン・バルーン〝スカイ・ホッパー〟だ。大型熱気球と異《こと》なり、球皮《エンベロープ》はきわめて小さい。三、四人乗りの熱気球は球皮の直径が十七、八メートル、高さが二十四、五メートルもある。

スカイ・ホッパーの球皮は、その約三分の一の大きさだった。

球皮はテトロンやナイロンなどの合成繊維の布である。ゴアと呼ばれる紡錘《ぼうすい》形のカット布とパネルと称する横布を縫《ぬ》い合わせて、球体を形づくる。それらの布は縦《たて》と横のテープで補強縫合《ほうごう》されていた。

本来の色は赤と白だが、カラースプレーで黒く塗り替えてあった。闇の中では、見えにくいはずだ。

ワンマン・バルーンには、ゴンドラとかバスケットと呼ばれている箱型の搭乗部はない。

操縦者《パイロット》は、ステンレス製のカーブフレームで保護された椅子に腰かけるわけだ。シートと肘《ひじ》掛けはあるが、座椅子と同じで脚部はない。

背凭《もた》れの後ろには、二本の小型プロパン・シリンダーが装着されていた。

燃料シリンダーの本体は軽量アルミ製だが、緩衝《かんしょう》材ですっぽりと包まれている。高さ約六十センチ、直径約二十五センチだ。

一本のシリンダーの中には、十五キロ近いプロパンが詰まっている。このプロパンは家庭用の気化ガスではない。

熱気球の内部の温度を高めるには、大きな熱量が必要だ。

そのために燃料のプロパンを液状のまま引き出し、コイルで強制気化させて燃焼させるわけだ。シリンダー一本分の燃料で、三十分前後のフライトができる。

パイロットは着脱しやすいハーネスでシートに固定される造りになっているが、右腕パイプ部分のグリップ操作で体の向きを自在に変えられる。

したがって、前を向いた状態でバーナーの調節も可能だ。

三機のスカイ・ホッパーを快《こころよ》く貸し出してくれたのは、郷原の学生時代の気球仲間だった。

その友人は、気象情報サービス会社を経営している。観測用風船やラジオゾンデの送受信装置を提供してくれ、さらに二人の若い社員を地上スタッフとして送り込んでくれた。

郷原は二人の部下に武装させると、トランシーバーで陽動隊と掩護隊に連絡を取った。

初島港沖の海上には、釣り客に化けた二十五人の狙撃班が待機していた。彼らは、照明弾を合図にキャサリン号に突入し、船内に閉じ込められている人質を救出することになっていた。

初島の南西の沿岸には、第二機動隊から出動したアクアラング小隊のメンバーが三十五人潜《ひそ》んでいるはずだ。

全員、ベテランのフロッグメンである。彼らは極秘戦闘班の手引きで島に上陸し、前方支援班、狙撃班、ホテルの人質を保護する後方支援班のルートを確保することになっていた。

陽動隊である第七機動隊所属のレンジャー小隊の二十六人は、それぞれ高速モーターボートで初島に接近中だった。彼らは初島の沿岸を派手に走り回り、敵の注意を惹《ひ》くことになっていた。

掩護隊の前方支援班五十人と狙撃班二十人は島の南側一帯の磯に、後方支援班の百六十四人は南西の海上と初島港沖の海上に分かれて、それぞれ待機しているはずだ。

郷原は各隊の責任者に間もなく作戦を開始すると伝え、ヘルメットを被《かぶ》った。野戦用ヴェストの下の防弾・防刃胴着《ボディーアーマー》は新品だった。

二人の部下がヘルメットを着け、それぞれスカイ・ホッパーのシートに坐った。

五十嵐はハーネスで、イングラムM11《マックイレブン》と催涙ガス銃を固定した。ちょうど太腿《ふともも》に載せる恰好《かっこう》だった。轟はウージーと催涙ガス銃をハーネスで留めた。

三機のワンマン・バルーンは、五分ほど前から宙に浮かんでいた。

バーナーの火は細く絞ってあった。火力を強めると、球皮内の温度が高まり気球が上昇していく。反対に炎を小さくすると、気球は下降する。

郷原は自分のスカイ・ホッパーに乗り込んだ。携帯している武器は、ベレッタと電子麻酔銃だけだった。

地上スタッフが走ってきて、係留ロープをほどいた。若い二人は全身でロープにしがみついた。郷原、五十嵐、轟の順に離陸することになっていた。

郷原はメインのブラストバルブを少しずつ開きはじめた。

コイル先端のノズルから、高圧力をかけた火炎が勢いよく噴き上げだした。

気球がふわりと舞い上がった。地上スタッフがいいタイミングで、ロープを放つ。

すぐに残りの二機が、郷原の気球を追ってくる。

郷原はトランシーバーを口に寄せ、二人の部下に五十メートル以上は高度を違えて飛行しろと命じた。五十嵐と轟は、命令に従った。

三つのワンマン・バルーンは高度三百メートル弱で、首尾《しゅび》よく風に乗った。

安定した水平飛行がつづく。

バーナーの炎は一定した轟音《ごうおん》を刻《きざ》んでいる。気球は、はちきれそうに膨《ふく》らんでいた。

順調に北東へ進んでいる。

「バーナーを少し絞れ」

郷原はトランシーバーで、二人の部下に細かい指示を与えた。

十五分ほど飛んだころだった。

急に郷原は体に揺れを感じた。空気の断層にぶつかったのだ。一瞬、ひやりとしたが、断層面はそれほど大きくはなかった。ほどなく正常飛行に戻った。

郷原はバーナーの火を消した。部下にも、同じことをさせた。

三つの気球は順調に水平飛行しつづけた。

風は安定していた。

離陸して二十六、七分経《た》ったころ、島影が見えてきた。今夜は、バケーションランドに灯《ひ》は見えない。明るいのは、初島マリンホテルのあたりだけだった。

そろそろ高度を下げなければ、初島を通過してしまう。熱気球は逆戻りができない。

郷原は気球内の熱気を部下たちに排出させた。

三機は少しの間、風に揉《も》まれたが、次第に降下しはじめた。

バーナーに着火し、郷原は下降速度を加減した。火力を調整しながら、下降速度を秒速四メートル以内に留《とど》める。

五十嵐と轟は、教えた通りに操縦した。

三つの熱気球は、ゆっくりと高度を下げはじめた。二百数十メートル下がったとき、海上から高速モーターボートのエンジン音が響いてきた。

十三隻のランナバウトが初島港の近くを快速で走り回っている。

夜目《よめ》にも白い航跡が鮮《あざ》やかだ。

レンジャー小隊の隊員たちが、敵の目を自分たちに集めはじめたのだ。犯人たちは、この陽動作戦に嵌《は》まってくれるだろうか。

郷原たちの気球は島の東側に流されつつあった。もうじき着陸の準備に入らなければならない。

「もし進路に障害物があったら、すぐにバーナーを焚《た》いて高度を上げるんだ。高度が百メートルを切ったら、バーナーの点火間隔を長めにとって、秒速一メートルぐらいの落下速度にしろ。接地と同時に、リップコードを引く。二人とも、それを忘れるな」

郷原は部下たちに言った。

五十嵐と轟が、緊張した声で短く応答した。汗掻《か》きの五十嵐は、手の甲《こう》で額《ひたい》を拭《ぬぐ》った。轟は耳のピアスに触れた。

初島港の付近で、銃声が轟《とどろ》いた。犯人グループのひとりがランナバウトに発砲したようだ。

午後七時二十四分

三つの熱気球は無事に着陸した。

大根畑の下にある野原だった。島の南西部だ。

郷原たち三人はバーナーを完全に閉め、手早く球皮を小さく折り畳《たた》んだ。おのおのが熱気球を繋みに隠す。

郷原は、轟を島の南端の磯まで走らせた。支援班の突入口を確保させるためだった。

五、六分すると、轟は狙撃班の五人を伴《ともな》って戻ってきた。犯人側の監視は見当たらなかったらしい。

郷原は島内各所の見張りの確保を前方支援班に任《まか》せ、部下や狙撃班のメンバーとともに予定の行動に移ることにした。

初島マリンホテルは数百メートル先にある。

郷原は偵察に潜入したとき、ホテルの近くにトランスがあるのを見ていた。犯人グループのいる場所は、偵察と逮捕したレイプ犯の供述から判明している。部下の二人がホテルに突入する準備が整ったら、トランスを破壊する段取りになっていた。

急に電灯が消えたら、犯人グループもさすがに慌《あわ》てるだろう。その隙を衝《つ》く。補助電源が入るまでの数分が勝負だ。

郷原たちは姿勢を低くして、ホテルに向かって走りはじめた。

二百メートルほど走ると、暗がりから黒い影が飛び出してきた。影は一つだった。ライフルを手にしている。

「伏せろ」

郷原は部下たちに低く命じ、腰の電子麻酔銃を引き抜いた。

標的まで四十メートルもない。郷原はダーツ弾を放った。

影が揺れた。

命中したようだ。轟が全力疾走で倒れた男に駆け寄って、素早く口を塞《ふさ》いだ。それから、ライフルの弾を抜いた。男は仲間を呼べないまま、眠りについた。

この場所に見張りがたったのひとりとは、あまりにも警戒が甘すぎる。二十一人で初島をガードし抜いてきた犯人たちだが、あまりにも無防備だ。仲間割れでもあって、三浦の統制力が弱くなったのか。海岸に見張りがいなかったことといい、どうも様子がおかしい。

郷原は何か厭《いや》な予感がした。

犯人側がナターシャを初島に封じ込めた理由は、ロシア大統領を日本に呼びつけたかったからだろう。三浦は警察の強行突入を察知し、切り札のナターシャを連れて逃亡する気なのだろうか。

郷原たちはホテルに忍び寄った。

五十嵐と轟がホテルの横と裏に張りつく。

郷原はベレッタで四基のトランスを撃ち砕《くだ》いた。閃光《せんこう》が走った。送電線が火花を散らしながら、野火《のび》のように燃えはじめた。ほとんど同時に、ホテルの電灯が一斉に消えた。

郷原は狙撃班のひとりに照明弾を打ち上げさせた。それを合図に、キャサリン号人質救出隊の隊員たちがレストランシップに突入するはずだ。

狙撃班が三浦たち幹部のいる五階の部屋の窓に催涙ガス弾を撃ち込んだ。怒号が交錯した。五十嵐と轟が建物の中に躍《おど》り込む。

いくつかの窓に、小さな光が湧《わ》いた。

懐中電灯の光だった。人質が点《つ》けるわけはない。

郷原は明るくなった部屋の階数と位置を頭に刻みつけ、表玄関に走った。

そこには、三人の見張りが立っていた。男たちは、ほぼ同時に発砲してきた。

郷原は身を伏せた。三人の男にダーツ弾を撃ち込み、素早く起き上がる。

男たちはよろけながらも、撃ち返してきた。だが、三人の放つ弾は的《まと》を外れていた。

郷原は弾幕を掻い潜《くぐ》り、宙を舞った。

しなやかな身ごなしだった。右側にいる男の顎《あご》を膝頭《ひざがしら》で蹴り上げた瞬間に、もう一方の足で別の男の側頭部を蹴った。電光のような早業だった。

顎の骨を潰《つぶ》された男は数メートルも後ろに飛び、四肢《しし》を縮《ちぢ》めた。そのまま丸太のように転がった。

側頭部を蹴られた男は横倒れに転がったきり、動こうとしない。気絶したようだ。じきに麻酔で眠ってしまうだろう。

残った男が軽機関銃を撃ちまくった。

郷原は右に左に逃げ、銃弾《たまぎ》をなんなく躱《かわ》した。

軽機関銃が沈黙した。弾切れだ。男が軽機関銃を振り翳《かざ》しながら、風のように走ってきた。

ふたたび郷原は高く跳《と》んだ。

左の飛び膝蹴りは相手の鳩尾《みぞおち》に決まった。

男は短い声をあげ、体を大きく折った。いったん身を起こしかけ、泥人形のように崩れた。

郷原はホテルの表玄関に向かって走りはじめた。

ロビーから何かが投げつけられた。

手榴弾《しゅりゅうだん》だった。拾って投げ返す余裕はない。

郷原は車寄せの端《はし》に逃れた。手榴弾が弾《はじ》けた。

赤い閃光が駆け、爆風が湧いた。

郷原はベレッタを唸《うな》らせた。ホテルのロビーの床に着弾した。威嚇《いかく》射撃だった。

敵は本気で応射してきた。衝撃波が凄まじい。

郷原は身を伏せた。

少し経つと、複数の男が次々に飛び出してきた。

二人だった。男たちは武装し、額にヘッドランプをつけている。二人が左右に散った。ランプの光が二方を照らす。

郷原は電子麻酔銃の引き金を二度絞った。

男たちが相次いで倒れた。弾倉《マガジン》を替え、郷原は立ち上がった。

やはり、犯人たちの警備の仕方がおかしい。行動にも冷徹さがうかがえない。三
麻酔ダーツ弾で倒した六人は、どこか捨《す》て鉢《ばち》になっているように見受けられた。三
浦たち幹部に起き去りにされたのだろうか。
そんな思いが、郷原の胸中を鳥影《ちょうえい》のようによぎった。
ホテルの中に躍り込む。暗かった。
目を凝《こ》らす。
ロビーに人質の姿はなかった。島民たちも、ホテル内のどこかに閉じ込められたよ
うだ。下着姿の男女も見当たらない。
三浦や平馬は、五階にいるはずだ。
郷原は階段のある場所に走った。その直後、走る足音が聞こえた。
敵か。
郷原は身構えた。走り寄ってきたのは、五十嵐と轟だった。どちらも余裕のある表
情をしている。
「裏口にいた二人は、ダーツ弾で眠らせました」
五十嵐が報告した。
「キャサリン号の犯人を除くと残りは十人だな。おまえたちは手分けして、人質の救
出に当たってくれ」

郷原は五階に駆け上がった。

妙に静まり返っている。郷原は、また悪い予感を覚えた。三浦が専用に使っていた五一〇一号室に踏み込む。

蛻《もぬけ》のからだった。

五階の各室を検《あらた》める。三浦、平馬、ナターシャの姿はない。ホテルのどこかに隠れているのか。

郷原は四階に降りた。

ちょうどそのとき、狙撃班の五人が駆け込んできた。郷原は班長に訊いた。

「キャサリン号の人質は？」

「全員を救出し、犯人も二人、逮捕したそうです」

「三浦たちも確保したか？」

「いいえ。フェイスキャップを被った犯人グループの三人がナターシャさんと二人の日本人女性を楯《たて》にして、快速艇で逃走中だそうです。おそらく三浦は、その中にいるんでしょう」

班長が無念そうに報告した。

三浦は最初から仲間を見捨てる気だったのだろう。プーニンを呼び寄せることに成功したので、足手まといになる手下を置き去りにしたようだ。三浦と一緒に逃げた残りの二人は誰なのか。

郷原は歯嚙みした。

「レンジャー小隊のメンバーが快速艇を追っていますが、大統領令嬢たち三人の救出は難しそうです。なお、静岡及び神奈川県警には出動要請をしました」

「そうか。残りの犯人グループの者は？」

「ホテル内の三人は逮捕しました」

「あと四人が島内にいるな」

「郷原警部、いま、無線が入りまして、快速艇で逃げたのは三浦、平馬、永松《ながまつ》の三人と判明しました。逮捕したひとりが自供したとのことです」

小隊長が告げた。郷原は黙ってうなずいた。

「それから、永松がスヴェトチカさんを射殺したことがわかりました。永松慎吾《しんご》は三年前まで、新宿署の組織犯罪対策課にいた男です」

「あの男が刑事だった!?」

郷原は、自分の声が掠れたのを自覚した。

「暴力団との黒い関係が原因で、職場を追われたそうです。その後、永松は関東誠友会の本間義之理事のボディーガードを務《つと》めていたとのことです」

「ご苦労さん！　逃げ遅れた連中の確保を急いでくれ。わたしは人質の救出に当たる」

郷原は身を翻《ひるがえ》した。

そのとき、ホテルの照明が灯《とも》った。補助電源が入ったようだ。

郷原は三階に駆け降りた。廊下に、大勢の人質があふれていた。どの顔もやつれているが、怪我人はいない様子だ。妻子の姿はなかった。

郷原は二階に下《くだ》った。この階にも、保護された男女が廊下を埋め尽くしていた。

恵美子と豊は、東側の一室にいた。二人とも疲労の色は隠せなかったが、どこも傷つけられてはいなかった。

郷原は二人に駆け寄り、人目も憚《はばか》らずに妻と子を両腕で包み込んだ。

「お父さんの嘘つき！　嘘つき……」

豊が郷原の腰を両の拳《こぶし》で叩きながら、激しく泣きはじめた。

妻の瞳《ひとみ》も、涙で大きく盛り上がっていた。

「無事でよかった」

郷原は息子を強く抱き締め、妻の髪に頬を寄せた。

午後八時十九分

人質の事情聴取が開始された。

一階のロビーやグリルに、人質にされていた男女が固まっている。一様《いちよう》に憔悴《しょうすい》の色が濃い。

後方支援隊の機動隊員たちが事情聴取に当たっている。

三浦たち三人を除いた犯人グループの十七人は、島内で確保済みだった。

郷原はひと安心して、ロビーから遠ざかった。

エレベーターホールにたたずんでいると、前方支援班の班長が走り寄ってきた。四十年配で、固太《かたぶと》りの体型だった。

「郷原警部、ナターシャさん以外の二人の日本人女性は、宇佐美港近くの磯で保護しました。三浦たち三人は待ち受けていた仲間の車に大統領令嬢を押し入れ、天城方面に逃走しました」

「保護された二人の女性は無事なんだね？」

「はい」

「押さえた十七人の男はどこに？」

「麻酔で眠っている者は一階のロビーに、ほかの連中は五階の宴会場にいます。ご案内しましょう」

「いや、結構だ」

郷原は案内を断って、エレベーターで最上階に上がった。

ホールに降りたとき、中ほどの客室で騒ぎ声がした。

郷原は客室に急いだ。部屋に入ると、レンジャー小隊のひとりが奥村悠樹を羽交締《はがい》めにしていた。

「どうしたんだ？」

郷原は隊員に声をかけた。

「この方がパニック状態でして……」

「わかった。後は任せてくれ」

「はい」

レンジャー小隊のメンバーが奥村から離れ、すぐに歩み去った。

郷原は奥村の前に進み出た。すると、奥村が取り乱した声で言った。

「あなたは刑事さんだったんですか。それはそうと、プーシキンさんやマヤコフさんも殺され、ナターシャさんはまだどこかに連れ去られてしまったそうですね。ああ、なんてことなんだ」

「ひとまず落ち着いてください」

「こうなったのは、わたしの責任です。ナターシャさんたちにレインボーブリッジの見物を奨《すす》めたのは、わたしなんです」

「たとえ日の出桟橋《さんばし》に行かなかったとしても、ナターシャさんは犯人グループにどこかで襲われたはずです」

郷原は言った。

「とにかく、父に合わせる顔がありません」

「運が悪かったんですよ、あなた方は。誰かに責任があるわけではありません」

「そんなふうに割り切れたら、少しは気持ちが楽なのですが……」

奥村がうなだれた。いまにも涙ぐみそうだった。

「ところで、あなたのお父さんは大変なロシアびいきのようですが、何か理由《わけ》でも？」

郷原は、気になっていたことを訊いた。

「父はシベリア抑留《よくりゅう》者なんですよ。ご存じでしょうが、一九四五年八月の敗戦時に旧日本軍の軍人や軍属など約五十七万五千人が捕虜となって、シベリアの鉄道建設などで過酷な強制労働をさせられたんです」

「ええ、知ってます。シベリア抑留者の体験記を読んだことがありますので。厳しい寒さ、過酷な労働、そして飢餓で約六万三千人が死んだとか」

「そうです。父の話によると、捕虜収容所の暮らしは想像を絶するような厳しさだったそうです」

「お父さんは、シベリアのどのあたりの収容所に？」

「タイシェットという所です。そこには、約一万人の日本人捕虜がいたそうです。一片の黒パンを巡《めぐ》って捕虜同士が殴り合うような浅ましい暮らしだったそうですが、関《かん》東《とう》軍で衛生兵をやっていた父は比較的、優遇されたらしいのです」

奥村が言った。誇らしさと後ろめたさの入り混じった表情だった。

「それで、恩返しの意味でロシア人によくしてやってるんですね？」

「そうなんですよ。父が凍傷に罹《かか》ったとき、収容所の所長がわざわざ自分の毛布を貸してくれたという話も聞いています」

「奥村貞成氏が帰国されたのは？」

郷原は訊いた。

「昭和二十四年です。それから祖父が戦前まで経営していた貿易会社を再建し、現在の『三協物産』に育て上げたんです」

「そうですか。奥村さん、みんなのいる場所に戻ったほうがいいですね。ここを出ましょう」

郷原は奥村の腕を摑《つか》んで、廊下に導いた。

部屋の前には、さきほどのレンジャー小隊の隊員が立っていた。郷原は隊員に奥村を託《たく》し、宴会場に足を向けた。

宴会場には、すでに畳が入っていた。隅に、夜具が乱雑に積まれている。犯人グループの何人かが、ここで仮眠をとっていたらしい。弾薬類もあった。

低い舞台の下に、犯人グループの男たちが集められていた。ちょうど十人だった。男たちは手錠か、捕縄で両手の自由を奪われていた。

五十嵐と轟が取り調べ中だった。

郷原は五十嵐のそばに立った。

「どうだ?」

「全員、三浦に金で雇《やと》われただけだと言ってます。逃げた三人がナターシャをどこに連れていくのかも、まるで見当がつかないとも」

「そうか」

郷原は色の浅黒い男に近づいた。先夜、平馬とともに人間狩りに加わった二人組の片割れだ。

「瞼《まぶた》がかなり腫《は》れてるな。寝不足か。引っ込めてやろう」

「な、なんだよ」

男が尻《しり》で後ずさった。本能的に危険を嗅《か》ぎ取ったようだ。

郷原は男の両方の上瞼を二本の指で揉みほぐす振りをしてから、短く突いた。手加減した二本貫手《ぬきて》だった。

男が怪鳥《けちょう》じみた声をあげ、上体を大きく反《そ》らした。郷原は、厳《いか》つい顔に凄みを溜めた。

「絵図を画《か》いたのは、関東誠友会の本間義之だなっ」

「さあな」

「おい、何も喋《しゃべ》るな」

斜め後ろの男が仲間に言った。口を挟《はさ》んだのは、『聖狼の牙』の残党のひとりだった。病人のように顔に艶《つや》がない。

「藤浪智久は何を企《たくら》んでるんだ？　傭兵《ようへい》崩れどもと手を結んだのは、北朝鮮への手土産が欲しかったからか。それとも、単なる闘争資金作りだったのかっ」

郷原は、顔色の悪い男に言った。脳裏《のうり》には、過激派の凶行で殉職した叔父のありし日の笑顔が浮かんでいた。

「イヌとは口も利《き》きたくないね」

「大林道紀が爆殺されたよ。どうやら仲間の仕業《しわざ》らしい」

「いい加減なことを言うな！」

男が郷原を憎々しげに睨《にら》みつけた。その目には、かすかな狼狽《ろうばい》の色がうかがえた。

郷原は、さらに揺さぶりをかけた。

「大林の口を封じたのは、藤浪かもしれない。藤浪はおまえら残党全員を抹殺する気なんじゃないのか。おおかた、ひとりだけで北朝鮮に亡命するつもりなんだろう」

「ばかなことを言うな。藤浪さんが同志を殺すわけがないっ」

「それなら、藤浪は手を組んだ相手に裏切られたことになるな。極左の理論家も案外、甘いね。三浦たちをうまく利用するつもりだったんだろうが、逆に利用されたようじゃないか」

「そんなことがあるはずないっ」

「三浦を陰で操《あやつ》ってる人物は、冷徹な悪党のようだな。初めは『殉国青雲党』の犯行に見せかけて、次に過激派の仕業と思わせた」

「………」

「おまえらは、うまく利用されたのさ。現に三浦たち三人は、おまえらを見捨てた。そのうち、藤浪も本性を出しそうだな」

「………」

男は口を引き結び、一点を見つめていた。

「おまえは藤浪を信じたいらしいが、奴にしても、いざとなったら、三浦と同じようなことをやるかもしれないぞ。ここらで、気持ちをすっきりさせたら、どうなんだ？」

「………」

「貝になる気か」

郷原は苦笑して、腰を伸ばした。

そのとき、轟が早口で告げた。

「キャップ、麻生警視正から電話がかかっています」

「そうか」

郷原は携帯電話を受け取った。受話器を耳に当てると、麻生の声が流れてきた。

「三浦たちの車は、天城トンネルの近くで発見された」

「静岡県警からの情報ですね？」

「そうじゃない。航空隊の宇津木君を伊東市内に待機させてたんだよ。彼がヘリで追ってくれたんだが、見失ってしまったようだ」

「で、現在、ヘリは？」

「初島に向かってる。そこは支援の部隊に任せて、きみたち三人は山狩りをしてくれ。すでに静岡県警が動いてる」

「わかりました。ヘリの到着を待ちます」

「もう一つ、本間の件で面白《おもしろ》い情報が入った」

麻生が、せっかちに言った。

「どういった情報なんでしょう？」

「本間は、シベリア抑留体験者だったよ。いまでも、多少はロシア語がわかるらしい」

「それは、意外な新事実です」

「そうだね。本間は無鉄砲な若い男が好きらしく、はぐれ者を何人も喰《く》わせてる」

「それでは、三浦、平馬、永松の三人は……」

「その三人が本間の〝番犬〟だった裏付《ウラ》けは取れたよ」

「黒幕は、本間臭《くさ》いですね」

「その件は、いずれ話そう」

「はい」

郷原は電話を切って、二人の部下に目配《めくば》せした。

八日午後九時十六分

生欠伸《なまあくび》を嚙《か》み殺す。

鏡に映《うつ》った顔は、どす黒かった。他人のようだった。

郷原は顎にシェーバーを当てていた。

自宅マンションの洗面室である。ついいましがた、警視庁から着替えに戻ったところだ。

事件発生から、三日が経過していた。

郷原は目を大きく見開いて、睡魔を遠ざけた。

山狩りを打ち切ったのは、今朝《けさ》の十時だった。郷原たち三人は、それまで天城山中を獣のように駆け回った。

しかし、逃げた三浦たちはついに発見できなかった。静岡県警も数百人の捜査員を出動させたが、ナターシャを連れた逃亡者たちは彼らの網にも引っ掛からなかった。

天城トンネルの近くに乗り捨てられていたステーションワゴンは、沼津《ぬまづ》市内できのうの朝に盗まれた車だった。

ホテルとキャサリン号に監禁されていた四百十人近い人質は、昨夜のうちに自宅に戻っていた。怪我をしたホテル関係者は、伊東市内の病院で手当てを受けたはずだ。

人質の救出作戦は一応、成功を収めた。しかし、郷原は気持ちが晴れなかった。ナターシャは依然として、主犯格の手の中にある。また、この事件で、多数の犠牲者を出してしまった。人質の若い女性三十数人が犯人たちに辱《はずか》しめられてもいる。

郷原は大統領令嬢のことが気がかりだったが、わずかな救いもあった。

犯人側にとって、いまは令嬢だけが切り札だ。自分たちの要求が通るまでは、ナターシャには手をかけられないはずだ。

ナターシャの捜索は、警察が全力をあげて続行中だ。極秘戦闘班の三人は、事件の首謀者の割り出しを急ぐことになった。

初島で逮捕した十七人の男は、きょうの正午過ぎに警視庁の留置場に移送された。

留置場は二階と三階にある。全員、二階の独居房に入れられた。犯人たちが口裏を合わせることを防ぐための措置《そち》だった。先に捕まえた『殉国青雲党』の元党員は、三階にいる。併《あわ》せて十八人を逮捕したわけだ。

ヘリコプターで本部庁舎に戻った郷原たち三人は、すぐに取り調べに当たった。

逮捕者の多くは前科があった。その大半がなんらかの形で、関東誠友会の本間理事と関わりがあることもわかった。男たちのほとんどが本間に雇われたことは間違いなさそうだ。

しかし、彼らは本間との関係を揃《そろ》って強く否定した。数人の者が雇い主は三浦繁だと供述したきりで、そのほかのことは何も喋ろうとしなかった。

『聖狼の牙』の残党たちは完全黙秘を貫《つらぬ》き、氏名すら明かしていない。

麻生の直属の部下が、サーブを運転していた男をきのうから取り調べていたが、その男も何も吐かなかった。

駐日ロシア大使が持ち込んだダビングテープの声紋鑑定も、前夜のうちに終わっていた。

犯人は、やはり口の中に何か含んでいた。推定年齢は三十歳前後から四十代の半《なか》ばとされた。言葉に訛《なまり》はなく、完璧《かんぺき》な標準語だった。

郷原たちは取り調べを終えると、数時間の仮眠をとった。そして、夜七時過ぎにおのおのが張り込みに出た。

郷原は木俣麗子の動きをマークした。

五十嵐は港区赤坂六丁目《みなとくあかさか》にある本間組の事務所、轟は渋谷区猿楽町《しぶやさるがくちょう》にある本間の自宅に張りついた。しかし、八時半まで何も動きはなかった。

郷原は麻生の隊の者に部下二人の張り込みを交替してもらって、五十嵐と轟をいったん帰宅させた。部下たちは数時間の仮眠をとったら、ふたたび所定の場所に張り込む段取りになっていた。

郷原自身も麗子のマンションに引き返すつもりだった。だが、三浦が麗子と接触する可能性は低かった。

麗子の張り込みが無駄になるようだったら、新宿の怪しい易者をちょっとマークしてみよう。

郷原はシェーバーを洗面台の棚に戻し、顔面にローションを叩きつけた。

部屋のインターフォンが鳴ったのは、その直後だった。郷原は洗いざらしのコットンシャツの上にテンセルのジャケットを羽織りながら、玄関ホールに急いだ。

訪れたのは、妻の恵美子だった。

「こんな時刻にごめんなさい。きのうは、とっても嬉《うれ》しかったわ。少し話がしたいの」

「弱ったな。これから張り込みに出かけなきゃならないんだ」

郷原は腕時計に目をやった。

「十分だけ、十分だけ時間を貰《もら》いたいの」

「わかった。上がってくれ」

郷原は、妻を部屋に請《しょう》じ入れた。二人はリビングソファに坐った。

「豊は？」

郷原は問いかけた。

「お隣の家に預けてきました」

「そうか。少しは落ち着いたかな、豊の奴」

「ええ、少しずつショックは薄れてるみたいです」

「それを聞いて、少し安心した。きみも早く立ち直ってくれ。いまのおれには、それを祈ることしかできない」

「あなた、吉祥寺の家に戻ってください。豊も、それを望んでるんです」

妻が意を決したように言った。

「豊やきみには、申し訳ない気持ちでいっぱいだ。どうか赦《ゆる》してくれ」

郷原は深く頭を下げた。

「あの子のためにも、どうか家に……」

「すまない。きみと豊にどう恨《うら》まれても、甘んじて受けるつもりだ」

「わたしにも、あなたが必要なんです！」

恵美子が切羽詰《せっぱ》まった様子で、叫ぶように訴えた。郷原は黙って頭を垂《た》れつづけた。

二人の間に、重苦しい静寂が横たわった。

郷原は辛《つら》かった。

妻子を愛《いと》おしく感じていることは、偽《いつわ》りのない気持ちだった。現に昨夜は、妻子のために自分の命を捨ててもいいとさえ思った。しかし、同時に彼は瀬尾さつきにも似たような感情を抱いていた。

ただ、家族に対する情愛と恋愛感情は同質ではなかった。二者択一を迫られれば、迷うことなく瀬尾さつきを選ぶ。

別段、妻には非がない。それだけに、郷原の苦悩は深かった。

「わたし、いつまでも待ちます。今度のことで、何か運命的なものを感じたの。あなたとは死ぬまで別れません」

妻がきっぱりと言い、静かに立ち上がった。そのまま、玄関に向かう。

郷原は妻の後を追った。心の咎《とが》にさいなまれ、何も言えなかった。

恵美子がハイヒールを履《は》いた。

「気持ちが落ち着いたら、連絡してくれ。そのときに、じっくり話し合おう」

郷原は声をかけた。

返事はなかった。恵美子が部屋を出た。

部屋の前には、紙袋を抱えた瀬尾さつきが立っていた。郷原は、運命の断罪を受けた気がした。

恵美子とさつきの視線が交《まじ》わった。

二人の女は面識がなかった。だが、どちらも相手が何者なのか、直感的に嗅ぎ取ったようだ。さつきが顔を強張《こわば》らせた。困惑の色が濃い。

「郷原の妻です。主人がいつもお世話になっています」

恵美子は感情を抑《おさ》えた声で言うと、さつきの横を擦《す》り抜けていった。さつきが立ち竦《すく》み、目礼で恵美子を見送った。

ハイヒールの音が小さくなった。

郷原は、さつきに経緯《いきさつ》を話した。

「わたし、奥さんを傷つけていることを詫《わ》びたかったの。だけど、とっさに言葉が出てこなくて……」

「何も言わないほうがよかったんだ」

「そうかもしれないわね」

さつきが呟いて、下を向いた。郷原は彼女の辛い気持ちを察し、さりげなく話題を変えた。

「おれがここにいること、よくわかったな」

「あなたの傷のことが気になってたんで、わたし、警視庁に行ってみたの。そうしたら、着替えに戻ったと言うんで、こっちまで足を延ばしてみたんだけど」

「悪いな。もう痛みは、まったくない」

「そう。よかったわ。それじゃ、わたしはこれで……」

さつきは食料の詰まった袋を郷原の胸に押しつけると、すぐに玄関のドアを閉めた。

二人の女を傷つけることになってしまった。罪なことをしている。

郷原は自分を罵倒《ばとう》したい気分だった。だが、性《さが》や業《ごう》からは逃げられない。

午後十一時五十二分

易者が帰り仕度《じたく》をはじめた。

郷原は短くなった煙草《たばこ》の火を消した。覆面パトカーは、新宿伊勢丹の少し手前に駐めてあった。

プリウスだ。

張り込んで、すでに三十分が経過していた。

それまでの一時間は、麗子のスナックを見張っていた。だが、なんの収穫もなかった。それで、こちらに回ってきたのだ。

易者は頬髯《ひげ》を生《は》やしていたが、藤浪智久に間違いなさそうだった。

マークした占い師は折り畳んだ台を抱えて、ゆっくりと歩きだした。新宿駅とは逆方向だった。別段、警戒している様子はうかがえない。

郷原は覆面パトカーをUターンさせ、藤浪らしい男を低速で尾行しはじめた。

男が細い路地に入ったら、すぐさま郷原は車を降りるつもりだった。何者かに取りつけられた電波発信器は、むろん外してあった。

易者は新宿通りに沿って歩き、地下鉄の新宿御苑前駅《ぎょえんまえ》の少し先で左に曲がった。

郷原はやや間を取ってから、プリウスを左折させた。男はすぐに左に折れ、飲食店ビルに入っていった。

太宗寺《たいそうじ》という寺の墓地の前に建った細長いビルだった。十一階建てだ。

郷原は墓地の際《きわ》に車を駐め、飲食店ビルに走った。

すでに易者はエレベーターの中だった。郷原はホールに急ぎ、エレベーターの階数表示ランプを見上げた。

ランプは七階で停《と》まった。

テナントの案内板がホールの壁に掲《かか》げられている。七階にはスナックが二軒、小料理屋が三軒あった。郷原はキャビンを一本灰にしてから、七階に上がった。

藤浪と思われる男は、どの店に入ったのか。

店を一軒ずつ覗きたい気もしたが、郷原は物陰《ものかげ》に身を潜めた。藤浪らしい男が、誰かと待ち合わせをしているかもしれないと考えたからだ。

六、七分経ったころ、エレベーターが下から上がってきた。

ホールに降りたのは、なんと麗子だった。白と黒の大胆な柄のドレスを着ていた。化粧も厚い。歌舞伎町にある自分の店から、ここに来たようだ。

麗子は、いちばん奥にある『漁火《いさりび》』という小料理屋に入っていった。彼女がここに現われたのは、ただの偶然ではなさそうだ。

郷原は『漁火』に足を向けた。

そのすぐ後、またエレベーターが停まった。

郷原は振り返った。ホールに降りたのは、四十二、三歳の痩《や》せた男だった。糸のように細い目は攣《つ》り上がり、頬骨が尖《とが》っている。

男は、エレベーターを待っていた酔漢と肩をぶつけた。短く詫びた言葉は、いくらかイントネーションがおかしかった。濁音も不明瞭だった。

北朝鮮の特殊部隊の人間かもしれない。

郷原は近くのスナックに入る振りをした。

男は馴《な》れた足取りで『漁火』の中に消えた。郷原は一分ほど経過してから、麗子や男の吸い込まれた小料理屋に近づいた。

暖簾《のれん》の陰から、店内を覗く。

奥の小上《こあ》がりで易者、麗子、頬骨の尖った男の三人が何か密談中だ。

郷原は刑事用携帯電話《ポリスモード》を使って、応援を要請した。ポリスモードは、制服警官に貸与されているP《ピー》フォンよりも少し機能が多い。五人の同時通話が可能だ。麻生の隊の者が駆けつけたら、ただちに易者と痩せた男に職務質問するつもりだった。

藤浪は三浦や本間に抱き込まれた振りをして、第八軍団の工作員として働いているのか。

だとしたら、麗子は北朝鮮に雇われたレポなのかもしれない。それとも、本間自身が北朝鮮の手先になったのだろうか。しかし、老やくざが北朝鮮のために働くとは思えない。

なぜ、本間は北方領土のほかにロシアの核研究者を無条件で北朝鮮に亡命させろなどと要求したのか。そのことは、『聖狼の牙』の協力条件だったのだろうか。

そもそも本間はどんな理由から、指名手配中の過激派を冷血漢揃いの実行犯集団に加えなければならなかったのか。警察を混乱させるためだけだとしたら、少々、危険すぎる。

冷静に考えてみると、九十歳近いやくざが、これほど大それた事件を引き起こすとも思えない。本間はダミーのボスに過ぎないのだろうか。

とにかく、易者が藤浪だったら、緊急逮捕しよう。

郷原は、そう意を固めた。

十分ほど過ぎたとき、マークした男たちが帰る気配を見せた。緊急に職務質問をしなければならなくなった。

郷原は店に足を踏み入れた。

右側にL字形のカウンターがあり、サラリーマンふうの男たちが幾人か飲んでいた。テーブル席には、女の客がいる。小上がりに突き進むと、麗子が困惑顔になった。

易者と頬骨の高い男が顔を見合わせた。

郷原は立ち止まるなり、頬髯で顔半分を隠した男に言った。

「警視庁の者だ。藤浪智久だな！」

「人違いだよ。わたしは佐藤《さとう》だ」

「なら、身分を証明できるものを見せてもらいたい」

「そんなものは持っていないっ」

男が気色《けしき》ばんだ。麗子が口を挟んだ。

「この人は、本当に佐藤さんよ。うちの店のお客さんなの」

「きみは『聖狼の牙』のシンパなんだろう？」

「なに言ってんのよ。わけわかんないわ。とにかく、話の邪魔をしないで」

「失礼だが、運転免許証か何か見せてもらえないだろうか」

郷原は、細い目の瘦せた中年男に声をかけた。

そのとき、急に易者がテーブルを引っくり返した。郷原は跳び退《の》き、腰の後ろから特殊警棒を引き抜いた。

その瞬間、頰骨の尖った中年男が中腰になった。右手には、消音器《サイレンサー》付きの自動拳銃が握られていた。型《タイプ》はわからなかった。

たてつづけに二度、かすかな発射音がした。放たれた銃弾は、郷原の近くを疾駆《しっく》していった。

郷原はテーブル席の陰に屈み、電子麻酔銃を引き抜いた。

ほとんど同時に、店の照明が消えた。中年男が電灯を撃ち砕いたのだ。カウンターの客や板前がざわめき立った。女の客は悲鳴をあげた。

郷原は目を凝らした。

小上がりに動く影が三つ見えた。

郷原は、発砲した男に狙《ねら》いを定めた。

男が身を伏せ、応射してきた。易者が厨房《ちゅうぼう》に逃げ込んだ。調理場から、廊下に出られる造りになっているのだろう。

逃げた男が藤浪なのは間違いない。追うことにした。

郷原は中腰で、店の出入口に向かった。

すぐに小上がりから、銃弾が追ってきた。壁とカウンターに着弾した。

「みんな、床に伏せるんだ」

郷原は客や店の者に怒鳴って、体を反転させた。

麻酔銃のダーツ弾を放つ。的《まと》は外さなかった。中年男が腹を押さえて、ゆっくりと頽《くずお》れた。

郷原は店を出た。

右手にある非常扉が開き、警報が鳴り響いていた。藤浪と思われる男は非常階段を伝って逃げる気らしい。郷原は非常口から、踊り場に飛び出した。

新宿の有名デパートの前で占いをしていた男は、鉄骨の非常階段を下っている。

郷原は追った。

階段を駆け降りながら、残りのダーツ弾を撃つ。

どれも当たらなかった。特殊警棒も投げつけたが、無駄だった。

男が一階まで降り、右に逃げた。郷原は全速力で走った。だが、新宿一丁目の花園《はなぞの》公園の近くで見失ってしまった。

郷原は飲食店ビルまで駆け戻った。

特殊警棒を拾い上げ、エレベーターに飛び乗った。

『漁火』には、数本の蠟燭《ろうそく》の炎が揺れていた。

郷原は小上がりに近づいた。麗子と不審な男が折り重なるように倒れていた。

麗子の額は撃ち抜かれていた。男のこめかみからも、血糊《ちのり》が流れている。

どちらも息はしていなかった。

男が意識を失う前に麗子を撃ち殺し、自分の人生にもピリオドを打ったようだ。第八軍団は、別名〝自殺部隊〟と呼ばれている。おそらく男は、北朝鮮の特殊部隊の隊員だったのだろう。

郷原は、男のポケットを探《さぐ》った。

身許のわかるようなものは何も所持していなかった。郷原は店長に身分を明かし、事情聴取した。

店長の話によると、小上がりの三人は何度か店で落ち合っていたらしい。しかし、三人については店長は何も知らなかった。

事情聴取が終わった直後に、麻生の隊の者たちが、店に駆け込んできた。三人だった。

郷原は彼らにあとの処理を頼んで、『漁火』を出た。

九日　午前一時十二分

事件が起こって、きょうで四日目になる。

郷原は覆面パトカーを港区白金台《しろかねだい》に向けた。

本間義之の愛人は、白金自然教育園のそばにある高級マンションに住んでいる。水《み》沢《ず》涼子《さわりょうこ》という名だった。三十八歳で、和服の似合う美人らしい。

麻生が集めてくれた情報によると、涼子が経営している銀座の高級クラブ『きらら』は午後十一時四十分に閉店になるようだ。涼子は、もう自宅マンションに戻っているだろう。

車が西麻布に差しかかったときだった。

本間邸の近くで張り込み中の轟から、無線連絡が入った。

「キャップ、面白い展開になってきました。本間の家の屋上には、車輛追跡レーダーシステムがありましたよ。近くの高層マンションから確認したんです」

「やっぱりな」

「それから、本間邸にロシア大使館の車が入っていきました」

「ロシアの外交官が出入りしてるのか？」

「いいえ、車ごと邸内に消えたのは日本人職員です。名前は城邦彦《じょうくにひこ》、五十一歳です。通訳兼大使の運転手です」

轟が澱《よど》みなく言った。外事一課にいただけあって、大使館関係には精《くわ》しかった。

「その城という男は、ひょっとしたら、運び屋かもしれないな」

「わたしも、そう睨みました。外交官の中には治外法権を悪用して、危《ヤバ》いバイトをしてるのがいますからね。ロシア大使館の誰かが本国から銃器か麻薬を持ち込んで、小遣い銭稼ぎをしてるんでしょう」

「その日本人職員を押さえて、職務質問《バン》かけてみてくれ」

郷原はそう応答し、五十嵐をコールした。

「そっちに何か動きは？」

「現在のところ、何もありません。三浦たちが組事務所に隠れてる様子もないですね」

「そうか」

「キャップのほうは、いかがです？」

五十嵐が問いかけてきた。郷原は『漁火』での出来事と轟からの情報をかいつまんで話した。

「本間はシベリア抑留者だったのか」

「そうらしい」

「それなら、きっと本間はロシアン・マフィアと繋《つな》がりがありますよ。轟が言ったように、本間はロシア大使館員の誰かを使って、マフィアと取引してるんでしょう。大使館宛《あ》ての国際宅配便や外交官の手荷物は、チェックなしですからね」

「その気になれば、本間は旧ソ連製の銃器も簡単に手に入れられるな」

「ええ。実行犯が使ってた銃器の卸《おろ》し元は、ロシアン・マフィアと考えてもいいんじゃないでしょうか？」

「そうだな。今夜は何も摑めないだろうから、張り込みを打ち切って家に帰れ」

「そうさせてもらいます」

交信が打ち切られた。

郷原は車の速度を上げた。

やがて、目的の高級マンションが見えてきた。郷原はマンションの手前で、慌てて覆面パトカーを暗がりに入れた。

マンションの表玄関から、警察庁の首席監察官が出てきたからだ。浅川警視正は左右をうかがってから、闇の奥に消えた。

やはり、あの男が内通者らしい。

郷原はエンジンとライトを切った。わざと数分、動かなかった。

浅川が引き返してくる気配はなかった。

郷原は車を降り、マンションの表玄関まで大股《おおまた》で歩いた。オートロック・システムの玄関だった。

集合インターフォンに歩み寄り、涼子の部屋番号を押す。ややあって、しっとりとした女の声が響いてきた。部屋の主だろう。

「警視庁の者です。非常識な時刻に申し訳ありませんが、少し本間義之氏のことでうかがいたいことがありましてね」

「日を改めていただけません？　わたし、仕事で疲れてますの」

「人命の絡《から》んだ事件の捜査ですので、なんとかご協力願いたいのですが。ほんの五、六分で結構です」

「わかりました。いま、エントランスドアのロックを外します」

女の声が沈黙した。

郷原はエレベーターで十階に上がった。広い玄関に入る。

涼子は瓜実顔《うりざね》の日本的な美人だった。和服姿だ。切れ長の目が、どことなく色っぽい。

「わたし、あの人の仕事については何も知りません。もちろん、本間が堅気《かたぎ》でないことは存じてますけどね」

「さきほど、ここに浅川さんが来ましたね？」

郷原は訊いた。

「その方、どなたですの？」

「とぼけないでほしいな。浅川さんは時々、ここで本間氏と会ってるんでしょ？」

「浅川なんて方は知りません。妙な言いがかりをつけると、本間を呼びますよ」

涼子が柳眉《りゅうび》を逆立《さかだ》てた。

「くどいようですが、本間氏からも浅川という名を聞いたことはないんですね？」

「ええ、一度もないわ。いったい、本間は何をしたんです？」

「それは、ちょっと申し上げるわけにはいきません。ところで、本間氏には親しいロシア人がいるようですね？」

郷原は、不安顔になった涼子を見据《みす》えた。

「よくは知りません。ただ、一度だけ、銀座のお店にロシア人を連れてきたことがあるわ」

「その方の名前は？」

「さあ、なんて名だったかしら？　もう二年近く前のことだから、忘れちゃったわ。髪の毛が薄くて、眼鏡《めがね》をかけてたと思うけど」

涼子が言った。ボリス・クリムスキーだろう。

郷原は礼を述べ、部屋を出た。

覆面パトカーに戻ると、無線機から轟の声が響いてきた。

「キャップ、城邦彦から話を聴《き》きました。城はボリス・クリムスキーに頼まれたキャビアを本間に届けただけだと言ってます。おそらく中身は、覚醒剤《シャブ》の類《たぐい》でしょう」

「轟、クリムスキーがロシアン・マフィアの一員とは考えられないか？」

「現職の大統領秘書官だから、それはちょっと考えにくいと思います。ただ、クリムスキーがマフィアに何か弱みを握られて、運び屋をやらされている可能性はありますね」

「そうだな。おれはプーニン大統領の随行員がボリス・クリムスキーだけってことに、なんか妙な引っ掛かりを感じてたんだ。轟、おまえはどう思う？」

郷原は訊いた。

「実は、わたしもそのことに引っ掛かってたんですよ。犯人側が随行員は一名にしろと条件をつけたことに、謎を解《と》く鍵があるんではないでしょうか？」

「犯人たちはクリムスキーが大統領に随行することを予測できたのかもしれない。そうだとしたら、クリムスキーが犯行集団の一味の可能性は大きいな」

「ええ。大統領秘書官なら、当然、ナターシャがお忍びで日本を訪問することもわかってたでしょうしね」

「そうだな。ロシア人が一枚嚙んでるとしたら、マフィアの存在も真実味を帯びてくる。本間がロシアン・マフィアと闇取引をしてるんだったら、おおかた日ロの悪党どもが共同で陰謀のシナリオを書いたんだろう」

「それ、充分に考えられますよ！」

轟が声のトーンを高めた。

「大統領の様子は訊いてみたか？」

「ええ。城の話によると、プーニン大統領は大使公邸に閉じ籠《こも》って、ひどく塞ぎ込んでるそうです」

「そうだろうな」

「それにしても、犯人グループはなぜ北方四島に近づこうとしないんでしょう？　もう民間人しか残ってないわけですから、四島の様子をうかがいに行ってもよさそうですけどね」

「連中の狙いは北方領土ではないのかもしれない。誰が四島を占拠したにしろ、アメリカをはじめ先進国が黙ってるはずがないからな」

郷原は言った。

「北方領土の奪回はカムフラージュで、狙いはロシアの核研究者の亡命なんでしょうか？」

「それだけじゃ、ビジネスとして旨味《うまみ》がなさすぎるな。犯人たちは、もっと大きなものを狙ってるにちがいない。そいつが何なのか、まだ見えてこないがな」

「キャップ、これからの指示を与えてください」

「轟、今夜はもう引き揚げよう。家に帰って、ゆっくり寝てくれ」

郷原はマイクをフックに戻し、煙草をくわえた。

午後三時五分

本間邸から、黒塗りのリムジンが出てきた。

英国製のダイムラーだった。後部座席に本間の姿があった。

郷原は覆面パトカーを急発進させた。

ダイムラーがパニックブレーキをかけた。郷原の上着のポケットには、家宅捜索令状が入っていた。二人の部下は、本間邸の裏口を固めていた。

リムジンの警笛《けいてき》が苛立《いらだ》たしげに鳴った。

郷原はリムジンの進路を塞いだまま、素早く車を降りた。ほとんど同時に、ダイムラーの運転席から大柄な若い男が飛び出してきた。

「おい、なんのつもりだっ」

「チンピラは引っ込んでろ！」

郷原は一喝《いっかつ》し、ダイムラー・リムジンの後部ドアに近寄った。

パワーウインドーが下ろされ、白髪を短く刈り込んだ八十九歳の老人が首を突き出した。

少しも動揺していない。目は落ちくぼんでいるが、眼光は鋭かった。捨て身で生きてきた者の凄みをうかがわせる。

「いったい、なんの騒ぎなんだね？」

「本間義之だな？」

「そうだが、あんたは？」

「警視庁捜査一課の者だ。外出は控えてもらう」

郷原は警察手帳を呈示した。

「これから、大事な会合があるんだがね」

「家宅捜索だ。立ち合ってもらう。車を車庫に戻せ」

「令状は？」

本間が訊いた。郷原は令状を老やくざの目の前に突きつけた。

「誘拐犯の隠匿《いんとく》容疑だって？　何かの間違いらしいな」

「三浦、平馬、永松、それから古谷はどこにいる？　みんな、あんたの番犬どもだろうが！　とにかく、家に戻るんだ」

「やれ、やれ」

本間が大男を車に戻らせた。

郷原は覆面パトカーに乗り込み、クラクションを短く三度鳴らした。少しすると、本間邸の横と裏に張り込んでいた二人の部下が走ってきた。

ダイムラーが退《さ》がりはじめた。

郷原はステアリングを大きく切って、本間邸の石塀の横まで車を走らせた。五十嵐と轟はダイムラーを挟むように歩いていた。

ダイムラーが車庫に入った。

郷原たち三人は、レリーフの施《ほどこ》された鉄扉《てっぴ》を潜《くぐ》った。広い前庭の向こうに、三階建ての白い家屋が建っている。

庭の隅で、ドーベルマンとゴールデン・レトリバーがじゃれ合っていた。

どちらも、まだ成犬ではなかった。本間が二頭の飼い犬をなだめた。優しい顔つきだった。

郷原は、老やくざの孤独な内面を垣間《かいま》見た気がした。

木炭色《チャコールグレイ》のスーツを着た本間が家の中に入った。五十嵐と轟が建物の裏側に回って、ほどなく戻ってきた。二人は黙って首を振った。

五十嵐は額に汗をにじませている。轟が、さりげなく自分のハンカチを貸し与えた。ほほえましい光景だった。

郷原たち三人は、玄関に足を踏み入れた。

部屋住みの若い組員たちが挑むような眼差《まなざ》しを向けてきた。それを黙殺して、玄関ホールに接した応接間に入る。

本間は飾り暖炉《だんろ》を背にして、深々とした革のソファに腰かけていた。

「部屋をすべて見せてもらう」

「好きなようにしたらいい」

「頼む」

郷原は部下たちに言って、本間の前のソファに坐った。五十嵐と轟が慌ただしく応接間から出ていった。

「三浦たちが誰を誘拐したっていうんだね？」

「無駄な会話は省《はぶ》こう。あんたが、ロシア大統領の娘を番犬どもにさらわせたんだな！」

「どういうことなのかな？」

本間の口調は、あくまでも穏《おだ》やかだった。

「昨夜、ロシア大使館の城という日本人職員がここに来たはずだ」

「それが？」

「城はボリス・クリムスキーに頼まれて、あんたにキャビアを届けたと言ってる」

「ああ、その通りだ」

「何を企んでる？」

郷原は本間を見据えた。

「なんだね、いきなり……」

「クリムスキーから、何を買ってるんだ？」

「買う？　ボリスは、ただの知り合いさ」

本間がそう言い、葉巻ケースに手を伸ばした。ケースにはハバナ産の葉巻とシガーカッターが入っていた。

「キャビアの空《あ》き缶はどこにある？」

郷原は訊いた。

「さあ？　若い者に訊いてみてくれ」

「自信たっぷりじゃないか。危《ヤバ》いものは早々に別の場所に移したらしいな」

「あやつける気かっ。あんまりなめるなよ、若造！」

本間が急に声を荒げ、シガーカッターで葉巻の端を断ち落とした。火を点《つ》け、荒々しく煙を吐き出す。香りが強かった。

「あんたも、あんまり警察をなめないことだな。おれの覆面《メン》パトに電波発信器を装着させたのは、あんただろっ」

「なんの話だ？」

「屋上に車輛追跡装置のレーダーシステムを設置してるな！」

「あれは関西の同業者の動向を探るためのもんだ」

「そうかい。ところで、あんた、『きらら』のママにぞっこんらしいな」

郷原は少し揺さぶりをかける気になった。

「それがどうした？」

「ママをしっかり繋ぎ留めておかないと、そのうち誰かに寝取られることになるぜ」

「誰が涼子に接近してやがるんだ？」

「名前は言えない。しかし、そいつが昨夜《ゆうべ》、白金台のマンションから出てくるところを見たよ」

「なんだって？」

本間の顔色が変わった。飼い犬と若い愛人は大切にしているのだろう。

「昨夜の男、どこかで見た顔だったな。ひょっとしたら、警察関係の者かもしれない」

郷原は言って、相手の反応をうかがった。

本間の半白《はんぱく》の眉《まゆ》が、かすかに動いた。内心、狼狽しているようだった。やはり、浅川警視正が情報を流していたのかもしれない。

「あんた、ロシアン・マフィアから旧ソ連製の銃器や麻薬を大量に仕入れてるんじゃないのかっ」

「刑事さんよ、おれたちにも人権ってやつがあるんだ。証拠もないのに、そんなことを口走ってもいいのか！」

本間が吼《ほ》えたて、葉巻の火を消した。

ちょうどそのとき、五十嵐と轟が戻ってきた。

「若い者以外は誰もいねえだろうが」

本間が五十嵐たち二人に言った。轟が小さくうなずいた。

「用が済んだら、とっとと帰ってくれ」

「トイレの貯水タンクの中に、こいつがあったよ」

五十嵐が腰の後ろから、プラスチック容器を取り出した。

本間が腰を浮かせた。忌々《いまいま》しげな顔つきだった。

五十嵐が容器の蓋《ふた》を開けた。中身は旧ソ連製のＰＭ《ピストル・オーブ・マカロフ》だった。半自動《セミオートマチック》の名銃だ。

郷原は立ち上がり、関東誠友会のナンバーツーに告げた。

「容疑を銃刀法違反に切り替えて、あんたを逮捕する。両手を出せ！」

「………」

本間は苦《にが》り切った顔で、郷原を睨《ね》めつけてきた。

轟が、本間の両手に手錠を打った。五十嵐は押収品の拳銃を持参したビニール袋に入れた。

郷原たちは本間を引っ立て、ほどなく豪邸を出た。

五十嵐と轟が本間を挟む形で、覆面パトカーに乗り込んだ。郷原は赤い回転灯をプリウスの屋根《ルーフ》に載せ、すぐさま発進させた。

帰庁したのは、二十数分後だった。

本間を三階の取調室に入れ、拳銃の入手経路から尋問しはじめた。本間は家の近くの公園で拾ったと供述したきりで、あとは一言《ひとこと》も喋らなかった。

郷原は独居房に本間をぶち込み、二人の部下と自分たちのオフィスに引き揚げた。

午後四時二十三分

極秘戦闘班室のドアが押し開けられた。

ノックはされなかった。飛び込んできたのは、麻生警視正だった。

郷原は反射的に立ち上がった。

「敵がナターシャを楯にして、都庁の第一本部庁舎を占拠した。増井駿太郎《ますいしゅんたろう》都知事が七階の知事室に監禁され、約一万三千人の都庁職員と訪問客が建物の外に出されてる」

　麻生が告げた。

「なんて大胆な奴らなんだ。まさか、そこまでやるとは……」

　郷原は、度胆《どぎも》を抜かれた思いだった。

「犯人グループは捨て身の覚悟なんだろう」

「なぜ、犯行グループは都庁を狙う気になったんでしょう？」

「都知事を押さえれば、切り札がもう一枚増える。それに、事件が公《おおやけ》になれば、プーニンは自分の娘はもちろん、都知事も見捨てられなくなる」

「ええ。で、ナターシャは？」

「都庁の上空にいるはずだ。敵はナターシャをヘリから吊《つ》り下げ、第一庁舎から全職員と来訪者を追っ払ったらしい。事件発生時間は、いまから七分前だ。わたしの隊の者が現場に向かってる。都庁職員たちから何らかの情報が得られるだろう」

「敵は、本気でプーニン大統領を都庁に誘《おび》き出す気のようですね」

「それは間違いないな。外務省が摑んだ情報によると、犯人グループはすでにロシア大使館に脅迫電話をかけたようだ。プーニンが命令に背《そむ》いた場合は、ロープを切ってナターシャをヘリから地上に落とし、都庁を都知事ごと爆破すると脅《おど》したらしい」

「警視庁《うち》は、もうロシア大使館に確認済みなんでしょうか？」

郷原は訊いた。

「ついさっき、わたし自身がキーリー大使に電話をしたよ」

「こうした深刻な事態に陥《おちい》ったのは、わたしがナターシャの救出に失敗したせいでしょう」

「郷原君、まだ作戦は続行中なんだ。余計なことに神経を使うんじゃないっ」

麻生が珍しく大声を張り上げた。郷原は気を取り直して、早口で訊いた。

「ヘリには何人の男が？」

「三人だ。そのうち、古谷だけが確認されてる。ほかの二人はまだわかっていない」

「そういう状況では、狙撃は無理ですね？」

「ああ、危険だね。なんとか時間を引き延ばして、プーニン大統領を都庁に行かせるような事態は避けたいが……」

麻生が言葉を途切《とぎ》らせた。

「誰かプーニンのダミーに使えそうなロシア人はいないものでしょうか？　もちろん、その替え玉は最後までガードします」

「影武者か。それは名案だね。なんとか大統領と背恰好の似た人物を探し出せるといいんだが。外事課の手を借りて、さっそく動いてみよう」

「お願いします。それはそうと、敵の数は？」

「二十数人のようだが、正確な数字は未確認だ。十階には、複数の人間がいるようだ。それから第一庁舎の出入口は、すべて武器を持った男たちが固めてる」

「抜け目のない奴らだ」

郷原は小さく呟いた。

「きみたち三人は、ただちにナターシャと都知事の救出に向かってくれ」

「はい。第一本部庁舎の見取り図や付帯設備の状況がわかるとありがたいのですが」

「だいたい資料は揃ってる」

麻生が抱えていた書類袋から、図面や印刷物を取り出した。

郷原はそれらを机の上いっぱいに拡げ、部下たちにも見えるようにした。

都庁舎は、新宿西口の高層ビル街の一画にそびえている。

ＪＲ新宿駅から、徒歩で十分そこそこしかかからない。道路を挟んで隣には新宿中央公園がある。

敷地はとてつもなく広い。四万二千九百四十平方メートルだ。そこに第一本部庁舎、第二本部庁舎、都議会議事堂が建っている。

新宿駅側から見ると、手前に都議会議事堂がある。半円形の都民広場の向こうに、第一本部庁舎と第二本部庁舎が横に並んでいる。

広場の正面の第一本部庁舎は地上四十八階、地下三階だ。高さは二百四十三メートトルだった。中央部は三十二階までしかない。その両側は、四十八階までツインタワーになっている。

四十五階には、それぞれ展望室と喫茶コーナーがある。正面の左が南塔、右が北塔だ。南展望室からは東京湾が一望できる。北展望室からは富士山《ふじさん》が見える。南塔の屋上はヘリポートだ。

ツインタワーのある第一本部庁舎の左隣に建っている第二本部庁舎は、ひと回り小さい。地上三十四階で、地下三階だ。

二つの庁舎は通路で繫がっている。

都民広場に接している都議会議事堂は洒落《しゃれ》た造りだが、地上七階建てだ。地下は一階しかない。

郷原は真っ先に、第一本部庁舎の出入口の位置を確認した。一階に非常口を含めて四カ所、二階に三カ所、三階の第二本部庁舎への連絡通路口、地下一階からのエレベーター昇り口の九カ所だった。

当然、屋上のヘリポートも固められているはずだ。各所に見張りが最低ひとりは立っているとして、犯人グループの十人は持ち場を離れられない。

郷原は頭の中で、素早く計算した。排水、配線、エアダクトもチェックする。

「だいたい頭に入ったかね？」

麻生が問いかけてきた。

「はい」

「事情聴取による情報や犯人グループのこれまでの行動などを分析して、効果的な作戦を練ってくれ」

「わかりました。それで、新宿署はもう現場に……」

「新宿署の署員が二百人、それから新宿署に常駐してる警視庁《うち》の第二機動捜査隊の者が百二十人ほど出動した」

「それは、まずいのではないでしょうか。そのような派手な動き方をしたら、敵を刺激するだけです」

「確かに、きみの言う通りだな。ただちに全捜査員を現場から遠のかせよう」

「お願いします。できたら、都庁周辺の道路は車輛通行止めにしてください」

「それは、もう手配した。それから、新宿中央公園内への立ち入りも禁止したよ」

「助かります。準備が整い次第、われわれは現場に向かいます」

「連絡を密に頼む。わたしは、いつでも支援部隊を送れる態勢を整えておこう」

麻生が口を結んだ。

そのとき、郷原の机の上の警察電話が鳴った。外事課から、麻生に電話だった。郷原は麻生に受話器を渡した。通話は短かった。

電話を切ると、麻生が言った。

「最悪の事態になった。外事課の情報によると、プーニン大統領は大使や外務省の制止を振り切って、都庁に行く気になってるというんだ。敵の指定した時間は午後八時らしい」

「政府首脳がロシア大統領の説得を試みてくれれば、あるいは……」

「警視総監に相談してみよう」

麻生が慌ただしく部屋を出ていった。

郷原は部下と別室に上がり、綿密な打ち合わせをした。

検討を重ねた末に、救出作戦が決定した。陽動隊が犯人グループの見張りの目を逸《そ》らしている間に、極秘戦闘班は九カ所の出入口のどこかに密《ひそ》かに接近する。

強行突入のチャンスがない場合は、自動窓拭《ふ》き機に取り付けられた超小型ビデオカメラで、第一庁舎内の様子を探り、新たな突入方法を練る。

どうしても突入できない場合は、空調装置のダクトに濃縮麻酔ガスを送り込む。それが、作戦の基本プランだった。

郷原はレンジャー小隊など支援部隊と作戦会議をし、部下たちと出動した。

二台の覆面パトカーに分乗して、都庁に向かった。

郷原が先導する恰好だった。後続のマークXを運転しているのは、轟のほうだ。

五十嵐は助手席に坐っていた。

午後四時五十二分

西口の高層ビル街に入った。

議事堂通りや公園通りには、人も車も見当たらない。新宿署や警視庁機動捜査隊の捜査員も、青梅《おうめ》街道や甲州《こうしゅう》街道の近くまで退がっていた。

郷原たちは新宿住友《すみとも》ビルの近くに車を駐め、少しずつ都庁第一本部庁舎に近づいていった。三人は武装し、それぞれ特殊無線機を携帯していた。

南塔の上空に、シコルスキーSH―60Bが見えた。アメリカ製のヘリコプターだ。機内には、パイロットのほかに古谷が乗っているだけだった。もうひとりは降りたらしい。

ベージュのスーツ姿のナターシャが両手を縛られ、吊り下げられている。気を失っているようだった。きりきり舞いしていた。

シコルスキーは、じきに見えなくなった。ヘリポートに舞い降りたらしい。

三人が中央通りを斜めに横切ろうとしたとき、腸《はらわた》に響くような爆発音が轟いた。すぐに頭上から、コンクリートの塊《かたまり》やガラスの破片が降ってきた。

郷原は北側のタワーを見上げた。四十七階と四十八階の半分近くが爆破され、巨大な橙色《だいだい》の炎が噴き上げていた。

「あれは何でしょう?」

五十嵐が叫んで、北塔の右横を指さした。点のようなものが見えた。

郷原は双眼鏡を目に当てた。

ラジコン操作の模型飛行機が二機、夕空を舞っている。

一機はヘリコプターで、もう一機はプロペラ機だった。どちらの機体にも、何か箱状のものが取り付けてあった。

高性能の炸薬《さくやく》を抱いているにちがいない。

郷原は、そう直感した。

次の瞬間、二機のラジコン模型機がタワーの壁面に激突した。また凄まじい破壊音が鳴り渡り、タワーの上半分が弾け飛んだ。

「後ろに退がるんだ」

郷原は二人の部下に怒鳴った。

三人はホテルの壁近くまで逃げた。車道に落下してきたコンクリートの塊は、アスファルトの路面を大きく抉《えぐ》っていた。

何本かの街路樹は、幹から折れてしまった。路上駐車中のセダンは、完全に屋根を潰されていた。

「この近くの高層ビルのどこかに、ラジコン機の操縦者《ハンドラー》がいるはずだ。手分けして、そいつを取っ捕まえよう」

郷原は言って、すぐ横のホテル・センチュリーハイアットに飛び込んだ。

視界の端に、公園通りに向かう轟の姿が見えた。第二本部庁舎の向こうにあるワシントンホテルをめざしたのだろう。

五十嵐の走る音も耳に届いた。

都庁通りまで戻る気らしい。五十嵐は新宿住友ビルに向かったようだ。

郷原はホテルのフロントに走り、非常口に誘導してもらった。非常階段を隈《くま》なく検《しら》べてみたが、ラジコン機の操縦者《ハンドラー》は見つからなかった。

次のビルだ。

郷原はホテルを飛び出した。

三人は二時間近く高層ビル街を駆けずり回ったが、ついに敵は発見できなかった。

だが、極秘戦闘班の面々は少しも挫《くじ》けなかった。ピンチとチャンスは、いつも背中合わせだ。

郷原たち三人は、これまでの体験でそれを知っていた。

第五章　決死の救出作戦

九日　午後七時四十一分

眼下は光の海だった。

超高層ビルの灯が、きらびやかだ。美しかった
郷原はヘリコプターの中で、暗視望遠鏡《ノクト・スコープ》を覗《のぞ》いていた。

事件発生後、瞬《また》く間に四日間が過ぎてしまった。極秘戦闘班のメンバーは挫《くじ》けこそしなかったが、一段と焦《あせ》りを濃くしていた。

狸穴の駐日ロシア大使館を出発した二台のベンツは、甲州街道を進んでいる。新宿駅南口の前を通過したところだ。

午後七時過ぎまで総理大臣が説得に当たったのだが、プーニン大統領は聞き入れなかった。大統領は自分の娘のことよりも、都知事の身を案じているらしかった。

ロシア大統領が特別機で極秘に来日して、はや三日が経過している。その間、プー

ニンは犯人側と何度も交渉を重ねてきたにちがいない。しかし、交渉はこじれてしまった。

　そこで、犯人グループは強硬策をとる気になったのだろう。

　郷原は暗視望遠鏡《ノクト・スコープ》を目に当てながら、そう推測していた。

　プーニンを乗せた車は、あと数分で都庁に到着するだろう。

　すでに陽動班は、屋上を除いた九カ所の出入口の前にいた。報告によると、犯人側の見張りは十二人から十五人に増えていた。彼らは短機関銃《サブマシンガン》などで武装している。

「第一本部庁舎の上空まで飛ばしてくれ」

　郷原は宇津木に言った。

　機が高度を上げはじめた。航空隊のヘリコプターを無線で呼んだのは、一時間あまり前だった。

　機は新宿中央公園の広場に緊急着陸した。

　園内で待機していた郷原は、すぐにヘリコプターに乗り込んだ。それから新宿西口一帯を上空からチェックしてみたのだが、ラジコン機の操縦者《ハンドラー》は見当たらなかった。

　ほどなく第二本部庁舎が見えてきた。

　無人のビルは真っ暗だった。斜め前に建つ都議会議事堂の灯も消されている。第二本部庁舎は、巨大な墓石のようだった。

「現在、高度三百八十メートルです。もう少し下げましょうか？」

宇津木が問いかけてきた。

「そうだな。三百まで下げてくれ」

「了解！　あっ、警部！　第一本部庁舎の南塔のヘリポートで何かが光りました」

「何っ」

郷原は暗視望遠鏡《ノクト・スコープ》のレンズをヘリポートに向けた。倍率を最大にした。

シコルスキーのそばに三人の男がいた。

男たちは、それぞれコントローラーを抱えていた。彼らの足許《あしもと》には、さまざまな色に塗られた模型飛行機があった。三機とも全長一・五メートル前後で、翼長も約二メートルだ。どれも二馬力程度のエンジンを積んでいるようだった。

郷原は一瞬、敵のヘリコプターの燃料タンクを撃《う》つ気になった。犯人たちの〝足〟を奪っておけば、空からは逃げられない。

しかし、すぐに思い留《とど》まった。いま犯人側を刺激したら、切り札の人質を殺すことはないだろうが、危害を加えられる恐れがあった。

「空中停止《ホバリング》してくれ」

郷原は宇津木に命じて、男たちの動きを注視しつづけた。

男のひとりが屈《かが》んで、赤と青に塗り分けられた模型機を押さえつけた。

別の男が素早くスターターのスイッチを入れた。

模型機の排気管から、細い白煙が噴き出しはじめた。コントローラーを持った男が、左右のレバーを動かした。

ラジコン模型機は電波誘導されて、主翼や垂直翼を小さく泳がせた。プロペラの回転数が多くなって間もなく、模型機が夜空に舞い上がった。

三人の男たちは協力し合って、残りの二機も飛ばした。黄色と銀色の模型機だ。三機とも、高性能炸薬《さくやく》らしいものを抱いていた。

三機のラジコン機が細い煙を吐きながら、まっしぐらに飛来してくる。

「高度を上げてくれ」

郷原は宇津木に言って、後部座席から自動小銃を摑《つか》み上げた。すでに装弾済みだった。

ヘリコプターが急上昇した。

三機のラジコン模型機が迫ってきた。

「ラジコン機の時速はどのくらいのもんなんだ？」

「マキシマムで二百キロぐらいです。犯人たちは、あのラジコン機をこのヘリに体当たりさせる気なんですね⁉」

宇津木が上擦《うわず》った声で叫び、さらに機を上昇させた。高度は七百メートル近かった。

郷原はヘリコプターのスライドドアを十数センチ開け、自動小銃の銃身を外に突き出した。暗視望遠鏡《ノクト・スコープ》付きだった。

赤と青に塗り分けられたラジコン機に狙《ねら》いを定めた。空中爆破させる気だった。

いきなりラジコン機が宙返りし、小さく旋回した。操縦者《ハンドラー》はベテランなのだろう。

郷原は幾度か翻弄《ほんろう》されたが、たてつづけに三機のラジコン機を撃ち砕《くだ》いた。模型機は閃光《せんこう》を吐きながら、粉微塵《こなみじん》に散った。

空が真っ赤になった。

爆風でヘリコプターが大きく揺れた。

風防シールドに、小さな金属片がぶち当たった。亀裂は入ったが、シールドは割れなかった。

これ以上、敵を刺激するのは得策ではない。

郷原は機を高度八百メートルまで上昇させ、スライドドアを閉めた。

上空で数分、時間を稼ぎ、ふたたびヘリコプターの高度を三百六十メートルまで下げさせた。

暗視望遠鏡《ノクト・スコープ》を覗く。ヘリポートから、敵の姿は掻《か》き消えていた。夕方、爆破された北塔は無残な姿を晒《さら》している。

無線が、かすかな空電音を刻《きざ》んだ。麻生からの連絡だった。

「郷原君、ヘリを第一本部庁舎から遠ざけてくれないか。たったいま、増井都知事から総監に電話があったんだ。犯人グループはヘリを近づけたら、コーズマイト2号で人質ごと第一本部庁舎をそっくり爆破すると予告してきた。ナターシャは庁舎内にいる」

「コーズマイト2号といったら、ダム建設などに使われている高性能炸薬じゃないですか⁉」

「そうだ。犯人どもは第一本部庁舎の数カ所に、一・五キロのコーズマイト2号を仕掛けたらしい。ダイナマイト約七十本に相当する火薬量だ。それから、ラジコン機はRXDという爆薬を〇・二キロずつ積んであると言ってる。単なる威《おど》しではないだろう」

「ヘリを新宿中央公園に着陸させます」

郷原は言った。

「そうしてくれ。それから、もうひとつ伝えておく。『漁火』で自殺した男の身元はまだ判明してないんだが、上着の襟《えり》の中に乱数表とハングル文字で書かれたメモが縫《ぬ》い込んであったよ」

「それでは、やはり北朝鮮の工作員でしょう」

「ああ、おそらくね。おおかた男は小舟《こぶね》かゴムボートで能登《のと》半島あたりから密入国して、日本で特殊工作をしてたんだろう。残念ながら、藤浪智久らしい男の行方《ゆくえ》は不明だ」

麻生が悔しげに告げた。

「麗子の思想関係も調べていただけました？」

「調べたが、過激派や北朝鮮の情報機関との繫《つな》がりはまったくなかったよ。麗子は藤浪らしい男と深い関係になって、逃亡の手助けをしてただけのようだ」

「いい情報をありがとうございました」

「プーニン大統領の一行は、もう都庁に着いたかね？」

「まだ確認していませんが、多分、もう到着してると思います」

郷原は答えた。

「こちらに入った情報によると、一台目のベンツにはプーニン大統領、ボリス・クリムスキー、ニコライ・キーリー大使の三人が乗っているはずだ。大使自身がハンドルを握ってる」

「後続のベンツには、大使館付きの武官が乗ってるんですね？」

「そうだ。ひとりはプルジェニコフ、もうひとりはミクラニアンという名だよ。二人とも優秀な武官らしい」

「何か動きがありましたら、ご報告します」

「そうしてくれたまえ」

麻生警視正の声が途絶《とだ》えた。

郷原は宇津木にヘリコプターを新宿中央公園に向けさせた。

数分後、機は広場に舞い降りた。虹《にじ》の橋の近くだった。

郷原はヘリコプターをその場に待機させ、第一本部庁舎に接近していった。自動小銃は機の中に置いたままだった。

郷原は、都民広場の手前で立ち止まった。

渡り通路の柵《さく》越しに、半円形の都民広場を眺め下ろす。五千平方メートルの広さだ。

陽動班のメンバーが、しきりに動き回っている。

しかし、敵の監視は挑発に乗る気配は見せない。警察の陽動作戦は見抜かれてしまったのか。

郷原は陽動班の班長に無線で様子を訊《き》いた。

やはり、不安は的中した。作戦の練り方が少々、甘かったようだ。

失望はしたが、落胆はしなかった。知恵を絞れば、必ず救出の方法はあるはずだ。

郷原は、ここでしばらく犯人側の動きを探《さぐ》ることにした。

午後七時五十八分

三つの人影が見えた。

郷原は人影を凝視《ぎょうし》した。プーニン、クリムスキー、キーリーの三人だった。

二人のロシア人武官の姿はない。ベンツの中で待機しているのか。

大統領たち三人は都庁通りの下を潜《くぐ》り、第一本部庁舎の表玄関に向かっていた。玄関には、武装した二人の男が立っていた。

平馬と永松だった。

永松が何か大声で喚《わめ》いた。キーリー大使が立ち止まった。プーニン大統領とクリムスキー秘書官の二人が駆け足で、玄関に走り入った。

郷原は電子麻酔銃を構えたが、撃つチャンスはなかった。

「わたしも中に入れてください」

キーリー大使が日本語で叫んだ。

次の瞬間、永松が威嚇《いかく》射撃した。二発だった。キーリー大使が慌《あわ》てて都民広場の方に逃げた。郷原は渡り通路を中腰で走り、都議会議事堂の脇から都民広場に降りた。

少し待つと、キーリー大使がやってきた。

郷原は大使に低く話しかけた。

「なぜ、あなただけ追い返されたんです？」

「誰なんですか、あなたは⁉」

キーリー大使が足を止め、訝《いぶか》しそうに訊いた。郷原は身分を明かした。

「困ります。犯人グループにあなたのことがわかったら、大統領と令嬢は殺されてしまうかもしれません。それから、都知事もね」

「敵が人質を殺すことはないと思います。それに犯人たちを刺激しないよう、慎重を期して行動します。ですから、ご安心ください」

「しかし、警察は大統領令嬢の救出に……」

「そのことでは、ご迷惑をかけました。それより、どうして大使だけが追い返されたのでしょう？」

「わかりません。わたしには、わかりません」

キーリー大使が大きく首を振った。

「ナターシャさんは、庁舎のどこに？」

「それもわかりません。でも、元気なようです。大統領はほんの少しだけ、お嬢さんと電話で話すことができたんです」

「犯人グループの要求は？」

「大統領が択捉《イトルップ》、国後《クナシル》、歯舞《マールイ》、色丹《クリルスエキ》の四島返還書にサインすれば、ナターシャ嬢と増井知事をすぐに解放すると言っています」

「もう一つの要求は、どうなったんです？」

郷原は訊いた。

「大統領は亡命を希望している十八人の核研究者の出国を認めました。彼らはきのう、特別機で北京《ペキン》に向かいました」

「北京経由で、北朝鮮入りするんですね？」

「そういうことになっていたのですが、ロシア領空内で機内に潜《ひそ》んでいた退役軍人たちにハイジャックされて、特別機は国境の近くで着陸させられました。亡命希望者たちがどこに連れていかれたのかは不明です」

大使が言った。

「そうですか」

「モスクワの防諜局の調査によると、ハイジャック犯の背後にはマフィアの影がちらついているようなんです」

「そのマフィア名を教えてください！」

郷原は怒鳴るように言った。キーリー大使は一呼吸してから、小声で答えた。

「『錆《カロージメタル》』という組織で、構成員は百人前後です。彼らは主に石油、金などの地下資源を西側に横流ししていますが、独立国家共同体《CIS》の国々から核ミサイルやＡＫＳ74突撃銃などを買い付けて闇取引もしているようです。モスクワ郊外にある秘密倉庫には、旧ソ連製の銃器が三万挺も隠してありました」

「三万挺も!?」

「そうです。それらはカザフスタン、キルギスタン、タジキスタンなどで買い集めたものです」

「で、『錆《カロージメタル》』のボスは誰なんです？」

郷原は話題を本題に戻した。

「元KGB《カーゲーベー》職員のセルゲイ・ショーロホフと言われています。しかし、おそらくショーロホフはダミーでしょう。真の黒幕は、新しい特権階級《ノーメンクラツーラ》の誰かだと思います」

「思い当たる人物は？」

「いません」

「そうですか。ところで、犯人側は大統領の随行員を指名したのでしょうか？」

「いいえ。ただ、日本語がわかる秘書官と指定されたんで、大統領はボリス・クリムスキーを選んだのです」

大使が言った。

「クリムスキー氏が日本の暴力団の組長とつき合いがあることをご存じですか？」

「まさか!?　冗談でしょ？　ボリスは呆《あき》れるほど真面目《まじめ》な人間です。彼が、やくざとつき合うはずはありません」

「参考までにうかがうんですが、クリムスキー氏の従兄《いとこ》のピョートル・アレクサンドロヴィッチ氏をご存じでしょうか？」

郷原は訊いた。

「ええ、知っています。穏《おだ》やかな方で、なかなかの人格者です。なぜ、彼のことを……」

「それよりも、これから大使はどうされるのですか？」

「さっき発砲した男が大使館に戻れと言っていましたので、ひとまず公邸に戻るつもりです。何か指示があるのでしょう。くどいようですが、絶対に犯人たちを刺激しないでくださいね」

「わかりました」

「警察が第一本部庁舎を包囲したら、彼らは東京の上空からVXという神経ガスを撒《ま》くと言っています」

「それは、旧ソ連軍が開発した化学兵器《ケミカル・ウェポン》の一種でしたね？」

「そうです。脳や目の神経がやられて、皮膚癌《ひふがん》を誘発する毒ガスですよ」

キーリーが言った。

大使の口ぶりから察すると、どうやらロシア人も事件に絡《から》んでいるようだ。それだから、ロシア側は日本政府に対して強硬な姿勢はとれないのだろう。VXを手に入れることのできるロシア人となると、マフィア関係の人間に限られそうだ。

キーリー大使が一礼して、足早に立ち去った。

郷原は都議会議事堂の正面に歩を進めた。暗がりに、五十嵐と轟が潜んでいた。郷原に気づくと、五十嵐が急ぎ足で近寄ってきた。

「少し前に麻生警視正から無線連絡がありまして、奥村貞成と悠樹の父子が都庁に現われるかもしれないので、保護するようにとのことでした」

「どういうことなんだ？」

「奥村父子は、犯人グループの説得を申し出たらしいんですよ。もちろん、丁重に断ったそうですが」

「わかった。もし奥村父子を見つけたら、必ず保護してくれ。支援の各班もそのことは」

「伝達しました」

「そうか。それじゃ、おまえたちは……」

郷原は、二人の部下を第一本部庁舎の裏側に回り込ませた。裏の非常口の様子を偵察に行かせたのだ。

郷原自身は抜き足で、都民広場に移動した。

暗がりに潜み、第一本部庁舎の表玄関をうかがう。見張りは三人だった。平馬と永松に、別の男が加わっていた。

二十代の後半だろう。初めて見る顔だった。

午後八時三十三分

不意に靴音が聞こえた。

都庁通りのほぼ真下だった。人影は二つ見えた。奥村貞成と息子の悠樹だった。

郷原は緊張した。

二人は小走りに走っていた。

九十一歳の奥村貞成はテレビや新聞で見るよりも、だいぶ若々しい。面長で、端整な顔立ちだ。中肉中背だった。髪の毛は、ほとんど白かった。

冷血漢どもを説得するのは、無理な注文だ。愚かなことを考えたものだ。

郷原は都民広場に飛び出した。

奥村父子が立ち止まり、おずおずと振り返った。

「警視庁の者です。二人とも待ってください。犯人たちは、あなた方の説得に応じるような連中ではありません。あまりにも危険です」

「しかし、このままでは人質たちが危ない」

父親のほうが口を開いた。

「人質の救出は、われわれに任《まか》せてください」

「どうか犯人たちに会わせてください。根気よく説得すれば、きっと彼らだって、人質を解放する気になるでしょう。わたしには自信があるんだ」

「早くこちらに来てください！　来るんだっ」

郷原は大声で促《うなが》した。

それを振り切るように、奥村父子が表玄関に向かって走りはじめた。

玄関のオートドアが開き、永松が外に出てきた。永松は、いきなり父子の腹部に拳銃弾を浴びせた。郷原には防ぎようがなかった。四十五口径の拳銃だった。

父子が前屈みに倒れた。郷原はベレッタを引き抜くなり、永松の腿《もも》を狙った。命中した。

永松が横倒れに転がった。

すると、平馬が躍《おど》り出てきた。ドラムマガジン付きの軽機関銃を抱えていた。

軽機関銃が銃口炎《マズル・フラッシュ》を吐きはじめた。全自動《フルオート》の扇撃《ファンニング》ちだった。

郷原はコンクリートに腹這《はらば》いになった。ベレッタを構えたが、撃ち返さなかった。

いま、銃撃戦をするわけにはいかない。

平馬たちが、血まみれの奥村父子を庁舎のロビーに引きずり込んだ。被弾した永松も、いつの間にかロビーの奥に逃げ込んでいた。

なぜ、加害者たちは奥村父子をわざわざ庁舎内に引きずり込んだのだろうか。

郷原は首を傾《かし》げた。

少しでも人質の数を増やしたいのか。しかし、傷ついた人質では足手まといになるだけだろう。なんとも不可解な行動だった。

第一本部庁舎の両側から、五十嵐と轟が姿を現わした。二人は、すぐに平馬に銃弾を見舞った。

明らかに、威嚇射撃だった。

平馬は悠然としていた。数秒後、屋上から榴弾《グレネード》が襲ってきた。敵のロケット・ランチャーは三挺だった。

本部庁舎前の路面が穿《うが》たれ、クレーターのようになった。爆風も凄まじかった。

「ひとまず退《さ》がろう」

郷原は怒鳴った。

三人は都庁通りのコンクリート支柱の裏側まで突っ走った。陽動班のメンバーも、大きく後退していた。

午後九時四分

リフターが上昇しはじめた。

自動窓拭《ふ》き機には、超小型ビデオカメラが取り付けてある。胃カメラほどの大きさだ。

リフターは常設されているもので、ほとんど目立たない。

棒に近い形状だった。犯人グループが窓辺に寄らなければ、まず気づかれる心配はなかった。

郷原は第一本部庁舎の南側外壁にへばりついて、遠隔操作器《リモート・コントローラー》を手にしていた。

足許には、十二インチのモニターがある。六階で、リフターを停《と》めた。報道課の記者クラブのテレビは点けっ放しだったが、無人だった。

七階の知事室には、増井都知事がいた。

七十近い知事は応接ソファに坐り、両手を額《ひたい》に当てていた。怯《おび》えよりも、疲労の色が濃い。

そのかたわらには、リボルバーを握った二十八、九歳の男が立っていた。男は後ろ向きだった。背恰好《かっこう》に見覚えはなかった。

八階と九階の防災センターは、明かりが灯《とも》っていない。十階の中央コンピューター室には、二人の男がいた。どちらも初めて見る顔だった。

大統領は、どの部屋にいるのか。

郷原はリフターを各階ごとに停めた。

三十一階まで無人だった。もっとも、窓のない部屋もたくさんある。敵や人質がそういう部屋にいる可能性もあった。

三十二階の職員食堂には、犯人グループの二人がいた。

二人とも二十代の半《なか》ばで、暴力団員ふうだった。男たちはテーブルの上にそれぞれ短機関銃を置き、がつがつとカレーライスを搔き込んでいた。食堂の残りものだろう。

三十三階の特別会議室には、永松がいた。元悪徳刑事はテーブルの上に仰向《あおむ》けになって、仲間の手当てを受けていた。二人のほかに人影はない。

左の腿は鮮血で染まっていた。郷原が与えた銃創《じゅうそう》だ。左脚の付け根にはスポーツタオルが巻かれていたが、ほとんど止血《しけつ》の役目を果たしていない。

タオルは真っ赤だった。卓上の血溜《だ》まりは、だいぶ大きかった。

郷原はリフターを上の階に押し上げた。

そのとき、五十嵐が小走りに走り寄ってきた。

「電話外線に盗聴器を直結しました」

郷原は無言でうなずいた。

五十嵐が輸出用ＦＭラジオのレシーバーをつけた。電話が通話状態になると、自動的に盗聴器が作動する。

音声電流は電波化され、ＦＭの周波数で受信できるわけだ。周波数を八十八メガへルツから百八メガヘルツに合わせれば、ほぼ確実に盗聴できる。

郷原は、奥村父子の怪我《けが》が気になった。

二人が腹部を撃たれてから、三十分は過ぎていた。内臓損傷は命取りになる。

運が悪ければ、間もなく失血死してしまうだろう。郷原は一刻も早く二人を救急車に乗せてやりたかった。

リフターは四十五階に達した。南展望室と喫茶コーナーのあるフロアだ。

カメラが、七、八人の人間を捉《とら》えた。展望室の中央に円形の喫茶コーナーがあり、十数卓の円形テーブルが置かれている。

プーニンとボリス・クリムスキーが向き合って坐っていた。

ナターシャは父親の隣にいた。うつむいている。大統領は娘の肩に片腕を回していた。人質の近くには、三浦、古谷、平馬の三人がいた。

北側にある銀色のカウンターに凭《もた》れかかっているのは、ラジコン模型機を操《あやつ》っていた男たちだ。三人の男たちはガムを嚙《か》んでいた。

郷原は、頭の中で犯人グループの人数を数えはじめた。

出入口の監視は、十三人いた。七階の知事室に一人、十階の中央コンピューター室に二人、三十二階の職員食堂に二人、三十三階の特別会議室に負傷した永松と他一人、四十五階の展望室には三浦、古谷、平馬のほかに、ラジコン・ハンドラーが三人いた。

視認《しにん》できたのは、総勢で二十六人だった。

郷原は無線で確認できた犯人グループの人数を、二人の部下や各班の責任者に伝えた。

喫茶コーナーの天井は、円盤形だった。内側に方位が漢字と英語で記《しる》されている。淡いクリーム色の壁に、何か映像のようなものがちらつきはじめた。

北側だった。南側には、プロジェクターがあった。映《うつ》し出されているのは、ナターシャのレイプシーンだった。ムービーカメラで撮影されたものらしい。

犯人たちは、あの映像を脅《おど》しの材料にして大統領にサインをさせる気なのだろうか。

郷原は、卑劣で残忍な犯罪者たちに激しい怒りを覚えた。

プーニンが淫《みだ》らな映像を指さして、何か叫んだ、憤《いきどお》りで、全身を震《ふる》わせていた。

クリムスキー秘書官が三浦たちに抗議した。三浦たち三人は、せせら笑っただけだった。

プーニンが絶望的な顔つきで、大きく肩を竦《すく》めた。秘書官も肩を落とした。

ナターシャが両手で顔を覆《おお》って、泣きはじめた。

そのときだった。カウンターの陰から、奥村貞成と悠樹が現われた。二人とも、腹から膝あたりまで血に染まっていた。

しかし、表情に苦悶の色はない。歩き方も怪我人のようではなかった。

郷原はわけがわからなかった。

奥村父子がプーニンのいる席に着いた。三浦たちは咎《とが》める様子もなかった。奥村父子は着脹《きぶく》れしていた。

あの二人はワイシャツの下に防弾チョッキを着込んでいるのかもしれない。そうだとしたら、狂言の疑いがある。

郷原のなかに、そんな思いが芽生《めば》えた。

奥村貞成が険《けわ》しい顔で、プーニンを烈《はげ》しく罵《ののし》りはじめた。唇の動き方から見て、ロシア語のようだった。プーニンが何か言い返した。

と、『三協物産』の会長がバックハンドでロシア大統領の頬を張った。

プーニンは椅子ごと倒れた。

ナターシャが泣き熄《や》み、父親を抱え起こした。

クリムスキー秘書官が中腰になって、奥村貞成の両腕を押さえた。奥村悠樹がクリムスキーを椅子に押し戻し、テーブルの下からファイルのようなものを摑み上げた。

何通かの書類が挟《はさ》まれている。

大統領と娘が元の椅子に坐った。父娘《おやこ》の目は憎悪で暗く燃えていた。

奥村悠樹がファイルを開き、プーニン大統領の前に置いた。

プーニンは腕を組んで、大きく首を振った。クリムスキーが執《と》り成《な》しかけて、諦《あきら》め顔になった。

奥村悠樹が振り返り、三浦たちに何か言った。

すぐに平馬と古谷が立ち上がった。平馬は、両端に竹筒の柄《え》のついた絞殺具を手にしていた。

柄と柄を繋いでいるのは、ピアノ線のようだ。

元第一空挺団員だった古谷は、コルト・パイソンを握り締めていた。銃身は銀色だった。

古谷が撃鉄を起こし、銃口をクリムスキーのこめかみに突きつけた。平馬はプーニンの後ろに回り込むなり、素早くピアノ線らしきワイヤーを大統領の喉《のど》に喰《く》い込ませた。

首謀者は奥村父子だったのか。

郷原は虚を衝《つ》かれたような気持ちだった。

しかし、父子に不審な点がないわけではなかった。奥村貞成がロシアびいきであることは、つとに知られていた。だが、ナターシャを個人的に日本に招くというのは妙な話だった。招待しておきながら、本人は令嬢に同行していない。

また、息子の悠樹にしても、初島での人質救出時の取り乱し方がどこか芝居がかっていた。

プーニンが苦しげに何か訴えた。

平馬が手の力を抜いた。奥村悠樹が何か言って、プーニンに万年筆を差し出した。

ロシア大統領がペンを受け取り、書類に目を落とした。

そのとき、古谷がひょいと窓の方を見た。

郷原はリフターを上の階に移した。

四十六階から四十八階までは機械室だった。人の姿はなかった。

犯人グループは視認できた二十六人とヘリコプターのパイロットだけなのか。それとも、庁舎内に視認できなかった者が、まだまだいるのか。

数分経《た》ってから、郷原はリフターを四十五階まで降ろした。

南側展望室の明かりは消えていた。モニターの画面は真っ暗だった。

古谷が小型ビデオカメラに気づいたのか。不安が湧《わ》いた。

郷原は自動窓拭き機を降下させはじめた。

それから間もなく、轟が駆け寄ってきた。

「ケタミンのボンベをヘリに積み込みました」

「そうか」

「ただ、三十キロのボンベですから、六本しか載《の》せられませんでした。宇津木パイロットは、必要な分だけピストン輸送すると言ってます」

「わかった」

「すぐに作戦を開始しますか？」

「いや、もう少し待とう。まだ出入口を突破できないと決まったわけではない」

郷原は言った。屋上にある空調装置の空気取入れ口から、濃縮された麻酔ガスを注入するのは最後の手段にしたかった。

麻酔注射なら、わずか四ミリリットルのケタミンでライオンや虎を眠らせることができる。しかし、気体化した場合は鼻から吸引させなければならない。展望室は、だだっ広かった。

しかも、エアダクトは各階に繋がっている。展望室だけに麻酔ガスを送り込むことはできなかった。理論上の計算では、第一本部庁舎の各階にガスが行きわたるのに何時間もかかる。

どこかの階で排気装置が作動していれば、送り込んだ麻酔ガスは、そこから建物の外に吐き出されてしまう。また、人質の誰かが麻酔アレルギーということも考えられる。そうしたことを考慮すると、すぐに実行するわけにはいかなかった。

郷原たちは屋上から命綱を使って、エアダクトを下《くだ》ることも考えてみた。

しかし、屋上には敵の見張りがいるにちがいない。その男を倒したとしても、展望室に突入する前に覚《さと》られるかもしれなかった。

窓から庁舎に躍り込む方法も、むろん考えた。

しかし、ヘリコプターは使えない。ロック・クライマーのように、壁面をよじ登ることも難しいだろう。壁面をよじ登ることのできるレンジャー隊員は何人かいた。しかし、ビル風《かぜ》に体を掬《すく》われる危険があった。

自動窓拭き機の荷重は、十数キロだった。

乳児ならともかく、大人がリフターにぶら下がることはできない。安全性を考えると、見張りを取り押さえ、屋上のドアを含めた十カ所の出入口のどこかから突入する方法がベストだ。しかし、どこも銃器を持った男たちが見張っていた。

五十嵐が顔の汗を拭きながら、問いかけてきた。

「キャップ、プーニンたちは何階に？」

「四十五階にいた。そこで、妙な光景を見たんだ」

郷原は奥村父子のことを詳《くわ》しく語った。口を結ぶと、轟が言った。

「奥村父子は何か企《たくら》んでますね」

「そう思って間違いないだろうが、裏付け《ウラ》を取らないとな。ちょっとここにいてくれ」

郷原は遠隔操作器《リモート・コントローラー》を轟に渡し、第一本部庁舎の表玄関に走った。

ロビーには二人の男がいたが、何か話し込んでいた。郷原は奥村父子が撃たれた場所まで匍匐《ほふく》前進し、血溜まりにペンライトを近づけた。もちろん、光は手で囲った。

血糊《ちのり》の中には火薬の滓《かす》のほかに、糸屑《いとくず》のようなものが何本か混じっていた。郷原はそれを指先で掬い取って、仔細《しさい》に観察した。紛《まぎ》れもなく、アラミド繊維だった。

奥村父子が防弾胴着《ボディーアーマー》を着用していたことは、もはや疑いようもない。防弾胴着《ボディーアーマー》は市販されている。入手は簡単だ。

黒幕の奥村父子は捜査の目を逸《そ》らす目的で、わざわざ永松に至近距離で撃たせたのだろう。

防弾胴着《ボディーアーマー》の中には、予《あらかじ》め採《と》っておいた自分の血をビニール袋にでも入れて仕掛けておいたにちがいない。しかし、銃創がなかったら、いずれ怪しまれることになる。おおかた奥村貞成と悠樹はプーニンに要求を呑ませた後、火薬量を少なくした実包で誰かに腹を撃たせるつもりなのだろう。それも銃弾の勢いを殺《そ》ぐ必要から、かなり離れた場所から撃たせる気でいるのではないか。

二人とも、たいした役者だ。

郷原は口を歪《ゆが》めた。欺《あざむ》かれた怒りが胸の底から噴き上げてきた。

奥村父子はプーニンになんのサインを求めたのか。北方領土に怪しい影は、依然として近づいていない。

ファイルに挟まれていた書類は、北方四島の返還書の類《たぐい》ではなさそうだ。おそらくロシア大統領個人で決裁できる事柄を要求したのだろう。

郷原はそう直感したが、具体的な事柄は思い浮かばなかった。轟のいる場所に戻り、血の中からアラミド繊維を発見したことを告げた。

「キャップ、首謀者は奥村父子に間違いありませんよ。奥村貞成も悪党だな。日ロ友好親善協会の会長を務《つと》めてロシアびいきを装《よそお》いながら、プーニン父娘《おやこ》をさんざん嬲《なぶ》ったんですからね」

「奥村はシベリア抑留《よくりゅう》時代に他人《ひと》には言えないような屈辱的な体験をさせられたのかもしれない」

「待ってください、キャップ。七十年も昔の恨《うら》みを晴らすため、奥村貞成はこんな大それた事件《ヤマ》を引き起こしたって言うんですか？」

轟は合点《がてん》のいかない顔つきだった。

「復讐心もあったかもしれないが、大きな動機は欲得だろうな」

「欲得といえば、『三協物産』は確かロシアとの合弁会社をハバロフスクに持ってます。ハバロフスクには、日ロの合弁会社が三十四、五社あるんです」

「どの商社も、ロシアの地下資源に目をつけてるんだな？」

郷原は確かめた。

「ええ、そうです。石油、天然ガス、金、ダイヤモンドなどの宝庫ですからね、シベリア大陸は。日本の商社だけではなく、欧米の大企業もロシアの地下資源を狙ってますよ。ビジネスが成功すれば、一攫千金《いっかくせんきん》も夢ではありません」

「しかし、日本の商社や合弁会社の出資者は、貿易代金を回収できなくて頭を抱えてるって話じゃないか」

「それは事実です。なにしろ、ロシア経済はどん底状態ですからね。日本企業が抱えてる貿易債権額は約十五億ドルです。そのうちの大手商社の未収金三億三千万ドルについては、メガバンクが肩代わりしてます。しかし、中堅商社や日ロ合弁会社の共同出資者は、売掛金や役員給与をそっくり踏み倒されてる恰好です。そんな目に遭《あ》ってる連中は、腹を立ててるでしょうね」

轟が言った。一つに束《たば》ねた長い髪は、少しほつれていた。

「奥村の会社は、ロシアとどんな合弁会社を？」

「水産加工の会社だったと思います。ロシアで獲《と》れた鮭《さけ》や蟹《かに》を缶詰にしてるようですけど、漁業公団の幹部職員たちは多額のリベートを要求しているようですから、赤字経営でしょうね」

「そんなことで、奥村は赤字分を別の何かで埋め合わせる気になったんだろう。もしかしたら、ロシア大統領がビジネス面で何か絶大な権限を持ってるものがあるんじゃないのか？」

郷原は訊いた。轟が数秒してから、にわかに顔を明るませた。

「あっ、ありますよ！　ロシアの大統領令によると、金やダイヤモンドを含む貴金属の管理全体がプーニンに委《ゆだ》ねられ、政府の売却計画に盛り込まれた以外のあらゆる貴金属の売却は大統領個人の権限で決定できるんです」

「そういう大統領令があったのか」

「ええ。ロシア国内には、そうした貴金属ビジネスの中央管理化に反対する声も高いから、その大統領令がいつまで保《も》つかわかりませんけどね。それまでプーニンはロシアで産出された貴金属をどこの誰に売っても問題ないわけです。値段も大統領が勝手に決められるんですよ」

「それだ！」

郷原は長身の部下の肩口を叩いた。

轟は意味がわからなかったらしい。わずかに首を傾げた。

「奥村貞成と息子は、大統領のその権限に目をつけたんだろう。『三協物産』は、ロシアとの合弁会社を持ってる。ロシアン・マフィアは地下資源を西側に横流しして、甘い汁を吸ってきたんだろう。そんなことで、奥村父子は『錆《カロージメタル》』と繋がりができる。おそらく奥村父子は、『錆《カロージメタル》』をダミーの貴金属買い付け業者に……」

「なるほど、そうだったのか。『三協物産』はロシアの金やダイヤモンドを安値で大量に買い付けて、甘い汁をたっぷり吸う気なんですね？」

「大筋は間違ってないだろう。北方領土の返還要求や核科学者の亡命要求は、やっぱりミスリード工作だったようだ」

郷原は言葉に力を込めた。

「プーニンは、もう貴金属売却に関する契約書にサインしてしまったんでしょうか？」

「ああ、十中八九《じゅっちゅうはっく》は……」

「しかし、こういう状況で強《し》いられたサインは無効でしょ？」

「おそらく奥村父子は、有効にするための手立ても講じたはずだ」

「たとえば、どのような？」

「ナターシャのレイプシーンを全世界に流すと脅せば、大統領も逆《さか》らうことはできなくなるだろう」

「くそっ」

「おそらく実行犯グループに加えた『聖狼の牙』に核科学者の北朝鮮への亡命を要求されたか、その話で藤浪たちを釣って仲間に誘い込んだんだろう。過激派の残党どもはロシアの核研究者たちの亡命を手柄にして、本気で北朝鮮に逃げる気だったにちがいない」

「『漁火』って小料理屋で自殺した男が、藤浪たちを密出国させることになってたんでしょうかね？」

轟が問いかけてきた。

「そうだったと考えられるな。だが、奥村父子は本気でロシアの核研究者たちを北朝鮮に亡命させる気なんかなかった。つまり、『聖狼の牙』の残党は利用されただけってわけだ」

「そういうことなら、『聖狼の牙』の大林が何者かに爆殺された説明もつきますね。大林は首謀者の命令で消されたんでしょう」

「おそらくな。奥村父子は、いずれ藤浪も始末する気なんだろう。そして、奥村貞成と実行犯たちを直《じか》に動かしてたと考えられる本間義之との間には、必ず何か接点があるはずだよ」

郷原は言った。

「二人の共通点は、シベリア抑留体験ですね。奥村貞成は、本間義之の上官だったんでしょうか？」

「それはわからんが、いずれにしても何か強い繋がりがあるな。それで本間は実行犯グループを集め、そいつらに武器を与えたんだろう」

「本間は、ボリス・クリムスキーとつき合いがあります。そうか、それで犯人グループは旧ソ連製の銃器を持ってたんですね」

「クリムスキーが犯人グループに加担してる疑いも濃いな。犯人グループはニコライ・キーリー大使を追い返したが、クリムスキーはプーニンと一緒に第一本部庁舎内に入れてる」

「そうですね。キャップ、ボリスの従兄のピョートル・アレクサンドロヴィッチがマフィアの黒幕ってことは考えられませんか？」

轟が訊いた。何やら自信ありげな口調だった。

「キーリー大使の話によると、その男は人格者らしいんだ」

「しかし、わかりませんよ。ロシアン・マフィアのボスどもは、どいつも紳士面《づら》してますからね。それに、実際、元KGB《カーゲーベー》職員がたくさんマフィア要員になってるんです。一度、その男の情報を集めてみたほうがいいと思うな」

「そうしよう。ところで、旧ソ連軍のVXという毒ガスに精《くわ》しいか？」

郷原は問う。

「少しは知ってます。二十数年前にロシアの毒ガス工場は次々に閉鎖されたんですが、それ以前は、どこも盛んにVXを製造してました。チュバシ共和国にあった最大の毒ガス工場は、総量約一万五千トンのVXを製造してましたよ。それは、世界人口の三百倍相当の致死量です。ロシア全体に貯蔵されてる各種の毒ガス総量は、約四万トンです」

「未処理の毒ガスが、そんなにあるのか!?」

「ええ。解体・処理の費用が日本円にして、約六百億円もかかるんですよ。いまのロシアに、そんな巨額の費用は捻出《ねんしゅつ》できません」

「だろうな」

「それで失業中の元軍人たちが放置されてる毒ガスを工場から盗み出して、それをマフィアに売ってるんです。マフィアどもは毒ガスをイラクやリビアなんかに売り捌《さば》いてました。ＶＸの密売は、数グループのマフィアだけしかやれないんですよ」

轟が説明した。

そのすぐ後、無線に耳を傾けていた五十嵐が言った。

「犯人グループが増井都知事を使って、救急車を二台呼びました。奥村父子の出血がひどいようです」

「奥村父子は、わざと撃たせたのさ」

「えっ、どういうことなんです!?」

「トリックを使ったんだ」

郷原は謎解きをし、すぐに言い重ねた。

「それはそうと、突入のチャンスができたな」

「え？」

五十嵐が驚いた表情になった。

「救急隊員に化けて突入するんだよ。都庁職員たちの証言や現場での状況を分析すると、それがベストだ」

「ええ、確かに」

「細かい打ち合わせをしよう」

郷原は二人の部下と役割分担を決め、麻生や支援の各班に連絡を取った。

午後九時十六分

サイレンが近づいてきた。

郷原は道路の中央に立っていた。

議事堂通りだ。新宿駅側に、京王《けいおう》プラザホテルがそびえている。

救急車のサイレンは、新宿三井《みつい》ビルの方から聞こえた。ビルはホテルの左隣にある。

郷原は二人の部下と麻生警視正直属の機動隊員を促して、三井ビルの北の端まで全速力で走った。

極秘戦闘班の三人と機動隊員は、北通りの車道に並んだ。

横一線だった。一般の車は走っていなかった。人影も見当たらない。

二台の救急車が路肩《ろかた》に寄った。

郷原は手前の救急車に駆け寄った。助手席から、中年の救急隊員が降りてきた。小太りの男だった。

「警視庁の者です。本部《うち》から、そちらに連絡が入ってますね？」

「はい、うかがっています。四人分の白衣とヘルメットは後ろに積んであります」

「お借りします。ここで降りていただけますか？」

郷原は頼んだ。

四人の救急隊員は、すぐに車から降りた。

郷原たちは手早く白衣を羽織《はお》り、白いヘルメットを被《かぶ》った。

二台の救急車に分乗する。郷原は機動隊員と前の車のリア・ボックスに入った。

五十嵐と轟は、後ろの救急車に乗り込んだ。極秘戦闘班のメンバー三人は、おのおの電子麻酔銃と拳銃を携行していた。もちろん、防弾・防刃胴着《ボディーアーマー》も身に着けている。

二台の救急車が走りだした。

サイレンの音量は最大だった。ほんのひとっ走りで、二台の救急車は第一本部庁舎正面口に横づけされた。

郷原と機動隊員は敏捷《びんしょう》に車を降り、後ろの救急車に走った。リア・ボックスから、二人の部下が出てきた。二つの担架を持っていた。

怪我人が重い傷を負っている場合は通常、台車付き担架《ストレッチャー》を使用している。あえて台車のない担架を持ってきてもらったのは、いざとなったときに武器になると判断したからだ。

機動隊員を含めた四人は、うつむきがちに表玄関に急いだ。

エントランスロビーには、軽機関銃を持った男が二人いた。

ドアが開けられる。

四人は、広いロビーに入った。正面に総合案内センターがあり、左右にエレベーターとエスカレーターの乗り場があつた。

「四人とも両手を頭の上に乗せろ！　てめえら、刑事《デカ》だろうが！」

男のひとりが軽機関銃を構えた。五十嵐が言い返した。

「何を言ってるんです？　われわれは救急隊員ですよ」

「うるせえ！　こっちは、てめえらの動きをキャッチしてるんだっ」

「警察に内通者がいるんだな」

郷原は、気になっていた疑惑を口にした。

「そういうことよ。早く拳銃を出せ！」

男が喚いた。

郷原は機動隊員を背の後ろに庇《かば》い、二人の部下に目配《めくば》せした。

五十嵐が担架で、男を薙《な》ぎ払う。すかさず足払いをかけた。男は呆気《あっけ》なく床に転がった。武器の落下音は高かった。

郷原は男の手から旧ソ連製の軽機関銃を奪い、麻酔弾を撃ち込んだ。

男が短く呻《うめ》いて、ダーツ弾の埋まった箇所に目をやった。眼球が零《こぼ》れそうだった。

「くそっ！」

もうひとりの男が軽機関銃を構えた。全身に殺意が漲《みなぎ》っている。

男が引き金《トリガー》を絞りかけたとき、轟がピューマのようにしなやかに跳《と》んだ。横飛び蹴りを見舞われた男は体を二つに折ったまま、四、五メートル吹っ飛んだ。

軽機関銃は幸いにも暴発しなかった。

轟は男の腹にダーツ弾を埋めると、転がった敵の武器を拾い上げた。ヘルメットの後ろから垂《た》れた束ねた髪と切れ長の目のせいか、一瞬、轟が女に見えた。あるいは、耳のピアスのためか。

ほどなく二人の敵は意識を失った。

郷原は、機動隊員と掩護《えんご》隊に都知事の救出を頼んだ。

陽動班のレンジャー隊員が十数人、なだれ込んできた。射撃班のメンバーも躍り込んでくる。

郷原たちは展望室直通エレベーターに乗り込んだ。ロシア大統領父娘の救出に急ぐ。

四十秒前後で、目的の階に達した。

ホールに降りると、防災シャッターが降りていた。南展望室の様子はわからない。

三人は足音を殺して、シャッターに近づいた。シャッターの向こうで、人が息を潜めている気配がした。

郷原はエレベーターホールを眺め回した。シャッターの開閉スイッチは見当たらない。

窓寄りに、大きな観葉植物の鉢があった。鉢の周《まわ》りの床には、腐葉土《ふようど》が零れ落ちていた。

郷原は不審に思い、ベンジャミンの鉢に歩み寄った。部下たちが駆けてくる。

腐葉土を掻き分けると、炸薬らしい物が埋まっていた。リード線は見当たらない。

郷原は細心の注意を払いながら、筒の蓋《ふた》を外した。

やはり、爆破装置だった。信管のある場所は、すぐに見当がついた。

郷原は慎重に信管を取り除いた。ひとまず三人は安堵《あんど》し、すぐにシャッターの前に戻った。

「救急隊の者です。怪我人はどこにいるんです？」

郷原はシャッターを拳《こぶし》で叩きながら、大声で問いかけた。

ややあって、三浦繁の怒声が響いてきた。

「遅かったじゃねえか。警察の動きはわかってるんだ。早く庁舎から出ねえと、ぶっ殺すぞ」

「われわれは警察の人間じゃありませんよ。早まったことはしないでください」

「さっさと消えねえと、人質も殺《や》っちまうぜ」

「お願いです。みなさん、帰ってください」

三浦の声に、奥村悠樹の切迫《せっぱく》した声が重なった。

「轟、シャッターにプラスチック爆弾を仕掛けたな」

郷原は片目をつぶって、ことさら大声で言った。

轟がにっと笑い、調子を合わせた。

犯人グループの怒号が熄み、水を打ったように静まり返った。その後、ざわめきが伝わってきた。

「やめろ！　エレベーターホールにも炸薬を仕掛けてあるんだ」

シャッターの向こうで、三浦がうろたえた声で叫んだ。敵はパニックに陥《おちい》った。

三人は顔を見合わせて、ほくそ笑《え》んだ。

「二人とも後ろに退がってろ」

郷原はベレッタで、シャッターのフックの部分を撃ち砕いた。五十嵐がシャッターを押し上げる。

三人は展望室に躍り込んだ。三浦、平馬、古谷の三人が大統領父娘とクリムスキーを楯《たて》にしながら、カウンターの陰に逃げ込もうとしていた。

奥村貞成と悠樹は喫茶コーナーの隅にいた。父子とも床に身を伏せていた。

ラジコン・ハンドラーたち三人の姿は見当たらなかった。ヘリポートで待機しているのか。

三浦たち三人が相前後して発砲しはじめた。

轟が電子麻酔銃で反撃した。一弾目は壁面に当たった。二発目のダーツ弾はカウンターの棚に突き刺さった。

平馬が伸び上がって、自動小銃で掃射しはじめた。全自動《フルオート》だった。

郷原は応戦する気になった。

しかし、ロシア大統領父娘と秘書官が邪魔になって、平馬をシュートできない。もどかしかった。

「撃つな！　撃たないでくれ」

秘書官のボリス・クリムスキーが怒鳴った。

流暢《りゅうちょう》な日本語だった。プーニン大統領は娘にのしかかるような感じで、じっとうずくまっていた。

不意に古谷が煙幕弾を放った。

白煙が雲のように湧き、あたり一面に拡がった。

郷原たちは一瞬、厚い煙幕に閉ざされた。

三人は煙幕を払い、目を忙《せわ》しく動かした。郷原の目に、犯人たちの後ろ姿が見えた。逃げる気になったようだ。

「轟はここにいろ。五十嵐、おれに従《つ》いて来い！」

郷原は両手で軽機関銃を摑んで、勢いよく立ち上がった。さきほど敵から奪ったものだ。

五十嵐が自動拳銃のスライドを引きながら、すぐに追ってきた。

三浦たちは三人の人質を楯にして、階段の登り口に向かっていた。エレベーターは四十五階までしかない。ヘリコプターで逃げるつもりなのだろう。

どんじりの古谷が踊り場で振り向き、旧ソ連製の突撃銃で扇撃《ファンニング》ちしてきた。

ぶちまけられた小口径弾がステップに着弾し、大きく跳《は》ねた。跳弾《ちょうだん》が郷原と五十嵐の頭上を掠《かす》めた。

古谷は仲間とだいぶ離れていた。

「脚《あし》を狙え」

郷原は五十嵐に言って、ＲＰＤを吼《ほ》えさせた。

少し遅れて、五十嵐も拳銃弾を放った。郷原の撃った弾が、古谷の右脚に命中した。

古谷は前にのめった。すぐに撃ち返してくる。

郷原と五十嵐は身を伏せた。

その隙に、古谷は階段を駆け上がっていった。右脚を引きずっていた。

郷原たちは追った。

四十八階に上がる前に、軽機関銃の弾倉は空《から》になった。郷原はRPDを捨て、ベレッタをホルスターから引き抜いた。

犯人たち三人が人質を連れて、屋上に出た。

郷原たちも屋上に躍り出た。その瞬間、三人の男が短機関銃や軽機関銃の銃口を向けてきた。ラジコン模型機を操作していた連中だ。

郷原と五十嵐は身を低くした。

ヘリポートには、シコルスキーが駐機していた。すでにローターは回転している。

三浦、平馬、大統領父娘、クリムスキーの五人は、機の中にいた。

古谷が仲間のラジコン・ハンドラーたちを背後から撃ち、慌ただしくヘリコプターに乗り込んだ。古谷に撃たれた三人は倒れたきり、誰も動かない。

「仲間を殺《や》るなんて……」

五十嵐が呻くように言った。

シコルスキーが、ほぼ垂直に舞い上がった。

郷原はヘリポートまで走った。遮蔽物《しゃへいぶつ》は何もない。ヘリコプターから狙い撃ちされる恐れもあったが、怯《ひる》まなかった。

シコルスキーは、早くも高度五百メートルのあたりまで上昇していた。航空隊のヘリコプターは、新宿中央公園に待機中だ。

公園に走っても、徒労に終わるだろう。

郷原は体を反転させた。五十嵐が屈み込んで、倒れた男たちを覗き込んでいた。

「生きてる奴は？」

「いません。三人とも死人《マンジュウ》になってます」

「くそっ。展望室に戻ろう」

郷原は先に四十八階のフロアに降りた。

二人が四十五階に戻ると、奥村父子は喫茶コーナーの椅子に腰かけていた。そのそばに、轟が立っている。

郷原は『三協物産』の会長と専務に黙って歩み寄った。立ち止まると、奥村悠樹が口を開いた。

「あ、ありがとうございます」

「…………」

「こうして生きていられるのは、みなさんのおかげだ」

奥村貞成も頭を下げた。

九十一歳にしては、肌が若々しかった。顔の染《し》みも少ない。

「もう芝居はやめろ」

郷原は奥村父子の顔を等分《とうぶん》に睨《ね》めつけた。

すると、息子のほうが苦しげに喘《あえ》ぎながら、抗議口調で言った。

「そ、それはどういう意味なんですか？」

「あんたたち二人が一連の事件の首謀者だなっ」

「ばかなことを言わないでください。父もわたしも誘拐犯グループに撃たれたんですよ。あ、あなた、見てたでしょう。ほら、ここを撃たれたんです」

奥村悠樹が血に染まったワイシャツと肌着をたくし上げた。父親の貞成も、銃創を見せた。

二人の脇腹には、間違いなく銃創があった。しかし、射入孔は小さい。弾は完全に貫通していた。

郷原は奥村父子に鋭く言った。

「どっちも二十二口径の銃創だな。永松慎吾は四十五口径の拳銃で撃った。それに、あの角度なら、二人とも鳩尾《みぞおち》のあたりを撃たれてるはずだ」

「そんなのは、あなたの妄想だ。現に父もわたしも、こうして撃たれてるじゃないかっ」

奥村悠樹が勢いよく立ち上がって、声を張った。すぐに彼は自分の迂闊《うかつ》さに気づいたらしく、崩れるように椅子に腰を戻した。

郷原は父子に言った。

「防弾チョッキは逃げた三浦たちに持たせたようだな。どうせ、ついでにプーニンにサインさせた書類も奴らのひとりに預けたんだろう」

「書類って、なんだね？」

奥村貞成が訊いた。作り声ではなかった。

「あんたは息子と共謀して、プーニンに貴金属売却契約書の類にサインさせたなっ」

「な、何をくだらんことを言ってるんだ。話にならん」

「プーニンとナターシャは、老やくざの別荘にでも監禁するつもりなのか！」

郷原は声を高めた。奥村貞成の目に、狼狽《ろうばい》の色が一瞬だけ浮かんだ。

「老やくざ!?　誰のことなんです？」

息子の悠樹が問いかけてきた。

「本間義之のことだ。関東誠友会のナンバーツーで、あんたの父親の旧友さ。多分、本間はあんたの父親と同じ収容所にいたんだろう。本間は何か理由《わけ》があって、三浦たち実行犯を駆り集めたようだな」

「父もわたしも、そんな人物とは会ったこともありませんよ」

「シベリアで何があったんだ？」

郷原は、父親に問いかけた。

奥村貞成の骨張った肩が、びくっとした。口を開こうとはしなかった。明らかに、うろたえている。目を逸らしたきり、視線を合わせようともしない。

郷原は、奥村貞成と本間の間に特別な何かがあったことを確信した。

「キャップ、おふた方をそろそろ中野の東京警察病院にご案内しましょうよ」

五十嵐がにやにやしながら、そう言った。間《ま》を置かずに、奥村貞成が叫んだ。

「わたしたちは、かかりつけの病院に行く！」

「事情聴取もしなければならないんで、われわれの目の届く病院に入ってもらう。二人とも立て。その程度の銃創なら、担架はいらないはずだ。早く立つんだっ」

郷原は声を張った。

父子が顔をしかめながら、ゆっくりと腰を上げた。

二人をエレベーターで一階まで降ろすと、レンジャー小隊の隊員が三十人近くいた。彼らが増井都知事を救出し、逃げ遅れた犯人グループの二十三人を逮捕してくれていた。逮捕者のうち五人は、視認できなかった者たちだ。ヘリポートで古谷に射殺された三人の検視もはじまっているようだった。

大統領父娘の救出に失敗したことが、返す返すも残念だ。

それだけではなく、郷原は新たな不安に苦しめられはじめていた。これまでは三浦たち実行犯グループが、〝切り札〟であるナターシャやプーニンを殺害することは考えられなかった。

しかし、いまは違う。本間と奥村父子が警察に身柄を拘束されたことを知ったら、三浦たちはロシア大統領父娘を始末するかもしれなかった。

「仕掛けられた爆弾の処理には充分に気をつけるように！」

郷原は現場指揮官に言って、奥村父子を託《たく》した。脱いだ白衣も救急隊員に返す。

正面玄関の前に、覆面パトカーや装甲車がずらりと並んでいた。郷原はいちばん近い覆面パトカーに駆け寄り、麻生に無線連絡を取った。

「三浦、平馬、古谷の三人は大統領父娘とクリムスキーを人質に取って、ヘリで逃走中です。すぐに手配を願います」

「わかった。逃亡犯たちの行方は全力をあげて追おう。で、きみらは無事なんだな？」

「はい。しかし、またしても奪還に失敗してしまって、面目《めんぼく》が立ちません。救いは、意外な陰謀が……」

郷原は経過をつぶさに話した。

「きみの筋読《すじよ》みに間違いないようだ。本間組の企業舎弟《フロント》の倉庫に家宅捜索《ガサ》をかけたら、地下室の奥から旧ソ連製の銃器二百七十挺と六十キロの覚醒剤が出てきた。木箱や包装紙にロシア語が印刷されてたから、ロシアン・マフィアから仕入れた品物《ブツ》だろう」

「本間の取り調べのほうはいかがです？」

「何も自白《ウタ》ってない。初島で検挙《アゲ》た連中も相変わらず黙秘権を使ってる。一筋縄ではいかない奴らばかりだ」

麻生が腹立たしそうに君った。

「これから、本部に戻ります」

「郷原君、ちょっと待ってくれ。いま、気になる情報が入ったんだ。藤浪智久らしい男が隠れ家《かくが》の借家で焼身自殺したようなんだよ。現場は豊島《としま》区南長崎《みなみながさき》三丁目××番地だ。建物は半焼だったらしい」

「その現場に寄ってみましょう」

郷原は交信を切った。

二人の部下に警視庁本部庁舎に戻れと命じ、ひと足先に覆面パトカーに乗り込んだ。郷原は麻生の直属の隊員たちがシコルスキーの逃げ場を封じてくれることを祈りながら、車を発進させた。

午後十時二分

火災現場に到着した。

現場の前の路上には、消防署や地元署の車が並んでいた。

郷原は制服警官に身分を告げ、現場に足を踏み入れた。焼け残った家屋の横で、なんと瀬尾さつきが科警研特捜部の警部と話し込んでいた。顔見知りの警部だった。郷原より二つ若い。

「やあ、どうも」

郷原は二人に声をかけた。すると、警部が先に口を開いた。

「郷原さんが、なぜ、ここに!?」

「うちの事件《ヤマ》と絡みがありそうなんで、ちょっとね。おたくたちは、所轄の要請で駆り出されたらしいな」

「そうなんですよ。残業から解放されて帰ろうと思ったとき、運悪く出動の要請がね」

「そんな不平を言ってると、誰かに税金泥棒なんて言われるよ」

郷原は茶化《ちゃか》した。

警部が苦笑《にがわら》いして、地元署の警官のいる方に歩み去った。

「妙な所で会うわね」

さつきが小声で言った。いつもの表情だった。

妻の恵美子と鉢合わせしたことで、感情の波立ちがあったはずだ。しかし、厭味《いやみ》めいたことは言わなかった。ありがたかった。

「そちらの事件はどうなったの？」

「そろそろ大詰めだよ」

郷原は事件のアウトラインを明かした。

「焼身自殺したのは、『聖狼の牙』の藤浪智久らしいわ。所轄署の人が焼け残った指の指紋照合をしたの」

「死体《ホトケ》は？」

「ついさっき、運ばれていったわ。場合によっては、司法解剖されることになるでしょうね」

「焼身自殺か疑わしいんだな？」

「検視では、自殺だろうということになったのよ。でも、他殺の可能性もあると感じたの。だから、わたしは灰や燃え残った衣服の一部を採取しておいたのよ」

「故人は灯油を被って火を点《つ》けたようなんだろう？」

「そう見えるけど、誰かに灯油をかけられたんだと思うわ。そうだ、わたしたちの車がここに着いたとき、浅川さんが近くにいたの」

「浅川が!?」

「ええ。わたし、よほど好かれてしまったみたいね」

さつきが、いたずらっぽい目で言った。

浅川が本間と通じているとしたら、藤浪を自殺に見せかけて殺した可能性もある。

郷原は、そう思った。

顔見知りの警部が、大声でさつきを呼んだ。引き揚げるらしい。

「もし他殺の疑いがあるようだったら、すぐ力也さんに連絡するわ」

さつきが耳打ちし、小走りに走り去った。

郷原は奥に行き、焼け落ちた家屋の部分を入念に検《しら》べた。しかし、他殺を匂わせるような遺留品や痕跡《こんせき》は見つからなかった。

郷原は煙草《たばこ》をくわえて、しばらく焼け跡《あと》に立ち尽《つ》くしていた。

夜空には星一つ輝いていなかった。

第六章　狂った処刑遊戯《ゆうぎ》

十日　午前十時三十二分

「企業舎弟の倉庫から、旧ソ連製の銃器と覚醒剤が押収されてるんだ。もう年貢《ねんぐ》を納めろ」

郷原は言い諭《さと》した。

だが、反応はなかった。机の向こうにいる本間義之は、口を引き結んだままだった。瞼《まぶた》も開けようとしない。

警視庁本部庁舎の二階にある取調室だ。

昨夜、郷原が豊島区の火災現場から職場に戻ったのは午前零時近かった。麻生の隊の者たちは、三浦たちのヘリコプターを神奈川県の蛭《ひる》ケ岳《だけ》上空で見失ってしまったらしかった。

現在、神奈川、山梨、静岡、長野の各県警が大捜査網を敷いているはずである。

郷原はいくらか落胆しながら、取調室に顔を出した。先に帰庁した二人の部下は、初島で逮捕した男たちの取り調べに当たっていた。

郷原も取り調べに加わった。しかし、口を割る者はひとりもいなかった。

原則として、深夜の取り調べは禁じられている。郷原たちは被疑者を居房《きょぼう》に戻し、明け方まで庁舎内で仮眠をとった。

郷原は、今朝《けさ》の午前八時に本間を取調室に呼んだ。

それから二時間半が流れている。その間、関東誠友会のナンバーツーは一言《ひとこと》も喋《しゃべ》っていない。

二人の部下は庁舎内にいなかった。

五十嵐は一時間あまり前に警察病院に出かけ、奥村父子の取り調べをしているはずだ。轟は厚生労働省でシベリア抑留者名簿を調べ、奥村貞成と本間義之の繋《つな》がりを探《さぐ》っている。

「煙草《たばこ》、どうだ？」

郷原は本間にキャビンを勧《すす》めた。本間は目を開け、ふてぶてしく笑っただけだった。

「そう警戒するな。あんたにメンドウミなんか通じないことはわかってる」

郷原は煙草をくわえ、簡易ライターを鳴らした。

メンドウミとは、刑事の泣き落としを意味する隠語である。〝面倒見がいい〟を約《つづ》めたものだ。

「もう楽になったら、どうなんだ?」

「…………」

本間はふたたび目を閉じ、口をへの字に結んだ。

そのとき、ノックとともに麻生警視正が入ってきた。郷原は煙草の火を消して、椅子から立ち上がった。

麻生が目顔《めがお》で謝意を表し、椅子に腰かけた。

「本間、ロシア大使館の通訳兼運転手の城が吐いたよ。ボリス・クリムスキーが大使館勤めのころに、たびたび重い荷物をおまえの自宅に運ばされたことをな」

「…………」

本間は眉《まゆ》ひとつ動かさなかった。

「それから、小樽《おたる》港、秋田港、新潟港にしょっちゅう出入りしてたロシアの貨物船の船長が、夜明け前に秋田沖で海上保安庁に検挙された。ちょうど積み荷の冷凍機を日本の漁船に移してる最中だったらしい。警視庁《うち》が海保に頼んで、ロシア船を徹底的に洗ってもらってたんだよ」

「…………」

「冷凍機のモーターの内部には、上質の覚醒剤が十数キロずつ隠してあったそうだ。

荷受人は本間商事、つまり、おまえの経営してる会社だっ」

麻生が語尾を尖《とが》らせた。それでも本間は、いっこうに意に介さない。

「荷出人はモスクワ在住のセルゲイ・ショーロホフという男の会社になってた。しかし、逮捕された貨物船の船長は別の警備保障会社から謝礼を受け取ってた。その警備保障会社の経営者はピョートル・アレクサンドロヴィッチという名で、ボリス・クリムスキーの従兄《いとこ》だ。セルゲイ・ショーロホフのかつての上司であり、『錆《カロージメタル》』というマフィアの陰のボスだよ。アレクサンドロヴィッチは、奥村貞成が出資してる日ロ合弁会社の警備も請け負《お》ってる。ここまで言えば、もう説明の必要はないだろう」

「…………」

「まだ粘《ねば》る気か。あんたも、しぶとい男だな」

麻生が呆《あき》れ顔で言って、静かに立ち上がった。

本間は無表情だった。坐り直しただけだ。

郷原は麻生がいなくなると、取り調べを続行した。だが、本間は何も喋ろうとしなかった。

記録係の若い刑事は部屋の隅《すみ》で、ノートパソコンに向かっていた。いかにも所在なげだった。

正午を十分ほど回ったころ、轟が駆け込んできた。

表情が明るい。何か有力な手掛《つか》かりを摑んだようだ。たたずむなり、轟が報告した。

「本間と奥村はタイシェットの同じ収容所にいました。部隊が違ってたんで、宿舎は別だったという話でしたが」

「二人を知ってるシベリア抑留者《よくりゅう》に会ってきたんだな？」

「ええ、そうです。布施千代吉《ふせちよきち》という九十三歳の老人です。反ロ色の強い全日本シベリア抑留補償協議会の会長ですよ」

「そうか」

郷原は短い返事をした。轟が本間に声をかけた。

「組長、布施さんを知ってるよな？」

「…………」

本間が片目を開け、ゆっくりと首を振った。

「布施さんは、あんたのことを骨のある奴だと言ってた。あんたは収容所で堂々とスターリンの悪口を言ってたそうじゃないか」

「…………」

本間が右手を机の上に置いた。

「そのせいで、監視の連中には目の敵《かたき》にされたらしいな。労働のノルマを倍にされたり、寒波《マローズ》や雪嵐《ブラン》のきつい夜に下着一枚で放り出されて、何度も凍死しかけたそうじゃないか。それでも、あんたはスターリンを罵倒《ばとう》しつづけたらしいね。いい根性してるよ」

轟は語りつづけた。

郷原は、老やくざの表情から心の動揺を読み取ろうとした。しかし、なんの変化もなかった。

「ある意味じゃ、立派だったよ。多くの日本人捕虜が生き延びて故郷の土を踏みたい一心で、自尊心や思想をあっさり棄《す》ててしまったわけだからな」

「…………」

「あんたは衛兵の凍《こお》った大便を口の中に押し込まれたこともあったんだってな？　それで、相手の男を張り倒したらしいじゃないか。怒った衛兵があんたを素っ裸にして、井戸のポンプに縛りつけたんだろ？」

轟がそこまで言うと、本間の右手の小指がわずかに動いた。初めての反応だった。

「収容所の副所長があんたの刺青《いれずみ》に目をつけて、凍死したら、皮膚を丁寧《ていねい》に剥《は》がしてランプ・シェードを作れって衛兵に命じてたらしいな？　まるでユダヤ人を大量虐殺したナチだね。そのとき、奥村貞成が命懸《が》けで執《と》り成《な》してくれたんだってな？」

「…………」

本間は沈黙を守りつづけた。

「おかげであんたは命拾いしたわけだが、今度は奥村がひどい目に遭《あ》うことになったんだろう？　翌日から奥村は一日五グラムずつ捕虜に与えられてたマホルカという刻《きざ》み煙草を貰《もら》えなくなって、黒パンの量も三分の一に減らされた。凍《い》てついた川から、洗面用の水を何百人分も汲《く》まされもしたらしいな。川面《かわも》の厚い氷を鉄棒で叩き砕《くだ》くだけでも、ひと苦労だったそうじゃないか」

轟は舌の先で軽く唇を湿らせ、さらに言い継《つ》いだ。

「その上、奥村は虱《しらみ》の湧《わ》いた捕虜たちの頭髪、脇毛《わきげ》、胸毛、陰毛まで剃《そ》らされたんだってな？　夜は夜で、副所長や変態気味のロシア人女医の性器を犬のように何時間も舐《な》めさせられたんだって？」

「…………」

「あんたにとって、奥村貞成は命の恩人だ。銃器や荒くれ男を提供してやることぐらいは、当然の恩返しだったたってわけだよな？」

轟の語調が少し柔らかくなった。

本間の唇は動かない。だが、喉《のど》に痰《たん》を絡《から》ませた。胸の痞《つかえ》が喉まで迫《せ》り上がっているのかもしれない。

郷原は、そう感じた。自供させるまであと一歩だ。

「奥村もそれだけ屈辱的な思いをさせられれば、ロシア人嫌いにもなるよな。しかし、ロシアの魚介類や地下資源は経済人にとって、充分に魅力がある。だから、奴は日ロ友好親善協会の会長を務《つと》めて、ロシアびいきを演じつづけてきたんだろう」

「…………」

本間が急に何か口の中で唱《とな》えはじめた。

郷原は耳を澄ました。念仏のような唸《うな》りは軍歌だった。

「奥村の肚《はら》の中は煮えくり返ってたんだろうな。それで奴は匿名《とくめい》で、布施千代吉の団体に三十五年以上も大口の寄附をつづけてきたんだろう。ロシアは謝罪こそしたが、未《いま》だにシベリア抑留者たちに補償はしていない。恨《うら》みたくもなるよな？」

「もうやめてくれ」

老やくざは両手で耳を塞《ふさ》ぎ、目をきつく閉じていた。目尻《じり》から、涙の雫《しずく》が滴《したた》った。抑留時代の苛酷《かこく》な体験が脳裏《のうり》に蘇《よみがえ》ったのだろう。若い轟は胸を衝《つ》かれたらしく、黙り込んでしまった。

領土問題にしろ、慰安婦や捕虜の補償にしろ、本当の意味の戦後処理はまだ済んでいないのだろう。郷原は本間の歪《ゆが》んだ顔を見つめながら、改めて思った。

「キャップ、少し休ませてやりませんか？」

轟が小声で言った。

穏《おだ》やかな顔つきになっていた。ふだんはドライに構えているが、感情を揺さぶられたのだろう。

郷原は取調室のドアを開け、看守を呼んだ。

本間は二人の看守に腕を取られて、自分の独居房に戻っていった。

そのとき、郷原は留置場に通じるドアの小窓越しに、公安総務課の野々宮の姿を見た。公安総務課の者が留置管理課を覗《のぞ》くケースは珍しい。彼らは現場の捜査には携《たずさ》わっていなかった。

「誰か公安部絡《がら》みの被疑者が留置されてるのかな？」

郷原はそのことが気になって、近くにいる看守に声をかけた。

「『聖狼の牙』の残党のほかには、思想関係の被疑者はいません。何か？」

「いや、いいんだ。轟、昼飯を喰《く》いにいこう」

郷原は轟の肩を叩いて、先に歩きだした。

二人は階段で一階の食堂に降りた。昼食を摂《と》ると、郷原たちは六階のオフィスに落ち着いた。

「プーニンやナターシャは、どこにいるんだろう？」

轟が自分のデスクに腰かけて、自問口調で呟いた。

「ヘリを見失った丹沢《たんざわ》周辺はもちろん、山梨や静岡、さらに長野まで山狩りをしたようだが……」

「奥村はプーニンにサインさせたんでしょうから、もう大統領父娘《おやこ》を解放してやってもよさそうですがね。どういうつもりなんでしょう？」

「三浦たち実行犯グループの幹部たちが安全な場所に逃げ込んでから、人質を解放する気なんだろう」

郷原は言った。

「そうか、そういうことなんですね。それにしても、敵はこっちの動きを正確に摑んでた。内通者は誰なんでしょう？」

轟が問いかけてきた。郷原は少し考えてから、浅川のことを話す気になった。

ちょうどそのとき、郷原の私物の携帯電話が鳴った。発信者は瀬尾さつきだった。

「昨夜《ゆうべ》の件だね？」

郷原は早口で訊《き》いた。

「ええ。力也さん、藤浪智久は殺された疑いがあるの。遺体と採取したシャツの一部から、微量のアトロピンが検出されたのよ。アトロピンって、わかるでしょ？」

「そいつは確か劇薬だったな。精《くわ》しいことはわからないが……」

「ええ、かなりの劇薬よ。アトロピンはハシリドコロなど野山に自生するナス科植物の根茎から採《と》れるもので、主として麻酔の併用薬として使われてるの。そのほか瞳孔《どうこう》を拡《ひろ》げる眼底検査や気管支の治療にも用いられてるわ」

さつきが説明した。

「致死量は？」

「〇・〇五グラムよ。無色無臭なんだけど、それだけの量のアトロピンが体内に吸収されると、延髄《えんずい》がやられて急死してしまうの」

「藤浪はアトロピン入りの飲みものか注射で殺された後、灯油をぶっかけられて火を放たれたんだな」

「でも、胃からアトロピンは検出されなかったの」

「なら、注射されたんだろう」

「おそらく、そうなんでしょうね。それから、火を点《つ》けられたときはまだ仮死状態だったはずよ。さっき解剖医に電話で問い合わせたら、藤浪の気管支や肺にはほんの少しだけ煤《すす》が付着してたんですって。つまり、生活反応があったってことよね」

「医療関係者でないと、アトロピンは入手できないのか？」

郷原は確かめた。

「ううん、そんなことはないわ。少し知識のある人なら、自分で採取できるはずよ。山梨や長野の深山や谷間《たにあい》には、割にハシリドコロが自生してるの」

「そうなのか」

「あっ、浅川さんは山梨県の甲府出身よ！」

「偶然の一致ってやつだろう」

郷原は浅川を内通者と強く疑っていたが、あえて逆のことを言った。確証を摑むまでは、たとえ恋人にも軽はずみなことは言えない。

「そうよね。浅川さんみたいな正義の使者が人殺しなんかするわけないものね。何か役に立ちそう？」

「いい情報だったよ。ありがとう」

「どういたしまして。それじゃ、またね」

電話が切られた。

「轟、本間の取り調べを頼む。おれは、ちょっと近くまで出かけてくる」

郷原は立ち上がった。轟はうなずいただけで、深くは訊こうとしなかった。

午後二時四分

複雑な気分だった。

郷原は本部庁舎を出ると、急ぎ足で隣の合同庁舎2号館に向かった。

警察庁のオフィスは、そのビルの中にある。この時刻なら、浅川首席監察官は自分のデスクにへばりついているだろう。

郷原は、さらに足を速めた。浅川が藤浪の殺された現場の近くにいた理由を問い詰めてみるつもりだった。

合同庁舎2号館の正面玄関に駆け込もうとしたとき、当の浅川警視正が石段を駆け降りてきた。沈んだ色合いの背広をきちんと着ていた。慌《あわ》てている様子だった。

郷原は物陰《ものかげ》に身を潜《ひそ》めた。

浅川が短く迷ってから、車道に寄った。タクシーを拾う気らしい。待つほどもなく空車が通りかかった。浅川は、そのタクシーに乗った。

タクシーが動きだしてから、郷原は車道に降りた。浅川を乗せたタクシーの方向を確かめながら、空車を待った。

マークした車が警視庁本部庁舎の前の交差点に差しかかったとき、首尾《しゅび》よく空車がやってきた。

郷原は大急ぎでタクシーに乗り込み、浅川の車を追尾《ついび》してもらった。初老の運転手が好奇心を露《あらわ》にして、郷原の職業を知りたがった。郷原は返事をぼかした。

浅川がタクシーを降りたのは、中野にある東京警察病院の前だった。

外科病棟には、奥村父子がいる。やはり、内通者は浅川だったようだ。義憤が込み上げてきた。

郷原はタクシーを停《と》めさせ、素早く外に出た。

浅川は正面玄関に進んでいた。

郷原は大声で、猫背の首席監察官を呼び止めた。

浅川がたたずみ、ゆっくりと振り返った。アプローチの中ほどだった。

郷原は走り寄って、のっけに言った。

「昨夜《ゆうべ》、あんたは豊島区南長崎三丁目にある藤浪智久の隠れ家《かくが》のそばにいたな」

「なぜ、郷原警部がそのことを？」

浅川が上目遣《づか》いに問いかけてきた。狼狽《ろうばい》の色が濃い。

「あんたが藤浪を焼身自殺に見せかけて始末したんじゃないのかっ」

「なんの話をしてるんです⁉」

「奥村貞成に情報を提供してたのは、あんたたたよなっ」

「冷静に話し合いましょう、冷静に！」

「あんたは、おれの覆面《メン》パトに電波発信器をこっそり取り付けたはずだ。おれたちの動きを奥村貞成に報告して、いくら貰《もら》ってたんだっ」

郷原は浅川の胸倉《むなぐら》を摑んだ。

「わたしは、それほど卑《いや》しい人間じゃない。手を離したまえ、郷原警部！」

「いちいち職階をつけるんじゃないっ。キャリアが職階に拘《こだわ》るのはわかるがな」

「危ない！」

浅川が叫んで、全身で体当たりしてきた。

郷原は不意を衝《つ》かれて、少しよろけた。

そのとき、何かが肩先を掠《かす》めた。浅川が呻《うめ》いて、体を横に揺らした。心臓のやや上のあたりに、四枚羽根のダーツが刺さっていた。毒矢か。

なぜ、浅川は自分を庇《かば》ったのか。

郷原は混乱する頭で、振り向いた。

病院の前の車道で、大型バイクが急発進した。男同士の相乗り《タンデム》だった。リア・シートに跨《また》がった男は、筒状の物を握っていた。神宮で死んだ奈良が持っていたものと同じだった。

犯人グループの者にちがいない。男たちは、どちらもフルフェイスのヘルメットを被《かぶ》っていた。

郷原は単車を追う気になった。

走りだしかけたとき、浅川が倒れかかってきた。郷原は浅川を受け止め、ダーツを引き抜いた。

鏃《やじり》は鮮血に濡れていたが、かすかに黄色っぽい粘液が付着していた。猛毒のクラーレだろう。

浅川が全身の関節をがくがくと鳴らしながら、掠れた声で言った。

「わ、わたしのポケットの中にマイクロテープが入ってる。きのう、焼け跡《あと》で……」

「発見したんだな？」

「そう、そうです。割れた熱帯魚の水槽の底の小石の中に、密封されてね」

「あんた、何を？」

「郷原警部、き、きみは誤解してます。わたしは、ある人物を半年前から……」

「内偵中だった？」

郷原は訊いた。

「そ、そうです。そ、その男は……」

「もう喋《しゃべ》るな」

「テープ、そのテープに内通者の声が録音されてます」

「しっかりしてください！」

郷原は浅川の体を捧《ささ》げ持って、東京警察病院のロビーに走り入った。

自分の推測は見当外れだった。なぜ、もっと早く気づかなかったのか。だが、もう遅い。

浅川が瘧《おこり》に襲われたように全身を烈《はげ》しく震《ふる》わせ、不意に頭をがくりと落とした。

見開かれた両眼は虚空《こくう》を睨《にら》んでいた。

取り返しのつかないことをしてしまった。

郷原は悔《く》やんでも悔やみきれなかった。

浅川の無念そうな死顔は、しばらく脳裏から消えないだろう。

郷原は絳切《こと》れた浅川を両腕で抱え上げると、ナースステーションに歩み寄った。身分を告げ、台車付き寝台《ストレッチャー》を借り受けた。

ストレッチャーに浅川を寝かせ、上着のポケットを探った。

マイクロテープは、留守番電話機などのレコーダーに嵌《は》め込まれている小さなカセットだった。マッチ箱ほどの大きさだ。

郷原はそれを自分の上着のポケットに入れ、看護師に一一〇番通報を頼んだ。その後、外科病棟に向かった。

奥村父子は三階の病室にいる。父子の病室の前には、機動隊員と新宿署の刑事たちがいた。被疑者の見張りだ。五、六人いた。

「極秘戦闘班の五十嵐《うち》は？」

郷原は、麻生の直属の部下に低く訊いた。

「さきほど帰られました」

「そうか。奥村は何か自白《ウタ》ったのかな？」

「父子ともども、だんまり戦術のようです。五十嵐さん、腐ってましたよ」

「怪しい影は？」

「それはありません。ただ、一階の待合室で意外な人物を見かけました」

「誰なんだい？」

「公安総務課のキャリアです。あの人、なんて名だったかな？　まだ若くて、ハンサムな方なんですけどね。どうも名前を思い出せないんです」

相手が頭に手をやった。

「野々宮じゃないのか？」

「ええ、そうです。思い出しました、野々宮警視ですよ。わたしと目が合うと、野々宮警視は急に外に出ていきました」

「妙だな」

「ええ。そのことを五十嵐警部補に話しましたら、調べたいことがあるとおっしゃって、外に飛び出していかれたんです」

「ありがとう」

郷原はエレベーターホールに足を向けた。

一階に降りると、浅川のストレッチャーは消えていた。霊安室に搬入されたのだろう。パトカーは、まだ到着していなかった。

郷原はタクシーで警視庁本部庁舎に戻った。

六階のオフィスに直行する。轟の姿はなかった。また、本間の取り調べをはじめたようだ。五十嵐の所在はわからなかった。

郷原は自席につき、浅川の持っていたマイクロテープを再生してみる。

——北朝鮮の工作員から連絡があったんだが、まだロシア側の例の人たちを亡命させてないらしいじゃないか。いったい、どうなってるんだっ。早く約束を果たしてくれ。

——心配はいらない。きみたち十一人は必ず英雄になれる。ただ、もう一つだけ、きみらの手でやってもらいたいことがあるんだ。

——今度は何をやらせる気なんだね？

——プーニンとナターシャが帰国したら、本間のとこの狂犬どもを始末してくれ。三浦たち幹部も全員ね。毒の用意はしてある。

——断る。あんたはそうやって協力者を消し、最後はわれわれも葬《ほうむ》る気なんじゃないのか！　大林の部屋に爆破装置を仕掛けたのは、あんたじゃないのかね？

——それは誤解だ。本間が勝手に若い者にやらせたことだよ。極秘戦闘班の郷原に大林が尾けられることを心配して、大事をとる気になったんだろう。

——あんたの話は、もう信じられん。三浦たちの始末は、ピョートルの手下にでもやってもらえ。奴らロシアン・マフィアはその気になれば、いつでも日本に密入国できるようだからな。ピョートルは銃器や覚醒剤を流して、ぼろ儲《もう》けしてるんだ。それぐらいは、奴らにやらせろ。それが駄目なら、本間自身に傭兵《ようへい》どものロを封じさせるんだね。本間は恩人のためなら、なんでもやる男なんだろう？かわいそうな奴だ。恩人のひと声で、本間はロシアン・マフィアと闇取引させられたんだからな。どうせ本間は、転売で儲けた分をほとんど銀座の爺さんに吸い上げられてるんだろ？　あんたも本間と同じようなもんだよな。

——浪藤、いや、藤浪！　そんな大きな口を叩いてもいいのか。わたしが公安一課におまえの隠れ家を教えれば、北朝鮮にも逃げられなくなるんだぞ。それとも、麗子を寝盗《と》ったことを三浦に教えてやろうか。そうなれば、おまえは奴に殺《や》られるだろう。

——汚ない奴だ。あんたが約束を破ったら、恩人ともども官憲に売ってやる！

——できやしないさ、そんなことは。

音声が途絶《とだ》えた。

郷原は停止ボタンを押した。

藤浪の相手は、野々宮宗介だった。声は濁《にご》っていなかった。口に何も含んでいないのだろう。

内通者は野々宮だったのか。

郷原は呻いて、煙草に火を点けた。

ショックは大きかった。しかし、思い起こしてみると、野々宮はどこか不自然だった。浅川は野々宮と奥村貞成の黒い関係を嗅《か》ぎつけたから、殺されてしまったのだろう。

郷原は胸の奥に疼《うず》きを覚えた。

それにしても、野々宮と奥村貞成の結びつきが不可解だ。二人は、どんな利害関係で繫がっているのか。

煙草を半分ほど喫《す》ったとき、五十嵐が駆け込んできた。その顔には、興奮と緊張の色が交錯していた。

「キャップ、桜田門に奥村のスパイがいたんですよ」

「公安総務課の野々宮だな」

「えっ、知ってらしたんですか⁉」

「種明《たね》かしは後でしてやるから、先に調べてきたことを話してくれ」

郷原は言って、灰を指先で叩き落とした。

「はい。野々宮は八歳の秋から、奥村家に世話になってたんです。野々宮の父親は『三協物産』の社員だったんですが、マニラ駐在員時代に妻と一緒に押し込み強盗に射殺されてしまったらしいんです。野々宮は運よくメイドと買物に出掛けてて、難を逃れたそうです」

「その話は、どこから？」

「奥村家に長くいるお手伝いの老女から聞いた話です」

「そうか。野々宮に兄弟は？」

「いません。ひとりっ子です。野々宮は奥村家に引き取られて、大学を出るまで世話になってたんですよ。両親とも、身寄りがなかったそうです」

「その恩義から、野々宮は奥村の手先になったわけか。ある意味では、気の毒な男だな」

「ええ、まあ。キャップ、早く種明かしをしてください」

五十嵐が急《せ》かした。

郷原は煙草の火を消して、マイクロテープを巻き戻しはじめた。

午後五時三十八分

部屋の空気が重苦しい。

誰も口を開こうとはしなかった。本部庁舎の十一階にある警視総監室だ。

郷原は、ひっきりなしに煙草を吹かしていた。喉が少々、いがらっぽい。

正面のソファに坐った江守警視総監は目をつぶって、じっと何かに耐えているようだった。そのかたわらの麻生警視正も、深刻そうな顔つきだ。眉間《みけん》に皺《しわ》を寄せている。

三人とも、キャリアの不祥事《ふしょうじ》に頭を抱えていた。

野々宮は正午前に無断退席したまま、行方《ゆくえ》がわからない。早晩、本間の自供から自分と奥村の関係が知れると覚悟し、逃亡する気になったのだろう。

郷原は二人の部下と手分けして、野々宮を捜し回った。

しかし、代々木《よよぎ》の自宅にも知人宅にもいなかった。奥村貞成の会社や自宅にも立ち寄った形跡はない。本間組の関連事務所や本間邸にも隠れていなかった。

「やむを得ない。野々宮を殺人容疑で全国指名手配しよう」

江守が瞼を開け、苦渋に満ちた表情で言った。

「しかし、それでは警視総監の輝かしい経歴に汚点を残すことになってしまいます」

「麻生君、もういいんだ。個人的なことや警視庁の体面に囚《とら》われてる場合ではない」

「ええ、おっしゃる通りですが……」

「いま、われわれがやらなければならないのは、汚れきった警官を一刻も早く逮捕することだよ。わたしに妙な遠慮はしないでくれ」

「わかりました。それでは、ただちに手配します」

麻生が毅然《きぜん》たる態度で応じた。

そのすぐ後、警視総監の執務机の上で警察電話が鳴った。秘書は部屋にいなかった。

江守が席を外させたのだ。

警視総監がソファから立ち上がって、机に歩み寄った。受話器を耳に当てた瞬間、江守の顔が強張《こわば》った。郷原は煙草の火を消した。

「きみは野々宮だな！」

「…………」

「待て。いま、替わる」

江守が保留ボタンを押し、体ごと振り向いた。

「郷原君、野々宮がきみと話したいと言ってる」

「わかりました」

郷原は腰を上げ、執務机に急いだ。受話器を摑み上げ、外線ボタンを押す。

「瀬尾さつきを預かってる」

「そんな話を真《ま》に受けると思ってるのか。野々宮、もう逃げられやしない。早く自首しろ」

「自信ありげだな。藤浪の持ってたテープを手に入れたか。灰になったと思ってたがな。奴は録音テープのことをちらつかせて、脅迫してきたんだよ。だから、始末したのさ」

「そっちの要求は？」

「総監室に双眼鏡があったな。それを持って、空を眺めるんだ。あんたの女は空中散歩を愉《たの》しんでるよ、プーニンやナターシャと一緒にな」

野々宮が乾いた声で言った。真っ当な生き方と訣別《けつべつ》した者の凄みが感じられた。

郷原は江守から高倍率の双眼鏡を借り受け、窓辺に走った。日比谷《ひびや》公園側だ。双眼鏡を覗く。

帝国《ていこく》ホテルの上空に、銀色の飛行船が浮かんでいる。小型軟式船だった。どことなく巨鯨に似ていた。

船体中央底部には、ゴンドラが吊《つ》り下げられている。ゴンドラの後部には二翅《にし》型の金属製プロペラが付いていた。二百十馬力のガソリンエンジンを二基搭載しているはずだ。

郷原は熱気球に夢中になっていたころ、同類項の飛行船にも興味をそそられた。熱気球と異《こと》なり、推進器の付いた飛行船は自在に大空を舞うことができる。小型プロペラ機よりも速い。飛行船の最大速力は七十ノットだ。

ヘリコプターウムガスで満たされた船体に浮揚力《ふようりょく》がある分だけ、小型飛行機よりも速く飛べるわけだ。さらに利点がある。飛行船は推進装置が故障しても、決して墜落はしない。操縦も簡単だった。

舵輪《ステアリングホイール》を前後に動かすことによって、昇降の加減をする。

舵輪は、昇降舵《エレベーター》と連動する造りになっている。方向舵《ラダー》は通常、操縦席の足許《あしもと》にあるペダルを踏んで操作する。

郷原は学生時代に何度か、小型飛行船を操縦したことがあった。いまでも、そのときの手順や感覚は忘れていない。

郷原はレンズの倍率を最大にした。

ゴンドラの搭乗者席に、さつき、プーニン、ナターシャの三人がいた。さつきが前の席だった。大統領父娘は、後ろに並んで腰かけている。

三人とも、座席にタイラップで縛りつけられていた。操縦席には、元第一空挺団員の古谷龍二が坐っている。脚《あし》に負った銃創《じゅうそう》は軽かったようだ。

飛行船の向こうには、シコルスキーSH―60Bが見えた。

ヘリコプターの機内まではうかがえない。おそらく三浦や平馬が乗り込んでいるのだろう。

「野々宮は、なんと言ってるんだね？」

後ろで、麻生の声がした。郷原は麻生と江守に、野々宮との遣《や》り取りを伝えた。

「なんてことだ。ちょっとそれを貸してくれ」

江守が右手を差し出した。

郷原は双眼鏡を渡し、執務机まで大股《おおまた》で戻った。受話器を耳に当てる。

「飛行船の中には、時限爆弾と毒ガス弾を積み込んである」

電話の向こうで、野々宮が言った。

「毒ガスはVXなのか？」

「そうだよ。時限爆破装置が作動したら、首都圏に住む数千万人の市民が毒ガスで大脳と目の神経をやられて死ぬことになるだろう。そうなれば、この国も終わりだ」

「狙《ねら》いは何なんだっ」

郷原は高く叫んだ。

「きさまの処刑だよ。きさまは、おれの人生設計を狂わせた。だから、殺す。三浦たちも、もう逃げ切れないと肚を括《くく》ってる。だから、みんな、きさまと刺し違える気でいるんだっ」

「おれを逆恨《さか》みしても仕方ないだろうが」

「黙れ！　女を見捨てる気なのか？　郷原、どうするんだっ」

「わかった。そっちの要求通りにしよう。どこに行けばいい？」

「とりあえず、航空隊のヘリで浦安《うらやす》に向かえ！　その後のことは無線で指示する」

野々宮が圧《お》し殺した声で命じた。

「おれの身柄を押さえたら、大統領父娘や瀬尾さつきを解放してくれるんだな？」

「ああ。三人にはミニパラシュートを背負わせてある。適当なところでダイビングさせよう」

「わかった。で、爆破時間は何時にセットしてあるんだ？」

「午後六時半だ。いまは五時四十五分だから、まだ四十五分ある」

「電話、切るぞ」

郷原は言った。

「慌てるな。まだ話がある。ヘリには、きさまだけが乗れ。もちろん、パイロットはかまわない。ほかの捜査員は動くな！」

「わかってる。時間が惜《お》しいんだ」

「くっくっく」

野々宮が鳩のように喉を鳴らし、乱暴に電話を切った。

郷原は受話器を置き、江守たち二人に野々宮の要求を詳《くわ》しく話した。すると、麻生がすぐに口を開いた。

「きみを行かせるわけにはいかない。野々宮たちは、本気できみを殺す気でいるんだろう」

「わたしが行かなければ、奴らは人質を始末するだけではなく、毒ガスもばら撒《ま》くでしょう」

「しかし、きみが人質の救出に成功する可能性はきわめて低い。といって、このままでは……」

麻生は江守と顔を見合わせ、苦悩の色を深めた。

「野々宮は無線を使って、わたしに次の指示をすると言ってます。ですから、奴の無線を傍受すれば、敵の動きもわかるはずです」

「それは、わたしが引き受けよう」

「お願いします。わたしはヘリに乗ります」

郷原は麻生に言って、警視総監室を飛び出した。

大急ぎで十七階に駆け上がり、作戦会議室に入る。手早く武装した。ロープ、革手袋、ペンチなどを詰めた布製バッグを抱えて、屋上に向かった。

宇津木が待機していた。

ローターは勢いよく回っていた。郷原は航空隊のヘリコプターに乗り込んだ。機内には、脱出用のパラシュートが用意されていた。

午後五時五十二分

機が舞い上がった。

ローターの震動が全身に伝わってくる。残り時間は三十八分だ。

郷原は深呼吸した。

いくらか気持ちが落ち着いた。全長六十メートルほどの小型飛行船の向こうに、アメリカ製のヘリコプターが見えた。

シコルスキーだ。機内には、復讐心に燃えた敵の男たちが乗り込んでいるにちがいない。

まだ黄昏《たそがれ》の色は淡かった。銀座や丸《まる》の内《うち》のビル群がくっきりと見える。人や車の流れもわかった。

飛行船とシコルスキーは並行しながら、ゆっくりと東京湾方向に進んでいた。

航空隊のヘリコプターは晴海《はるみ》、有明《ありあけ》、十五号地の上空を通過し、舞浜《まいはま》に向かった。

左下には高速湾岸線が延びていた。車は豆粒のように小さく見える。

やがて、東京ディズニーランドが視界に入った。舞浜の高層ホテル群が眼前に迫った。

郷原は、ヘリコプターの高度を下げさせた。

どこか近くの海上に、野々宮がいるような気がしたからだ。海面が小さくうねっている。目が届く範囲には、数隻の屋形船とモーターボートが漂《ただよ》っているだけだった。

野々宮の姿は見つからなかった。

郷原はヘリコプターを一巡させてから、さらに高度を下げさせた。

舞浜と地続きの千鳥《ちどり》を回り込み、運河の方向に進んだ。浦安港を通り過ぎ、その先の船溜《だ》まりの上空まで飛んだ。

郷原は双眼鏡を目に当てた。

船溜まりの岸壁に、一台の外車が停まっていた。

ドルフィンカラーのＢＭＷだった。その車のそばに、野々宮が立っていた。

双眼鏡を手にしている。自分の目で、郷原の死を見届ける気でいるのだろう。

郷原は無線で麻生に、野々宮を発見したことを伝えた。

ヘリコプターの無線機は盗聴防止システムを備《そな》えている。しかも、二重のスクランブル防止装置になっていた。野々宮に傍受される心配はなかった。

「五十嵐たちのヘリが、そっちに向かってる。なお、水上署とアクアラング小隊の快速艇も現場に急行中だ」

「了解しました。野々宮は浦安ランプから、湾岸線に逃げるかもしれません。上下線のＩＣ《インターチェンジ》とランプに捜査官を張り込ませてください」

「わかった。健闘を祈る」

麻生の声が萎《しぼ》んだ。

野々宮は、いっこうに次の指示をしてこない。どうやら奇襲してくる気のようだ。

「飛行船を追ってくれ」

郷原は言った。

「しかし、飛行船の近くには敵のシコルスキーがいます」

「時限爆破装置のタイマーを解除しなければ、大変なことになるんだ。急いでくれ！」

「はい」

宇津木は緊張した顔で答えた。

機が一気に高度を上げ、水平飛行に移った。

敵の飛行船とヘリコプターは、少し先にいた。

見る見る距離が縮《ちぢ》まった。郷原は膝の上で、布製バッグの口を開いた。

逆鉤《ぎやくかぎ》付きのロープの束《たば》を掴み出し、革手袋を両手に嵌めた。素手でロープを握ったら、掌《てのひら》の皮が擦り剝《む》けてしまう。コンバットブーツの側面のフックに、小型のダイバーズ・ナイフを突っ込む。

テクナTK二三〇〇だ。特殊鋼で作られた刃は、きわめて頑丈だった。

腰にはベレッタと電子麻酔銃を帯びていた。ベレッタは防水パウチの中だ。

どちらもフルに装弾してあった。予備のマガジンも持っている。

防弾・防刃胴着《ボディーアーマー》の上に羽織《はお》ったサバイバル・ヴェストのポケットを点検する。忘れたものはない。

時刻を確かめる。六時九分過ぎだった。

ほどなくヘリコプターが、飛行船と同じ高さになった。操縦席の古谷が何か危険を察知したらしく、急に飛行船を上下させはじめた。

シコルスキーは少し離れた。飛行船の向こう側に浮かんでいる。

「しばらくシコルスキーと同じ高さにしといてくれ。それから、ローターで飛行船の風船部分《エンベロープ》を切り裂《さ》かないようにな」

郷原は宇津木に言って、スライドドアを大きく開けた。機を飛行船の斜め後方に回らせる。

躍《おど》り込む風で、胸苦しくなった。

郷原はベレッタの初弾を薬室に送り込み、両手で銃把《グリップ》を握った。ゴンドラのドアの把手《とって》に狙いをつける。

引き金を絞りかけると、飛行船が上に下に逃げてしまう。さつきが郷原に気づき、縋《すが》るような目を向けてきた。

さつき、必ず救い出してやる。だから、取り乱さないでくれ。

郷原は祈りながら、銃弾を放つチャンスを待った。

少し経つと、シコルスキーが前方から急接近してきた。

流線型の白っぽいヘリコプターには、三人の男が乗っていた。後部座席にいるのは、三浦と平馬だった。パイロットは、ボリス・クリムスキーだ。

三浦と平馬がライフル弾を浴びせてくる。宇津木が巧《たく》みにヘリコプターを操《あやつ》り、銃弾を躱《かわ》してくれた。それでも、シコルスキーは執拗《しつよう》に襲いかかってくる。

郷原は敵のヘリコプターの風防シールドを撃《う》ち抜いた。

すると、クリムスキーは慌てて機を急上昇させた。

三分が、いたずらに流れてしまった。ともすれば焦《あせ》りそうになる自分を叱りつけ、郷原はふたたびヘリコプターを飛行船に接近させた。

ほどなく飛行船とヘリコプターが、ほぼ水平に並んだ。

こころもちヘリコプターのほうが高い位置にいる。飛行船の斜め後ろだ。

郷原は九ミリ弾を二発放った。

把手が吹っ飛び、ゴンドラのドアが外側に開いた。すぐに風に煽《あお》られ、ドアは開閉を繰り返しはじめた。

「飛行船の左側に回り込んでくれ」

郷原は怒鳴りながら、パラシュートを背負った。

ヘリコプターがゴンドラに接近した。ローターの風圧で、風船部分《エンベロープ》が波打ちはじめた。ゴンドラも小さく揺れている。シコルスキーは、頭上で舞っていた。

郷原は自動拳銃を腰の防水パウチに戻し、逆鉤《ユニバーサル・フック》の付いた特殊ザイルの束を持ち上げた。

ゴンドラのドアが大きく開いた。その瞬間、郷原は逆鉤を投げた。首尾よくゴンドラの床に落ちた。

郷原はロープを手繰《たぐ》った。

うまい具合にフックがドアフレームに引っ掛かった。さつきが首を大きく振った。

やめろという意味だろう。

「少し高度を下げてくれ」

郷原は言いながら、両手でしっかりとロープを握り締めた。

ヘリコプターが下がりはじめた。飛行船の二十数メートル下まで、一気に高度を下げた。

郷原は跳《と》んだ。

体重で、ロープが垂直に張り詰めた。逆鉤が金属のフレームに掛かっている手応《てごた》えがあった。

すぐに古谷が飛行船を急降下させた。

だが、フックは外れなかった。郷原は筋肉の盛り上がった両腕で、ロープをよじ登りはじめた。

そのとき、シコルスキーが急降下しはじめた。

斜め上から、夥《おびただ》しい数の銃弾が飛んできた。

郷原は自らロープを揺さぶって、次々に弾を躱した。流れ弾が一発、飛行船の後部空気房《リア・バロネット》にめり込んだ。だが、何事も起こらなかった。

飛行船の空気房内のガス圧は、外気圧よりも一気圧程度しか高くない。空気房が損傷しても、ヘリウムガスの漏出《ろうしゅつ》はそれほど急激には起こらないものだ。

飛行船の常用高度は三百から五百メートルの低空である。

上昇・下降速度は分速四百メートルだった。万が一、ガス漏れ状態になっても、余裕をもって不時着に適した場所を探せるわけだ。

郷原は怯《ひる》むことなく、ロープをよじ登っていった。

ゴンドラの床が見えた。ドアに片手を掛けたとき、古谷が待ち受けていた。自動拳銃を握っている。右脚を少し引きずっていた。

「くたばれ！」

古谷が喚《わめ》いて、銃口を郷原の眉間に向けてきた。

郷原は反射的にベレッタを引き抜き、古谷の頭を撃ち抜いた。人質が悲鳴をあげた。

古谷は後ろの座席まで吹っ飛び、その反動でドアの外に投げ出された。頭から落ちてくる恰好《かっこう》だった。とっさに郷原はロープを振った。

古谷は郷原の肩口すれすれのところを落下していった。即死状態だったはずだ。

郷原は妙な感傷は覚えなかった。

電子麻酔銃を使っていたら、おそらく自分の顔がミンチになっていただろう。一瞬の迷いが死を招くものだ。

何も疚《やま》しくはない。正当防衛だ。そうは思いながらも、やはり気は重くなった。

シコルスキーのローター音が耳を撲《う》った。

すぐ限前に迫っていた。軽機関銃の連射音がした。衝撃波が郷原の頭髪を薙《な》ぐ。

ロープが煙を吐いた。半分、ぶっ千《ち》切《ぎ》れていた。

体が数十センチずり落ちた。

郷原は片手を思いきり伸ばし、無傷な部分を摑んだ。もう一方の手で、ロープをよじ登った。

三浦たちは狂ったように撃ちまくっている。このままでは、蜂の巣にされてしまう。

郷原は片腕でぶら下がり、シコルスキーの回転翼に狙いをつけた。

たてつづけに三発、連射した。火花が走った。

回転翼の一枚が折れ曲がった。シコルスキーがバランスを失い、急降下しはじめた。

後ろに、航空隊の支援ヘリコプターが見えた。五十嵐と轟が乗っていた。

敵のヘリコプターは、もうまともには飛行できない。後は部下たちに任《まか》せてもいいだろう。

郷原は拳銃を防水パウチに戻し、ドアの上部に片腕を掛けた。

片腕懸垂《けんすい》で上体を浮かせ、素早くドアフレームを摑む。さらに片方の足を床に掛け、ゴンドラの中に入った。ロープを引き揚げる。

飛行船が不安定に揺れていた。

郷原は舵輪をロープで固定し、水平飛行させた。高度は三百数十メートルだった。

「力也さん……」

さつきが感きわまり、声を詰まらせた。

郷原はブーツのフックからダイバーズ・ナイフを抜き、三人の人質のタイラップを断った。人質たちはパラシュートなど背負っていなかった。

郷原は英語で、大統領父娘に身分を告げた。それから早口で、爆破装置と毒ガスのありかを訊いた。

「どちらもわからない」

プーニンが訛《なまり》の強い英語で答えた。

ナターシャは、うつけた表情だった。度重《たびかさ》なるショックのせいだろう。

午後六時十八分

郷原は床に耳を押し当てた。

操縦席のあたりで、かすかな針音がする。音のする方に静かに歩いた。

タイマー付きの時限爆弾と毒ガス爆弾は、副操縦席の中にあった。針金で、かたく固定されていた。リード線も複雑な仕組みになっている。

「大統領、ＶＸの信管はどこにあるのでしょう？」

郷原は英語で質問した。プーニンが癖のある英語で答えた。

「わたしには、わからない。あと十数分で、この飛行船は爆破される。どうすればいいんだ!?」

「大統領、落ち着いてください。脱出時間ぎりぎりまで、信管を探してみます」

郷原はスパナとドライバーを握った。

毒ガス弾の三つの信管を見つけたのは、四分後だった。取り外すのに、五分かかった。残り時間は三分だ。肝心《かんじん》の爆破装置のタイマーが解除できない。

焦りが募《つの》る。

額《ひたい》に脂汗《あぶらあせ》がにじんだ。もう余裕がない。

郷原はプーニンやさつきの手を借り、信管のない毒ガス弾を海に投げ落とした。容器が破裂しなければ、毒ガスは漏れないはずだ。あとで、アクアラング小隊に回収してもらえばいい。

郷原は、操縦席の横にあった古谷のパラシュートを摑んだ。ロシア大統領に背負わせる。

「お嬢さんを抱いて、すぐに飛び降りてください」

「きみは、どうするんだね？」

「この飛行船をもっと沖合に移動させるつもりです。このあたりは、船の数が多いようですから」

「このお嬢さんは？」

プーニンが心配顔で、さつきを指差した。

「あとのことはご心配なく。急いでください。さ、お先にどうぞ！」

郷原は強く促《うなが》した。プーニンが郷原を見つめた。その目には、ためらいの色が揺れていた。

郷原は、ふたたび目顔で急かせた。プーニンがうなずき、両手で郷原の手を取った。

「ありがとう。そうさせてもらおう」

「大統領とお嬢さんは、快速艇が救出する手筈《てはず》になっています。どうかご無事で！」

郷原はプーニンの手をほどいた。爆破時刻まで二分もない。

「ありがとう《バリショーエ・スパスィーバ》！　さようなら《ダ・スヴィダーニャ》」

ナターシャが、郷原とさつきに言った。

郷原たちは、ほほえみ返した。

大統領が愛娘を抱きかかえ、ゴンドラのドアに向かった。体を大きく屈《かが》め、ナターシャを押し倒すように宙に跳んだ。

数十メートル落下したとき、パラシュートが大きく開いた。

「これを背負って、きみもダイビングするんだ」

郷原が自分のパラシュートを肩から剝がしかけると、さつきが手を大きく振った。

「そんなこと、できないわ。それより、もっと遠くに飛行船を……」

「きみは損な性分《しょうぶん》だな」

郷原は舵輪のロープを大急ぎで解《と》き、すぐに飛行船を上昇させた。口には出さなかったが、さつきに惚《ほ》れ直していた。

高度五百五十メートルで、水平飛行に入る。エンジンは、もちろん全開にした。

もう一分足《た》らずで、爆発するはずだ。

わずかな時間で、どこまで飛行できるのか。できることなら、東京湾を出て南房《みなみぼう》総《そう》の西端の洲崎《すさき》沖まで行きたかった。しかし、それはもう無理だ。

五十秒を切った。

郷原はエンジンの回転数をほんの少し落とし、ふたたび舵輪をロープで縛った。

四十秒を割った。

残りのロープで、自分とさつきの体をしっかりと結びつけた。向き合う恰好だった。

眼下の海面を見た。

船影は一つもない。もう安全海域だ。爆破時刻まで、あと三十数秒だった。

「さつき、きみに会えてよかったよ」

「いや、そんな言い方は。二人で生き抜きましょう。あなたのいない人生なんて考えられない。考えたくないの！」

「わかった。何がなんでも生き抜こう」

郷原は瀬尾さつきを押し出す形で、飛行船から跳んだ。

さつきは、全身で郷原にしがみついている。

落下速度が速い。

一つのパラシュートで、二人分の体重を支えきれるのか。かなりのスピードで二人は海面に叩きつけられるかもしれない。もう二十秒もなかった。

郷原は不安を打ち消し、勢いよくリップコードを引いた。

パラシュートが風を孕《はら》み、反動で二人の体がわずかに引き戻された。次の瞬間には、ふたたび降下しはじめていた。十秒を切った。

生き抜ける。また、さつきと生きられる！

郷原はそう確信し、涙ぐみそうになった。

さつきは目をきつく閉じていた。目尻から、光る粒が滑《すべ》り落ちた。

郷原は両脚で、さつきの下半身を挟《はさ》みつけた。さつきの体は小刻みに震えていた。

やがて、二人は海面に落ちた。

衝撃は、それほど大きくなかった。郷原はパラシュートの負い革《シリング》を外し、立ち泳ぎで恋人の体を支え起こした。さつきも両脚を動かしはじめた。

その直後だった。

飛行船が大音響とともに、空中で爆発した。巨大な炎が仕掛け花火のように弾《はじ》け、火の塊《かたまり》が降ってくる。海面に没するまで、炎は大きかった。

郷原は東京側の夕空を見た。

シコルスキーSH―60Bが火を噴きながら、墜落中だった。その向こうには、航空隊の支援ヘリコプターが飛んでいた。五十嵐と轟の乗っている機だ。

シコルスキーが大きく傾きながら、海面に激突した。

水柱は大きかった。平馬たち三人の姿は見えない。まだ機内にいるようだ。

ほぼ真上から、宇津木の機が急降下してきた。

ヘリコプターは海面すれすれのところで空中停止した。回転翼が無数の波紋を描いた。浮輪付きのロープが投げ落とされた。

郷原は浮輪をさつきに与え、自分はロープに取りついた。

ヘリコプターの巻き揚げ機《ウィンチ》が唸りはじめた。

郷原はさつきを腰にぶら下げたまま、上昇していった。機内に這《は》い上がり、すぐに二人を繋いだロープをナイフで切断する。

「プーニン大統領父娘はアクアラング小隊が収容しました。それから、野々宮は車で逃げる途中で捜査員たちと銃撃戦となり、左胸を撃ち抜かれて、橋の上から浦安の運河に落ちたようです」

宇津木が言った。

「野々宮の遺体は？」

「間もなく収容されると思います」

「まだ死亡の確認はされてないのか。しかし、心臓部を撃たれたのなら、生きてはいないだろう」

郷原は呟いて、さつきをリア・シートに坐らせた。自分は副操縦席に腰かけた。

ほとんど同時に、無線機から五十嵐の声が流れてきた。

「キャップ、無事なようですね？」

「おまえら二人も無傷か？」

「轟が左肩に九ミリ弾に軽いキスをされましたが、元気ですよ。三浦、平馬、クリムスキーの三人は死にました。ボリスの野郎がエンジンに拳銃弾を連射して、自滅したんです」

「悪党になり切れなかったらしいな」

郷原は交信を切った。それを待っていたように、麻生のコールがあった。

「郷原君、大手柄だ。よくやってくれた。礼を言う」

「われわれ三人は、任務を遂行しただけです」

「いつもながら、謙虚だね」

「いいえ。事実、その通りですので」

「きみは、いいリーダーだ。それはそうと、野々宮のことを告げたら、奥村貞成と悠樹が自供しはじめたよ。プーニンのサインのある貴金属売却同意書と二つの防弾チョッキは、信州《しんしゅう》の山奥にある廃屋《はいおく》に隠されてた。もう押収済みだ」

「そうですか。大統領父娘は、そこに監禁されてたんですね？」

「そうだ。シコルスキーは、半月ほど前に大阪の民間ヘリポートで盗まれたものだったよ。飛行船のほうは、埼玉の桶川《おけがわ》の係留《けいりゅう》基地で盗まれたものだ」

「その後、本間のほうは？」

「自分が奥村父子を脅《おど》して、プーニンのサインを貰わせたと言い張ってる。つまり、主犯は自分だったとね。命の借りは、そんな愚かな嘘をつかせるほど重いんだろうか」

麻生が痛ましげに呟いた。郷原は短い返事をした。

「そうなのかもしれません」

「早く戻ってきたまえ。打ち上げの酒を用意しておく」

「警視正、ちょっと寄り道をさせてください」

「どこに行くんだね？」

「中目黒の自宅です。惚れてる女がずぶ濡れになって震えてるんですよ。風呂《ふろ》に入れてやりたいんです。ヘリの降りられそうなグラウンドが近くにありますので、緊急着陸させてください」

「いいだろう、都民に迷惑かけないように緊急着陸してくれ。打ち上げの開始時間を三時間延ばそう。そのほうが何かと好都合なんじゃないのかね？」

麻生が意味深長な訊き方をした。

「ええ、三時間あれば……」

「その先まで言う必要はない。美人技官の事情聴取は、きみに任せるよ」

「たっぷり時間をかけて聴取に努めます」

郷原はマイクをフックに掛け、リア・シートに移った。さつきが身を添わせてきた。

ヘリコプターが左に方向転換した。ほぼ直線に飛行すれば、中目黒に達する。

この五日間は長くもあり、短くもあった。

郷原は事件が解決し、ようやく緊張感から解き放たれた。一刻も早く恋人と濃密な時間を共有したかった。

午後八時四十九分

昂《たか》まりが萎《な》えた。

熱い交《まじ》わりだった。余韻《よいん》は深かった。

郷原は、さつきから離れた。

ベッドマットが小さく弾んだ。毛深い四肢《しし》は、うっすらと汗ばんでいた。ターザン・ヘアも濡れている。

さつきは裸身を弛緩《しかん》させていた。

仰向《あおむ》けだった。果実を想《おも》わせる胸の隆起は、まだ波打っている。

郷原は体を拭《ぬぐ》って、腹這いになった。

煙草に火を点ける。情事の後の一服は、格別にうまかった。たとえ肺癌になっても、禁煙する気にはなれそうもない。

「恥ずかしいわ、あんなに乱れてしまって」

さつきが横向きになって、郷原の肩に頬擦《ず》りした。

肌の火照《ほて》りが心地《ここち》よい。さつきは三度昇りつめ、女豹《めひょう》のように唸りつづけた。

郷原は最後のクライマックスに合わせて、猛《たけ》り狂っていた欲望を爆発させた。

その瞬間、脳天が甘く痺《しび》れた。雄叫《おたけ》びめいた声も出た。

極《きわ》みに達したさつきも愉悦《ゆえつ》の唸りを撒《ま》き散らしながら、白い体を妖《あや》しくくねらせた。

まるで魚網の中でもがく魚だった。

少し前に死と隣り合わせの戦慄《せんりつ》を味わわされたからか、二人の求め方はいつになく激しかった。狂気の色合いさえ帯びていた。

「汗まみれだわ。ちょっとまた、シャワーを浴びてくるね」

さつきが身を起こし、胸高《むなだか》にバスタオルを巻きつけた。

そのまま彼女はベッドから離れた。乱れた後《おく》れ毛《げ》がセクシーだった。

郷原はナイトテーブルの灰皿を引き寄せ、煙草の火を揉《も》み消した。ボクサーショーツ型のトランクスを穿《は》き、ベッドに浅く腰かけた。

ちょうどそのときだった。

浴室の近くで、さつきが鋭い悲鳴を発した。

郷原は反射的に立ち上がった。走りだそうとしたとき、寝室に野々宮宗介が押し入ってきた。

鬼気迫る形相《ぎょうそう》だった。

「生きてたのか」

郷原は呻きとともに低く呟いた。

よ」

「カードロックにでもしておくべきだったな。玄関のドア・ロックは苦もなく外せた
野々宮はさつきの左腕を捩《ねじ》上げ、側頭部に消音器《サイレンサー》の先端を押し当てていた。

拳銃は旧ソ連軍の将校用のものだった。半自動《セミオートマチック》だ。

野々宮は土足のままだった。

フード付きのパーカを羽織っている。ファスナーは首の下まで引っ張り上げられていた。胸部が膨《ふく》らんでいた。

「浦安で包囲されたときも、その防弾チョッキをつけてたわけか」

郷原は言いながら、野々宮との距離を目で測《はか》った。

三メートルはない。さつきが楯《たて》にされていなければ、あっさり片のつく距離だった。

「そういうことだ。きさまを殺すまでは死ねないからな」

「彼女まで巻き込むことはないだろうが！」

「きさまが虫の息になったら、この女を穢《けが》してやる。楽しみにしてろっ」

野々宮が血を吐くような声で喚き、さつきのバスタオルを引き剝がした。

間《ま》を置かずに、彼は引き金を指で手繰った。発射音は、幼児の咳《せき》よりも小さかった。

郷原は右の脇腹に衝撃を覚えた。

体がぐらついた。

放たれた銃弾に数ミリ、肉を抉《えぐ》られていた。鮮血が噴き出した。痛みよりも、熱感のほうが強かった。焼け爛《ただ》れた金属棒を押しつけられているような感じだった。

「力也さんには手を出さないで。わたしを自由にしたければ、好きにしなさいよ」

さつきが腕の痛みに顔をしかめながら、大声で言った。郷原は、さつきの愚かな優しさを短く窘《たしな》めた。

野々宮が端整な顔を歪《いびつ》にたわめ、さつきの後頭部にサイレンサーを突きつけた。髪が乱れ、険悪《けんあく》な目は爛々《らんらん》と光っている。獲物を追い詰めた凶獣のような顔つきだ。いまにも舌嘗《したなめず》りしそうだった。どこか幽鬼めいていた。

「タフなきさまも、これまでさ」

野々宮が嘲笑《ちょうしょう》し、また発砲した。

郷原は肩から床に転がった。二弾目は壁を穿《うが》ち、跳弾《ちょうだん》はＣＤミニコンポの横に落ちた。

野々宮は、わざと狙いを外したようだ。じわじわと苦しめてから、止《とど》めを刺す気らしい。

郷原は、さすがに恐怖を感じた。

動けなくなった。妻子のことが一瞬、脳裏を掠めた。

野々宮がさつきの背を押しながら、じりじりと間合いを詰めてくる。脇腹を這う血の糸は、早くもトランクスを濡らしはじめていた。

三弾目が放たれた。

郷原は左の二の腕を撃たれ、長く唸った。

銃弾は幸いにも骨には当たらなかった。筋肉を貫《つらぬ》き、腕の外に抜けた。肩が振れるほどの衝撃だった。

火薬の臭《にお》いが室内に立ち込めた。野々宮は足許の空薬莢《からやっきょう》を踏み潰《つぶ》し、サディスティックな笑みを拡げた。

「お願い、もうやめて！」

「大声出すと、おまえを先に殺《や》るぞ」

野々宮がさつきに凄み、またもや引き金に指を深く巻きつけた。

その瞬間、さつきが踵《かかと》で野々宮の右脚の向こう脛《ずね》を蹴った。

野々宮が口の中で呻いた。右肩が下がり、腰が沈みかけた。

反撃のチャンスだ。

郷原は壁際《かべぎわ》のソファまで転がった。長椅子の上には、脱いだ衣服があった。素早く衣服の下から、防水パウチを摑み出す。

ベレッタのスライドを滑らせたとき、野々宮のサイレンサーが上下に揺れた。四発目が発射された。

郷原の右耳の近くを凄まじい衝撃波が駆け抜けていった。

数秒、聴覚を失った。耳鳴りもした。

「さつき、伏せろ！」

郷原は大声で叫び、振り向きざまに撃ち返した。

両手保持の膝撃ちだった。

迷いはなかった。重く沈んだ銃声が部屋全体を揺るがせた。

野々宮が短い声をあげた。

さつきを片腕で抱き込みながら、復讐心に燃えた男は後方の壁まで吹っ飛んだ。

壁に血の塊と脳漿《のうしょう》が飛び散った。千切れた頭髪も、壁面にへばりついた。

野々宮は壁に凭《もた》れかかる恰好で、ずるずると体を落とした。

郷原は立ち上がった。

さつきに走り寄って、引き起こした。どこも怪我《けが》はしていない。安堵《あんど》する。

「力也さん！」

さつきがぶつかるように縋りついてきた。

郷原は全身を受け止めた。さつきは、小さくわなないていた。肩を包み込むと、震えは収まった。

郷原は野々宮を見た。

エリートだった男は肩を斜めに壁に預けたまま、すでに息絶えていた。顔半分がなかった。

弾けた前頭部から、粘ついた血糊《ちのり》がどくどくと湧出《ゆうしゅつ》している。

消音器付きの拳銃は、強く握られていた。哀れな最期《さいご》だった。

「もう怖《こわ》がらなくてもいいんだ」

「わたし、どうなるかと……」

さつきが郷原の分厚い胸に顔を埋め、嗚咽《おえつ》しはじめた。

明日からは、穢れてしまった部屋で好きな女を抱くわけにはいかない。

「二人で暮らせる部屋を探そう」

郷原は低く言った。

さつきが泣きながら、幾度もうなずいた。郷原は右腕で、さつきを強く抱き締めた。

この作品は二〇〇〇年六月に祥伝社より祥伝社文庫として刊行されました『特攻刑事』に著者が加筆、訂正し、タイトルを変更しました。なお、本作品はフィクションであり、登場する人物および団体はすべて、実在するものといっさい関係ありません。

ハード・サスペンス

KOSAIDOBUNKO

人《ひと》質《じち》

警視庁極秘戦闘班《けいしちょうごくひせんとうはん》

2015年11月1日　第1版第1刷

著者

南《みなみ》 英男《ひでお》

発行者

後藤高志

発行所

株式会社 廣済堂出版

〒104-0061 東京都中央区銀座3-7-6

電話◆03-6703-0964［編集］03-6703-0962［販売］Fax◆03-6703-0963［販売］

振替00180-0-164137　http://www.kosaido-pub.co.jp

印刷所・製本所

株式会社 廣済堂

ISBN978-4-331-61651-2 C0193

南英男の人気シリーズ
好評発売中

手配犯　逃亡捜査

現職大臣を狙撃したテロリストを射殺してしまった、警視庁の優秀なSP別所は人殺しの罪悪感から酒浸りに。ところが部下の土屋隆直巡査部長が絞殺され、凶器の革紐から別所の指掌紋が検出されて……。

定価［本体676円］＋税

ISBN978-4-331-61626-0

捜査妨害　所轄署刑事

ワーキングプアを喰い物に、あくどい商売をしていた人材派遣会社の社長が撲殺された。捜査本部には本庁から殺人犯捜査係の刑事らが臨場。大崎署の不破渉警部補との間に確執が生まれ、不穏な空気が漂う。

定価［本体694円］＋税

ISBN978-4-331-61632-1

違法捜査

ＭＤＭＡを服まされ姪がショック死。その交際相手に暴行を加えた米良剛警部補は停職処分に。そこに、折悪しく元相棒・露木賢太射殺の知らせが。米良は己の手で犯人を挙げるべく、私的捜査に踏み切る。

定価 本体667円＋税
ISBN978-4-331-61633-8

警官失格

渋谷署の巡査が凍死体で発見された。本庁の久我は、元捜査一課で目覚ましい活躍をした渋谷署の辺見警部補とコンビに。久我は伝説の刑事と組むことを喜ぶが、辺見は15年前の事件を機に情熱を失っていた。

定価 本体676円＋税
ISBN978-4-331-61638-3

嫌疑

家業のため刑事を辞めた牧野は赤字続きで四苦八苦。謝礼欲しさに信用金庫の模擬訓練で強盗犯を演じる。ところが実際に現金が消え、無実の罪をきせられた。警察学校以来の親友、朝比奈警部が立ち上がる！

定価 本体648円＋税
ISBN978-4-331-61643-7